終末のフール

末日愚人

〔日〕伊坂幸太郎 著

边大玉 译

南海出版公司

新经典文化股份有限公司
www.readinglife.com
出　品

末日愚人

今天是你余生的第一天。

目 录
Contents

最后的傻子

1

　　"该走了。"说着，我拿起袋子，从长椅上站了起来。袋子里装了十斤大米，重得仿佛要压断我的肩膀和老腰一般。

　　静江似乎还有些恋恋不舍，不过也很快便附和着站起身来。

　　我们所处的这座公园地势较高，远处的景色尽收眼底。落日渐渐西沉，余晖洒满仙台的街道，缓缓将这里的一切染上一抹鲜红。不仅如此，这抹鲜红还反溅回来，投映在涟漪般遍布天空的卷积云上。静江看起来还想再欣赏一下眼前的美景，但我却早已感到不耐烦了。

　　"我们应该有十年没来过这座公园了吧。"

　　"是吗？"

　　二十年前我们刚刚搬到附近公寓的时候，差不多每周都要过来一趟。然而时至今日，我却已经连这里有座公园都快忘记了。

我们居住的小区名叫"山丘小镇"，就位于仙台北边的人工丘陵上，而这座公园则修建在小区视野最好的地方，堪称当时卖房的一大"亮点"。公园差不多五十米见方，四周围有栅栏，当中铺满碎石。公园的四个入口处均立有一根图腾柱，据说是附近小学生们的毕业作品。此外，公园东南角还有滑梯和秋千等儿童游乐设施，公园中央则种了一棵樱花树。为了便于人们眺望南面的城镇景色，公园里还摆放着十把长椅。小区刚刚建好的时候，每逢周末，来到这座公园的居民络绎不绝。到了四月上旬，很多人都会到公园唯一一棵樱花树下抢占位置，有时甚至还会发生冲突。可能都觉得自己的住房贷款里包含了公园远眺和赏花的费用，所以才会这么拼命地想要回本吧。至少我当时是这样想的。

　　然而，这座公园此刻也变得空旷起来，除了我们就只有另外两个人。一个是正在遛狗的女人，一个是坐在秋千上愁容满面的中年男人。静江说这两个人都和我们住在同一栋楼，而且那个男的还经常出现在电视上，但我对此却没有印象。

　　"他还是个主持人呢。听说差不多一年前就带着全家人一起搬到别的地方去了，看来现在又回来了。"

　　"现在去哪儿都没用。"我随口说完，便催促着静江赶紧回去。

　　"你快看。"

　　彼时我们刚刚买好晚饭的食材准备回家。最近进店争抢食物或沿街打劫的情况锐减，很多时候静江都独自去买东西。不过在需要搬大米之类较重的东西回家时，我还是会一同前往。虽说我已过花甲之年，但与小学生一样身形娇小的静江相比，我还算有些力气。

　　"秋天真的来了啊。"静江面朝仙台市区的方向，伸出食指在空中比画着。一开始我以为她在指远处的街道，但并没看出有什么新奇之处。直到把视线收回，我才意识到她指的是那些蜻蜓。只见十几只蜻蜓正在空中飞舞，宛若亮闪闪的青鳉鱼翩翩游弋。这些蜻蜓的颜色与夕阳相近，一只只静静地浮在空中。原本它们三三两两或在栅栏上停留，或在广告牌上歇脚，这会儿却被我们经过时的响动惊飞了起来。

"只剩下三个秋天了，真让人不敢相信啊。"静江压低了声音道。

"你是不是傻，"我条件反射般说道，"没事说什么丧气话。"

"可是这就是事实啊。"

"像你这么蠢的人，还是活得轻松点吧。"

"老公……"静江一副若有所思的表情，有些拘谨地望向我。

"嗯？"

"见到康子的时候，你千万别摆出这副表情，好不好？"她的语气听起来近乎恳求。

"我天生就是这副表情。"

"你下嘴唇这么一噘，就好像看不起别人似的，眼神也很吓人。"

"那是因为你总说些蠢话。"

"所以啊，"静江一向不会反驳我，但是今天却有点誓不罢休的意思，"康子难得回来，算我求你了。她都已经十年没回家了。"

"对自己女儿那么小心翼翼的干什么，你真是个傻瓜。"我嘴上胡乱应着，努力掩饰心底的紧张。

离开公园，我沿着一条小路向东走去，静江跟在我的身后。与其他小区一样，山丘小镇中也矗立着很多外形相仿的楼房。不仅如此，小区里的道路更是交错纵横，一不留神就会迷失其中。

"喂，你还记得吗？"我放慢脚步，等到静江跟上来便缓缓开口问道。这段记忆突然浮现在我的脑海里。"搬到这儿之前，我们住的地方和这里一样，也很容易让人找不到方向。那时候总有小孩子迷路，在街上急得团团转。"

"嗯。"

"好像有个小孩为了不迷路，干脆就在柏油路上画上箭头，标出回家的方向。"

"嗯，"静江露出怀念的神情，微微点头，"结果其他孩子纷纷效仿，整条路上很快就画满了箭头，最后谁也搞不清楚自己的箭头在哪儿了。"

"这些孩子太有趣了。"

静江的表情没有任何变化，只是瞥了我一眼。"老公，你忘了吗？最开始画箭头的孩子就是和也啊。"

我目不转睛地看着静江，一时无言以对。十年前，我那二十五岁的长子离开了人世。我万万没料到她会突然提这个名字，狠狠杀了我一个措手不及。

"他画箭头用的粉笔还是从学校拿的呢。"

"哦。"

"那时你不是还发了很大的脾气吗？骂他是个蠢货，连自己家在哪儿都记不住。"

对此我已毫无印象，但现在想来似乎确有其事。当时我还是一家通讯公司的中层领导，每天都在为数不清的问题和迟迟没有进展的业务感到焦头烂额。作为领导，我自然没法对着下属哭诉，只能一次又一次感受着自己的无能和平庸。或许当时的我正是因为惧怕自己的无能会遗传给儿子，才会表现出冷冰冰的态度吧。

爸爸，你总是看不起哥哥和妈妈，骂他们是傻子，其实说别人傻的人才是真的傻呢。

康子的话猛然间浮上脑海。我不记得这番话是什么时候说的，但她说话时狠狠撇向一边的嘴巴和故意摆出的臭脸，却依然让我记忆犹新。

"你到底有没有考虑过哥哥的感受啊？"康子如是问道。

当时的我从没想过考虑别人的感受。和也是怎么想的，我更是毫不在意。

"在路上标箭头，是和也想出来的点子呢。"静江重申了一遍，仿佛在提醒我什么。

"那又怎么样？"我的语气比自己预想的还要强硬。

"那孩子总能想出些好玩的点子。"

和也去世以后，我们之间几乎不再聊起任何有关儿子的话题，所以此时我不免有些困惑。"说起这个，你最近是不是又去打扫儿子的房间了？"

"被你发现了啊。"

"大半夜丁零当啷的，听不见才怪。"

"也是，真抱歉。"

"话说回来，"我转换了话题，"康子怎么突然要回来？已经十年没回来了吧。"

静江摇了摇头。"只剩三年了，她会不会想再见我们一面？"

"她在电话里没说什么吗？"

"没有。"

"没有？总该说了些什么吧。"

静江露出责备的眼神，好似在问我为什么不干脆自己接电话。

"她只说到了以后再说，估计有话想对你讲吧。"

"对我讲？都这种时候了，该不会是来骂我的吧？"

"有可能哦。"

"喂！"

"开玩笑的。"

2

康子从小学习就好，考试基本都是年级第一。在我的印象里，就算发挥失常也能考到第二、第三名。康子的长相没有念书那么出色，但也算是可爱乖巧，在同学里人缘也很不错。高考的时候，她一举考上东京的国立重点大学，毕业后更是考取了国家公务员编制，让作为父母的我们感到无比骄傲。

康子是我的骄傲，而这也让我忍不住抱怨与之形成鲜明对比的和也。

每次把和也和康子的成绩单摆在一起，我的脑海中总会浮现"失败作品与成功作品"的想法。也许是我不想承认和也的弱点与木讷其实遗传于我，所以才会一味坚信他只是"偶然出现的失败作品"。

和也会不会已经察觉到了我的这些想法呢？肯定察觉到了，另一个我在心里答道。他会不会觉得很不舒服？肯定不舒服。每每想到和也那时的感受，我的心口都会因为绝望而刺痛。

康子说她再也不会踏进这个家，算起来已经是十年前的事了。她说完这话后过了两个月，和也就离开了人世。

康子确实做到了。除了参加和也的葬礼之外，她再也没有踏进过山丘小镇，甚至都不曾来过仙台。六年前，我们曾经因为我父亲——康子爷爷的葬礼在盛冈见过一面，但是康子却连招呼都没打。

"老公，你去和康子说句话吧。"葬礼结束后，静江曾用手肘捅了捅我说道。然而，我却并没有让步。与女儿关系不和的确让我不好受，而且我也真的有很多话想和康子聊聊，但我却依然表示："除非她先跟我道歉，否则一切免谈。"当然，这也是我的心里话。

我一直以为，自己的人生还很长很长，觉得康子早晚有一天会来找我道歉，所以对此多少有些不屑一顾。可我怎么也没想到，居然转年自己就被告知"只剩八年寿命"。而且这不单单是我的寿命，更是整个世界的末日。这一切的发展远远超出了我的想象。

我的脑海中浮现出康子与我们决裂时的情景。那是三月的一天，康子正式入职前的那个假期，她突然回到仙台。

那天我们吃过晚饭，在客厅里无所事事的时候，康子开了口。

"哥，你还是别读书了，赶紧离开家比较好。"康子对正在翻看课堂笔记的和也说道。现在想来，她那次回来的目的可能也正在于此。

"是吗？"和也当时已经从当地一所私立大学顺利毕业，但他却没有找地方上班，而是努力准备一个在我看来根本就不可能通过的资格考试。

"你这么聪明的人，应该去做一些更自由的事情。"

"你这是……"和也的脸上浮现出他一贯的沉稳笑容，"明褒暗贬吗？"

和也一向不善与人争执，觉得能将事情妥善解决便是上上之策。这也是我不喜欢的一点，因为我自己的性格也是如此。

"不是啊。我说真的，你比我聪明多了。"

"比你聪明的人，还会在这里为了一个资格考试发愁吗？"和也苦笑着说出了我心里的台词。

"我说的不是那种聪明呀。从小你的想法就很与众不同，而且还特别……"

"特别什么？"

"特别温柔。"

"温柔，其实就是懦弱吧。"和也小声嘀咕。

"康子，别说这种糊弄人的话了。"我在一旁插嘴道。

我并不是要偏袒和也，只是看不惯一向优秀的妹妹替哥哥操心罢了。

结果康子目光凛然地转过头来。"哥哥比我聪明百倍，可惜你到死也不会明白。"

"说的什么蠢话。"我立刻反击道。

"在你看来，到底什么才叫聪明呢？成绩好，学历高，有地位，无非就是这些。可是这些由我来承担不就好了吗？你就是个傻瓜，就因为你这么傻，才会让哥哥过得这么痛苦。"康子用手指着我厉声说道，仿佛在揭露我的罪行一般。"哥哥他可是个能做大事的人啊。"

和也有些窘迫地四下张望着，静江也放下手里正在洗的东西，从厨房走了出来。我虽然对女儿突然发怒的举动颇为惊讶，却还是用更为愤怒的声音大声咆哮道："你居然敢骂我是傻瓜！"

"我从小就一直忍着。"康子调整了一下呼吸，噘嘴说道，"我一直都想说出来。"她的声音里流露出难掩的兴奋。

"想说什么？"

康子深深吸了一口气，说出这样一句话："你根本就不知道哥哥的厉害之处，你真的是太蠢了。"

"你说什么！"

"康子，别说了。"和也脸上写满了束手无策的慌张。

"那你倒是说说，你哥到底哪一点强？从哪儿能看出来他不是个失败品？"我不禁高声回道。女儿的话狠狠刺痛了我，焦躁和愤怒终于让我不顾后果地大喊了起来。

怒吼在屋里四处回荡。餐柜上的酒瓶随之陡然碎裂——是康子将她手边的钟表扔了过来，不知是存心还是无意，钟表恰巧砸中了前年秋天我从公司拿来的一瓶红酒，里面的液体像鲜血一般涌了出来。

"你要干什么！"我下意识地指着玄关大声咆哮道，"给我滚出去！"

"这个家，我再也不会回来了。"康子静静地说道。第二天她就动身回了东京，临行前更是近乎怜悯地看了我一眼。

如果当时没有发生那场争吵，至少如果我没有说出"失败品"那句话，是不是两个月后和也就不会跳轨自杀了呢？这个答案，现在早已无从知晓。

3

四下望去，到处是荒废的住宅，墙上的窗户被木板牢牢封死。有些人家院子里的针叶树已被拦腰折断，有些人家二楼的窗玻璃早已生出了裂痕。

"泷泽他们家上个礼拜就搬走了。"似乎是察觉到我正看着什么，静江在一旁开口说道。我们刚刚经过的那栋房子，应该就是静江口中泷泽一家的住宅吧。"听说儿子在关西，所以决定搬到那边生活三年。"

我轻哼了一声，算是回应。

"镇上不知道还剩多少人，住楼房的也差不多走了一半了。"

"不好说。"

"就连今天那个佐伯的店，"静江提到了米店老板的名字，"之前一直打算硬撑下去，现在听说也要关店了。"

"那以后去哪儿买米？"

"说是超市那边会重新开业，不过谁知道呢。"说到最后，静江的语气也踌躇起来。

"嗯。"我又轻哼了一声。

过了一会儿，静江突然朗声说："对了，我昨天做了个梦。"

"做梦？"

"嗯，我梦见打开电视，正好看到美国总统出现在屏幕上。这种是不是叫卫星转播啊？"静江语气里透出些许迟疑，"然后那个总统站在一大堆话筒前开始发表讲话。"

"总统说什么了？"

"总统说，其实这一切都是假的。"

"你还真是傻啊。"我嘲笑道。

"总统还说，经过重新计算后发现，小行星并不会撞击地球，实在抱歉，让大家受惊了。总统满脸通红，不停地鞠躬道歉。"

"你做的这个梦也真是够无聊的。"

"是啊，美国总统怎么可能说日语。"

"我说的不是这个，你可真够傻的。"我懒得再多说些什么。想来也许是对我口中的"傻"字颇为在意，静江望着我的眼神里似乎有些悲伤，但也同样没再开口说话。

就这样，我们沉默着继续向前走去。如今，路上早已看不到车辆的影子，五年前的一切仿佛一场闹剧。彼时，每个人都拼命往车上塞着行李，想要开车离开这里。所有的地方都在堵车，周围更是充斥着事故车司机之间的谩骂争执和此起彼伏的鸣笛声。小行星撞击地球，逃到哪里恐怕都于事无补，可是许许多多的人们还是选择慌不择路地驾车离开，似乎不甘心就此坐以待毙。我很能理解那种焦躁的感觉，如果家里有车的话，我肯定也会做出同样的选择。

"最近太平了不少啊。"

"是啊，总归会稳定下来的。"静江的声音听起来颇为从容，"算是一种暂时平稳状态吧。"

"暂时平稳？"

"说真的，那时候我真不知道这个世界会变成什么样子。"静江的脸上流露出异常疲惫的神色，似乎是想起了这五年来发生的那些令人备感恐慌的画面。

那几年的情势确实非常残酷。人们被恐惧与焦虑的情绪紧紧包裹，到处都有骚动和暴乱发生。商铺和超市被暴徒掠夺一空，警察也对此束手无策。不仅如此，奸淫女性、随意杀人的情况也开始涌现。想来颇为讽刺，如果任由这种混乱的情况继续发展下去，恐怕这个世界在小行星撞击之前就已经彻底毁灭了。在乱世之中，没想到自己居然活了下来，我不禁感慨起来。然而到了今年年初，大家却仿佛像是商量好了一般，整个社会突然平静了下来。虽然对暴行的严厉制裁是社会逐渐稳定的重要原因之一，但更为关键的，想必是大部分人都渐渐放弃抵抗了吧。无法忍受巨大恐惧的人大多已经死去，活着的人们也开始试着思考如何才能让余生过得有意义。大家逐渐意识到，盲目施暴其实毫无意义，结局不是被警察就地正法，就是被抓进监狱浑然度日。想来一定是这样的，没错。

"等到那一天快要到来的时候，这个世界恐怕又会闹成一团吧。"

对此我深有同感。现在的太平只是暂时的，等到死亡临近的那一天，没有人能够继续保持冷静。当然，我也并不例外。

夕阳西沉的速度很快，明明才下午五点半，四周便骤然暗淡了下来，仿佛街上某个地方暗藏着一个调节亮度的旋钮，突然被人一下子往左拧到了最暗的一格。我和静江正沿着街角向左拐去，一阵咖喱的香味便越过围墙飘了过来，让人颇为怀念。

"今天谁家吃咖喱啊。"我脱口而出。看来还有人在过着柴米油盐的寻常日子，这令我不禁感到一阵喜悦。"是啊。"静江的声音听起来也很开心。门口的灯笼朦朦胧胧地照亮了她的面庞，恍然间我才意识到，原来静江已经老了许多。她嘴角的皱纹较之前明显了不少，脸上的皮肤也相当干燥。

"老公，我们去租个片子看看吧？"静江突然说道。

我拎着装有大米的塑料袋，皱起了眉头。"租片子？"

"不行吗？"静江小声道。她的语气听起来既像是恳求，又有些闷闷不乐。"我前阵子可是经常租录像带来看呢。"

"说起来你确实经常在家优哉游哉地看电视，原来是租的录像带啊。"

"咱们过去看看吧，那边就有一家租碟店。"

"你啊，"我用极度不耐烦的语气说道，"到底懂不懂现在是什么状况？"

"我一直都很清楚啊。"

"咱们就剩下三年时间了，你还有心思美滋滋地看片子？"

"可是康子今天要很晚才能到家呢，"静江缩了缩肩膀道，"我们总归要做点什么吧。"

静江的话令我无言以对。

康子应该是准备沿着国道一路慢慢开回来。虽不知她具体几点钟出发，不过开到家估计也要晚上十点钟以后了。在不清楚她回家目的的情况下，一味傻等确实会让我坐立难安。"话说回来，现在这种时候还会有人开租碟店吗？"

"嗯，应该开着。现在大家很少看录像带，都改用另外一种叫什么的机器，不过咱们家旁边就有一个能租录像带的地方。"

我满脸不情愿地点了点头。"算了，那就去吧。"

"嗯。"不知道为什么，静江显得很高兴。

4

　　我们回家的路上正好会经过那家租碟店。这家店就开在从小区往公交车站的斜坡上，之前在公司上班的时候我每天都会从店门前经过，不过却从来不知道那里可以租录像带。店面不过三十平方左右，招牌上的文字也已经有些斑驳。"您好，好久不见啊。"刚一踏进店门，收银台后面就传来一个年轻男子的声音，令我陡然后退了两步，手里的袋子也差点掉在地上。

　　"好久不见。"静江点头致意道。

　　"这位是您先生吗？"店员一脸从容地看向我。

　　"现在这种时候，还会有人看电影啊？"我反问道。店里有些潮湿，除了我们再没有其他客人。我的胳膊有些酸麻，于是将手里的袋子放在了柜台边的一处小架子上。

　　"也不是完全没有。"这位店员胸前别着一个工牌，写有"店长渡部"几个字。他身上系着一条天蓝色围裙，看起来很整洁，与店内稍显昏暗的环境相比似乎有些不协调。这位渡部店长看上去还不到三十岁，下巴略尖，眉毛粗浓，虽然是大眼睛、娃娃脸，却也算得上俊朗帅气。这个店长也太年轻了，肯定不靠谱，我的心里立刻浮现出这样的想法。

　　"不过新上映的电影基本都没货。"他耸了耸肩说道。

　　"现在应该没有人会蠢到还在拍电影吧？"

　　"不不，电影导演嘛，本来就有很多怪人，所以还是很多人想拍的，可惜找不到演员。毕竟大部分演员都不想干了，估计是用之前赚的高额片酬跑去买防空洞之类的了。但我听说，赫尔佐格和斯皮尔伯格还在坚持拍电影呢。"也许是意识到自己话有些多，渡部仿佛忽然想起来什么似的说道，"不过，来租碟的人倒是不少。想来大家都不知道该怎么打发时间吧。"

"原来如此。"

至少在日本，大部分人都已经不再工作了。毕竟大家没必要再考虑养老或者房贷的开销，用存款足够度过余生了。就这样，很多人一开始不知道怎么打发时间，但因为没有其他事情可做，卖菜的便继续卖菜，认为人生的价值就在于此；打鱼的重新拿起了渔网。每个人根据自己的想法和实际情况做出了各自的选择，而这也神奇地营造出一种新的平衡。劳动者未曾消失，物流也在勉强运转。与此同时，自私自利的政治家们都辞职了，仅有少数极具使命感的政治家选择留下来。

我望向一旁，只见收银台对面摆有一个架子，架子最上层贴着一张手写的广告，上面写着"描写地球毁灭的电影"几个大字，广告下方是几个装有录像带的篮子。

"这些都是你放的吗？"

"嗯，这些片子的口碑都很不错。摆在一起看，地球毁灭也可以分成好几种类型呢。"渡部若无其事地微微笑道。

"这些东西有什么好看的。"

"老公，渡部店长也住在我们那栋楼呢。"也许是察觉到我语气中的生硬，静江赶忙换了个话题。"是五〇一室对吧？"

渡部点点头。"我和妻子、女儿住在那里，还有一位脾气很偏的老爷子。其实之前我父亲独自住在山形那边，后来老家的房子烧了，我就把他叫过来一起住了。"

"房子烧了？"

"嗯，隔壁邻居家的火星子飞过来，结果把我家的房子全烧了。"

如此想来，之前确实有些绝望至极的人们选择了自暴自弃，干脆就把别人家的房子一把火烧了。说实话，这种事情并不罕见。

"您父亲搬过来应该挺高兴的吧。"

"谁知道呢。"渡部的表情有些不自然，"父亲七十多岁了，身体还很硬朗，我倒是有些吃不消了。最近，他天天在楼顶上琢磨着盖塔楼呢。"

"塔楼？"

"嗯，就是那种带梯子的很高的瞭望塔。材料都是买了用车子拉回来的，运到楼顶上就开始敲敲打打忙个不停。我父亲以前就喜欢自己动手做些小家具，所以现在还挺得心应手。"

"这个塔楼是干什么用的啊？"

"之前他在电影里看的。"说着，渡部指了指刚才那个贴着"地球毁灭"的架子，"那堆片子里，有一部是讲陨石撞击地球的。"

现实不正是如此吗？我的心情一下子阴郁起来。"塔楼最后能派上用场吗？"

"可惜也没什么用。"渡部不禁皱起眉头说道，"在那部片子里，陨石撞上地球引起了水位上涨，结果洪水泛滥，淹没了整座城市。"

"哦哦，这个电影我也看过。"

"我父亲正在盖的那个塔楼，兴许就是为了应对洪水吧。"

"不管是塔楼还是什么，最后不都会被水淹没吗？"我问道。

"是啊。不过我父亲大概想撑到最后一刻，准备看着大家先沉到水里去吧。说实话，我不知道他这算是争强好胜，还是一种莫名其妙的积极乐观。"

"您父亲还真有意思。"静江附和道。

"怎么说呢，"渡部的语气似乎有些困惑，"我觉得，度过最后这段时光的方式，每个人都不一样。"

"那……"过了一会儿，静江开口道，"那我们就挑几个片子看看吧？老公，今天难得过来，不如我们就选几个平时不怎么看的片子吧？恐怖片怎么样？"

我对恐怖片之类的电影毫无兴趣，但渡部却开口附和道："是啊，你们要不要看看那种很血腥的恐怖电影，就是有人接连被杀的那种。"

"血腥暴力的杀人电影有什么好看的？"

"至少，"渡部一脸认真地说道，"这种电影或许会让人觉得，相比之下陨石撞击地球要好受多了。"

5

我和静江并排坐在和室的电视机前，观看着刚租借来的电影。这部电影实在太过嘈杂，毫无情节可言，通篇都是一对美国夫妇的愤怒和咆哮。影片名叫《墙内有人》①，所以我一直以为墙里会有幽

---

① 美国电影，原名"The People Under the Stairs"，中译名为《阶梯下的恶魔》，此处为日文直译。

灵忽隐忽现，整个影片也渲染出一种"看似没有鬼，其实确实有鬼"的恐怖氛围。然而事实证明我错了。原来从一开始，就有许多人被囚禁在了作为故事背景的一栋大房子里。这何止是"有人"，应该说是"有许多人"才对。

静江似乎与我的想法不谋而合。看完电影后，她颇为感慨地小声嘟囔道："这电影的剧情可真够直白的。"

"简直就是一塌糊涂。"

"是啊。"

我抬眼看了一下时钟，才刚刚九点，距离康子回来还有一段时间。

今天晚上定好要吃烤肉，所以也不需要怎么准备。蔬菜和卡式炉都已经摆上了桌，静江叮嘱我等会儿开火之前先把肉拿出来，再把酱汁摆好。虽然这些酱汁都已经过期，但她觉得总比没有强。现在肉类的供给大不如前，想要买点肉回来实属不易，不过盘子里还是装满了解冻好的薄切牛肉。

"再看一部片子吧。"静江从租碟店的袋子里取出另外一盒录像带。

"随你。"我虽然没什么心思继续看电影，不过总比什么都不做要好。

我的腹部忽然感到一阵发紧，不知是肌肉紧张还是胃部抽痛。我终于意识到，我很害怕见到康子。时隔六年的重逢自然令人心生喜悦，但更多是充斥着局促与不安。

"老公。"不知道是不是察觉到了我的紧张，静江轻声唤道。只见她娇小的身形正努力朝前探去，一边将录像带塞进机器，一边头也不回地对我说："你还是和康子和好吧。"

我含糊地应了一声。

"只剩下三年了。"静江摆弄着遥控器继续说道。

"你不说我也知道。"我自觉自己知道。虽然猜不出康子今晚回来的目的到底是什么，但这应该就是最后的机会了。只是……我心中感到一阵不安，只是，我到底应该怎么做呢？我应该如何开口，应该说些什么，应该怎么修复我们之间的关系？或者说，这个世上真的有人会知道这些问题的答案吗？

电影开始了。与之前的恐怖电影不同，这部的情节相对传统，讲述了一名癌症晚期患者奋力找出杀害妻子的凶手并实施复仇的故事。只要稍微忍耐一下枪战时的嘈杂声响，这部片子倒也算是饶有趣味。即便无法让人沉醉其中，却也谈不上无聊。

"这部片子挺有意思的。"静江往回倒带，发表着自己的感想。

"嗯。"我简短应了一声，接着便皱起眉盯着一片空白的电视屏幕问道，"这种时候我们俩居然还坐在这儿看片子，你不觉得很傻吗？"我突然觉得自己正在做一件极其愚蠢的事情。

"傻就傻呗。"

"啊？"

"就是这么回事。"

"说起康子，"我小心掩藏着自己的紧张情绪，"她该不会是太恨我了，想在小行星撞击地球之前把我杀了吧。"

"有可能哦。"

"喂！"

"开玩笑的。"

6

　　过了十点半，玄关的门铃响了。也许是这几年来一直没有客人的缘故，我和静江一开始都没有反应过来这个声音到底是什么。

　　"是康子。"静江的表情舒展开来，起身前去开门。

　　我的心脏开始剧烈跳动。虽然觉得自己很不中用，却也无计可施。我深深吸了一口气，发现连吸入肺里的空气都在不住地颤抖。我调整了一下坐姿，木然地重新摆放着桌上的餐盘。从冰箱里拿出肉来，将盘子的朝向调换一下位置，看了看色拉油还剩下多少。这些事情，换作平日我根本连碰都不会去碰。

　　"爸爸，好久不见。"一个声音传来。

　　我抬起头，看到康子正站在门口。她的样子与六年前在葬礼上并没有什么不同，甚至与十年前相比也没有太大变化。

　　她穿着一件充满秋韵的枫叶色鸡心领衬衫，下面是一条深蓝色修身长裤。康子今年应该有三十二岁了，身材依旧高挑，看起来像是二十多岁的小姑娘。她的头发剪得很短，还没有及肩，给人一种很有活力的感觉。

　　康子的眉眼还和从前一样，一副意志坚定的模样。只见她用黑白分明的眸子瞥了我一眼，然后便将目光转向别处。不，先移开视线的人是我。

　　我的笑容看起来大概很勉强，康子的表情也算不上有多明朗。我原以为，她这次特意跑来见我，脸上怎么也会流露出些许爽朗的笑容，代表过去的种种不快都已经烟消云散。然而真的见到了，她的表情却依然带着明显的戒备。虽然没有明说，可她生硬的表情却在反复提醒着我，我们之前的隔阂从未消失过。

"确实很久没见了。康子，你那边都还好吗？"静江眼睛里闪烁着我几年来未曾见过的光芒，而她的这份轻松，也着实令我羡慕。静江从厨房拿来几个小碟子，将康子带到餐桌旁坐下，自己也跟着坐了下来。

"都挺好的，您呢？"

"我也很好，就是听说只剩下三年了。"静江微笑着说道。听了这话，我忍不住咂了一下舌头。也许是听到了刚刚的声响，康子朝我这边望过来。只看了一眼，却什么都没说。她顺着静江的话继续说了下去："只剩三年了，感觉就像做梦一样，不过还算太平……仙台这边之前也挺乱的吧？"

"我觉得，人真是一种脆弱的动物。"静江颇有感触地点了点头，伸手点着炉子，接着麻利地倒上油，指着蔬菜和肉说道，"想吃什么就烤什么吧。"说完，静江又继续发起了牢骚："刚知道几年之后大家都会一起毁灭的时候，确实乱了好一阵子。有忙着逃命的，有抢东西的，还有大吵大闹的。人真是太脆弱了。相比之下，反倒是街上的流浪狗更沉得住气。"

"这是当然，毕竟狗又不看新闻。"我略带嫌弃地反驳静江，同时又惊讶于她口中频繁提到的那句"人都是脆弱的"。静江会产生这样的想法，有些出乎我的意料。

接下来的好一阵子，我们都在忙着烤肉。虽然没有人说话，但嗞嗞作响的烤肉声和弥散开来的袅袅轻烟，同样给人一种热闹用餐的感觉。

我在脑海中拼命思索着要说些什么。其实我想询问的事情有很多。比如，你之前在做什么？你结婚了吧？结婚了的话，有孩子了吗？工作挺顺利的吧？想不想回仙台？当然我最想知道的是，你还在生我的气吗？

吃完碗里最后一粒米后，我放下筷子，悄悄松了口气。十年了，康子终于又坐在我的面前。但是从刚刚开始，她却一直都在回避我的目光。这种僵硬的氛围让我觉得透不过气来。

"对了……"

"对了……"

我和康子几乎是同时开口。我们注视着对方，彼此的表情都显得有些尴尬，互相谦让着让对方先说。没有办法，我决定硬着头皮先说点什么，没想到这次两人又同时开了口。

"你这次回来有什么事吗？"

"爸爸，你找我过来有什么事吗？"

"什么意思？"我纳闷地问道。康子皱着眉头，看起来和我的表情差不多。我们面前的铁板上，五花肉正在嗞嗞作响，似乎已经烤过了头。

"你问我有什么事？不是你自己有事来找我们吗？"

"因为你说有事找我，无论如何都想让我回来一趟，所以我才回来的呀。"

康子好像觉得有些莫名其妙，不过并没有露出不满的神色。当然，我也一样。这个时候，谁也不想再拌嘴吵架了。

"谁跟你说的？"我在询问康子的同时，已经知道了答案。

"妈妈说的。"

果然如此。能够游走在我和康子中间的，只有静江一个人。她在和康子取得联系后，便告诉了我康子要回来的消息。

"喂。"我歪着头，唤了一声静江。这时我才注意到，静江早已离开了座位，不知道去哪儿了。"喂，这到底是怎么回事啊！"我大声喊道。

静江推开卧室的拉门，脚步轻盈地回到餐桌旁边。

"喂，赶紧说啊，到底怎么回事。"我提高音量再次问道。

"锵——"伴随着夸张的语气，静江拿出了一个纸板箱，放在了她刚刚坐的位置上，"我就是想让你们都来看看这个。"

那个箱子看起来很脏，侧面还印有搬家公司的名字，想来应该是我们搬到山丘小镇时用过的。

"那是什么？"康子疑惑地问道。她的语气里并没有责备的意思，只是非常惊讶。

"我最近在收拾和也的房间。"静江缓缓说道。

"我哥的房间？"

"嗯，结果我在壁橱里找到了这个纸箱，就想给你和你爸都看看。"

"里面到底有什么啊？"

静江动手拆开了纸箱——她按照右、左、上、下的顺序打开了纸箱的盖子。

我和康子正要看一看箱子里的内容，静江却抢先把手伸进去，直接把东西取了出来。

"你们还记得这个吗？"

静江右手拿的是一根小小的木棍。看起来像一段榉树枝，三十厘米左右，尖尖的一头似乎还用小刀随意削过。与此同时，她的左手则攥着一顶建筑工地用的黄色头盔。除此之外，箱子里还露出一截很像网兜的东西，似乎是从足球门网上剪下来的。

"这都是什么啊？"我的语气很不耐烦。然而就在一瞬间，那个本该早已遗忘的场景突然在我脑海中闪现。

7

那是在某一年的夏天。具体多少年以前，我早已记不清了，只记得那天骄阳似火，蝉儿们放肆地大声鸣叫，空气仿佛被烤焦了。

当时我正坐在客厅的沙发上发呆。由此想来，那天应该是个周日。在这个久违的周末里，我的大脑和身体都在肆意放空，透过窗户看到的那片蓝天令我心情畅快，同时也萌生出了一些不真实的距离感。尽管万里无云的夏日晴空让人心旷神怡，但闷在家里没完没了看电视的自己，却也让我感到一阵厌烦。

静江和康子也和我一起待在客厅。康子面前的桌子上是她摊开的笔记，可能是在默默做着什么功课。这时，和也走了出来，那时的他还只是一个小学生。"康子，走啊。"他的声音充满活力。

我不耐烦地抬起头，只见和也戴着头盔，右手拿着一张木弓，还抓着几根很长的自制木箭。

"和也，你这是干什么？"静江瞪大了眼睛问道。

我在望向他的那个瞬间，脸色应该就已经十分难看了——毕竟当时和也已经上小学四五年级，就他的年纪来说，这身打扮着实太过幼稚。

　　"哥，你在干吗呀？"康子也抬起头来，露出一副难以置信的表情。

　　"康子，赶紧走呀，我们一起去抓妖怪。"和也一脸认真地回答道。

　　听了和也的话，我们三人皆是一愣，一时不知该如何作答。妖怪？老实讲，和也这句幼稚至极的话让我内心一阵幻灭。我从来都没觉得他是一个多有出息的孩子，但也没想过从他口中会突然冒出一句什么"抓妖怪"。这孩子应该是无药可救了，绝望浮上心头。

　　"哪儿呀，去哪儿抓呀？"尽管康子年纪小，却显得更加实际。"真的会有妖怪吗？"

　　"嗯，妖怪就在兵库那边。"和也断言道，"妈，我要去一趟兵库，你给我些钱吧。"

　　"兵库？"静江反问道。她看起来也有些惊慌失措。

　　和也干脆地点了点头。他坚定的目光在我们每个人脸上扫视了一圈，然后从容不迫地开口说道："刚才电视上说的。"

　　"说的什么？"

　　我望向摆在客厅里的电视。刚才电视里一直在转播高中棒球比赛，应该是到了决出胜负的关键一局。在这场比赛中，原本注定与冠军无缘的这支球队明明已经有两人出局，却依然打出一场漂亮的翻身仗，最后成功夺冠。

"就是刚才啊，"和也继续说道，"电视里说，甲子园里住着一只妖怪。[①]"

8

我已经不记得当时自己做出了什么样的反应。不，我想我肯定像看到一只奇丑无比的虫子一样，不加掩饰地流露出了厌恶之情吧。然而时至今日，我的内心深处却仿佛涌出了一团团柔软的气流，从丹田一路涌上喉咙，不多时便化为一阵阵令人愉悦的气息，从口中飞了出去。

我忍不住笑了起来。我能真切地感受到，自己原本紧张的表情彻底放松了下来，脸上的肌肉也一下子变得松弛。这时，我突然听到身旁也传来一阵哧哧的笑声，转头一看，原来康子的脸上也同样绽放出了笑容。她的眼睛笑得弯弯的，正用手捂着嘴巴乐个不停。

静江满心欢喜地望着我们。"你们还记得吗？"

"抓妖怪啊。"我虽然皱起了眉头，但绝不是因为不高兴。

"就是抓妖怪呀。"康子忍着笑，肯定地点了点头。

"想想还真有意思啊。"说着，静江将头盔放回了纸箱。

"那时候我其实特别感动，"康子的声音听起来有些激动，也有些怀念，"从那以后我就知道，哥哥拥有其他人都没有的东西。"

"其他人都没有的东西？"静江急切地追问。

---

① 阪神甲子园球场位于日本兵库，是全国高中棒球联赛指定球场。比赛中海风有时会改变球在空中的轨迹，进而影响比分，因此会有"甲子园里住着一只妖怪"的说法。

"是啊，"康子微微笑道，"哥哥身上拥有某种特别的东西。"

"特别？"我心不在焉地重复着康子的话，不禁脱口而出，"是特别的傻吧。"

"老公！"静江皱着眉头，满是责备地冲我说道。

我赶忙闭上了嘴巴。说别人傻的人才是真的傻呢，康子甩下这句话转身离去的场景瞬间浮上心头。尽管此时我口中的那个"傻"字，其实并不带有任何恶意。

"是啊。"康子的表情平静如初，似乎还在附和我。"我哥确实是个很特别的傻瓜，他那时候居然说甲子园里有妖怪，他又不是幼儿园的小孩子。"

我松了一口气，转头望向静江。"你叫康子回来就是为了让她看这个？"

"其实……"静江俯身看着纸箱里的东西，似乎是在寻找合适的措辞。过了一会儿，她突然飞快地说道："机会难得，我真的很想让和也帮忙把妖怪打跑。"

"那妖怪被打跑了吗？"

"谁知道呢。"静江微微侧头说道。

和也戴着头盔，满脸认真地站在那里。他那勇猛又不失可爱的模样，突然无比清晰地出现在了我的脑海中。

"爸爸。"说着，康子站起来。她狠狠瞪向了我，脸上的表情极为严肃，似乎准备抛出什么关键问题。我咽了咽唾沫，泄气一般将整个身子倚在靠背上。

"拜你所赐，我一直都过得很痛苦。你只知道看成绩，看排名，看结果……"她的口吻像是在逐条宣读我的罪状。

突然间，我明白了。原来是这样，我痛苦地呻吟出声。康子的话语里密密麻麻织满了她的憎恶与愤怒。我终于知道，这才是真正的"妖怪"。

"你总是看不起别人，连我跟你待在一起都觉得很压抑。从小我的压力就特别大。我一直觉得，哥哥会自杀全都是因为你。"

长年以来积累的无形憎恶与怨恨，幻化成一只巨大的妖怪从天而降，猛地向我袭来，令我真真切切感受到了压迫与恐惧。还有三年世界就要毁灭，在这个节骨眼上，妖怪终究还是向我步步逼近，看来是不会放过我了。我无话可说，只能目不转睛地看着康子。我甚至觉得房间里的光线都突然暗淡下来，将墙壁沁成了一片黑色，压得人喘不过气来。我不知道应该看向哪里，只能强忍着想要闭上眼睛的冲动，望向女儿。

"不过……"康子这时又开口说道。不知是叹息还是轻笑，只见她轻轻吐了一口气，似乎重新恢复了平静，眼神中那份咄咄逼人也随之消失了。"不过，我不怪你了。"

"啊？"我的声音不自觉变了一个调。

"一看到哥哥的头盔，我就想通了。以前那些事，我不怪你了。"

女儿用高高在上的语气对父亲说"我不怪你"，也是闻所未闻。可我没有生气，只是勉强从嘴里挤出了一句："是吗。"

9

第二天早上，康子便要启程返回东京。我们送她上了车，看她坐在驾驶位上，系好了安全带。随后康子打开车窗冲我们挥了挥手。她左手无名指上的婚戒清晰可见，但谁都没有提起这个话题。

"爸爸，你还是跟我妈道个歉吧。"康子探出头说。

"道歉？"

"你一直都看不起我妈。估计她也一直都在生你的气呢。"

"说的什么傻话，"我瞥了一眼站在身边的静江，"是吧？"

"我确实一直都在生气。"静江的声音比平时尖锐了不少。

"我没说错吧？"康子咻咻地笑了起来，"三年后世界毁灭的时候，陪在你身边的大概还是我妈，而且也只有她一个人陪你。所以你还是哄哄她，让她愿意好好地跟你在一起吧。"

"说的什么傻话。"我又一次重复道。我悄悄望了一眼静江，想看看她有什么反应，却见静江紧绷着脸说道："我和康子不一样，我不会那么轻易就饶了你的。"

车子发动了。

我想起了那座公园，想到三年后我和静江坐在公园的长椅上等待着最后的时刻。即便我们面前洪水泛滥、高楼崩塌，到处都是一片狼藉，但我却觉得那个景象是如此平静祥和。在我的想象中，我和静江佝偻着身子，眼睛被夕阳照得眯成了一条细缝。我们欣赏着红蜻蜓在空中优雅的舞姿，度过最后一段宁静的时光。

"爸爸，好好加油啊。"康子大声说道，"反正还有三年呢。"

"反正还有三年"的说法，让我顿时有了底气。

"喂。"

"我可不会轻易饶了你。"静江一字一顿地说。

太阳的印子

1

　　我一直觉得，选择是一件令人痛苦的事情。

　　我坐在公寓的和室里，用一只胳膊拄着桌子，望着摆有母亲遗像的神龛出神。右手边是一个带有青蛙装饰的座钟。现在已经是下午五点钟了。再过一会儿，美咲大概就要回来了。我想，她应该还是会用平时那种洒脱的口吻问我决定好了没有。美咲比我年长两岁，今年三十四，她其实非常清楚我有多么优柔寡断。

　　怎么可能决定好呢？

　　我强忍着没有长吁短叹，而是在心里与黑白照片中的母亲交谈起来。银色相框里，母亲的表情严肃而平静。"要是有个比赛能比一比谁更拿不定主意，你肯定能得冠军。真没想到会生出你这样的孩子。"独自抚养我长大的母亲大概很中意这种说法，从我很小的时候起就经常把这些话挂在嘴边。也许正是这个原因，我才会不断给自己打上"优柔寡断"的标签吧。

"不过要是真优柔寡断的话，参赛选手们连去不去比赛都要考虑半天，这个比赛恐怕压根儿就办不起来。"十年前我们刚刚结婚时，美咲就这样对母亲回道。母亲很喜欢这种说法，对这个儿媳妇非常满意。

我不需要选择的自由，相反，我更喜欢别无选择。开车旅行时，我希望到达终点的路线只有一条。至于快餐店的午餐，我巴不得每天只固定供应一种。要我说，这样最好。

"不管怎么选，最后的结果都差不多。"美咲总是这样告诉我，"这么做也好，那么做也罢，不管你做什么决定，最后都会是同样的结果。"

不知是什么时候，我曾经这样反问过美咲："那和你结婚呢？难道不是一个很重要的决定吗？"当时她的回答非常简短："结婚嘛，富士夫你是没有选择权的。"

"哦？"

继续待在这间不足六叠①的和室里胡思乱想也无济于事。我干脆站了起来，转了转身子，伸了个懒腰。

我走出客厅，取下挂在衣架上的夹克衫抬手穿上，转过头，透过蕾丝纱帘望向窗外，只见鱼鳞般的云朵一层层轻薄地铺满天际，越发显得秋意正浓。此时的太阳已开始缓缓向西沉去。不知道是不是心理作用，最近的晚霞和云层异常美丽，仿佛在人世间乱成一团的时候，四周的自然风光反而彰显出无穷的活力。

---

① 日本计量房屋面积的单位，1 叠约为 1.62 平方米。

我转身走向厨房。炉子上的大锅里依稀散发出炖萝卜的气味，应该是昨晚做的油甘鱼炖萝卜还剩一半没有盛出来。

"我跟你说个事，你先别惊讶啊。"昨天美咲说这句话时，我们正在吃油甘鱼炖萝卜。只见美咲夹起一块萝卜，享受萝卜炖够火候的美味后，又夹起一块油甘鱼，然后风轻云淡地继续说道："我竟然怀孕了。"

"啊？"我一下愣住了。

"今天我去了一趟医院。"

"我记得你之前说自己好像有点感冒。"

"其实吧，我身体的确不太舒服，所以大概也能想到。"

"能想到什么？"

"妈妈之前不是说过嘛，这世上什么都有可能发生。"

"她什么时候说的？"

"差不多五年前吧。"

"哦。"我点了点头，"那个时候确实什么事都可能发生。"彼时整个镇上，不，恐怕是世界的每一个角落都动荡不堪。人们开始自暴自弃，到处都在发生暴动。偷盗、放火，无所不用其极。八年后陨石就要撞击地球，反正活着也是等死，人们干脆选择从楼上一跃而下，直接结束自己的生命。这样的人有很多很多。横竖都是一死，不如先死一了百了。这个理由听上去有些诡异，但在当时确实什么都有可能发生。

"所以你真的怀孕了？"

"都已经第八周啦。"美咲一脸轻松地笑着，看起来和平时没有什么不同，"你说，现在应该怎么办啊？"

"你问我，我也不知道啊。"

美咲的表情里看不出一丝苦恼和焦虑。她饶有兴趣地盯着我说道："那我到底是生还是不生？现在可是要做出选择的时候了。这是你最擅长的，快做个决定吧。"

我抬头望向餐桌旁的挂历，昨天的日期被签字笔画了一个圈，旁边还留有美咲的笔迹，"下午2点丸森医院"。丸森医院是家小医院，从山丘小镇坐公交车大约两站地，美咲应该就是去那儿做的检查。医院居然还开着，我不禁有些意外。

我把钱包塞进口袋，朝玄关走去，走到一半，想起钥匙没拿，转头走回了和室。我与照片中的母亲对视了一眼。"你能做出决定吗？"母亲的神情仿佛是在试探我。

2

坐上电梯，我忽然想起了五年前的八月十五号。

那天，我和美咲跑到仙台市区的旅行社里搜罗了一大堆年底出国游的宣传册，两个人兴致勃勃地满载而归。都说那一年的夏天比往年凉快一些，那一天却似乎特别热。每次稍一转身，被汗水打湿的T恤就会黏腻腻地贴在身上，让人很不舒服。

我和美咲坐上了公寓的电梯，等着回到六楼的家。"大热天的跑去订什么夏威夷旅行，想想可真是够傻的。"我翻看着宣传册，对旁边的美咲说道。在我的印象里，电梯应该是在二楼停了下来，然后走进来一个女人。她先是按了一下八楼的按钮，随即瞥了一眼我和美咲，便立刻移开视线。不过，这个女人终究还是没忍住，她两眼放光地向我们问道："你们听说了吗？"

"听说什么？"我原以为她要说的一定是公寓里的小道消息，抑或是镇上垃圾分类的新规定。然而，我全都猜错了。她说的事远比这个镇的范围大得多得多。

"刚才我家的电视就不太对劲，所有的频道上都是同一个内容。"

"是电视坏了？"

"放的都是那条吓人的新闻。"

"吓人的新闻？"

"说是八年以后小行星就要撞击地球了，地球就要毁灭了什么的。"

听到"行星""毁灭"之类的幼稚字眼从眼前这个年纪不小的女人嘴里接连蹦出，我不由得感到一阵滑稽，强忍了半天才没有笑出声来。

"应该是恶作剧吧。"

女人的眉毛拧成一团，说道："我也是这么想的。"她伸手指了指楼上，"我正要去板垣家问问这事呢。"从女人脸上的表情来看，似乎闲聊才是她人生的意义所在。

事实证明，那条新闻既不是恶作剧，也不是什么疯言疯语。那天晚上，看着电视里没完没了的相关报道，我们终于不得不相信，这一切都是真的。我想和母亲联系一下，可电话怎么也打不通。现在想来，与八年之后的世界末日相比，电话打不通反而更令当时的我们感到焦躁不安。

那天夜里，公寓的某个房间突然传出一阵悲鸣。不知道是不是受到感染，紧接着有几户人家也跟着发出了哀叹和惨叫声，仿佛人们正在按照领悟力的高低轮番宣泄着自己的绝望。

从那以后，八月十五号——战争结束的这个日子就被赋予了另一重含义。

我来到一楼，继续朝前走去。走出公寓，迎面便是一排邮筒，上面还摆放着两只棒球手套，似乎已经很久都没人用过了。

每次看到这两只手套，我的心情都会变得十分沉重。在我看来，这两只无人问津的棒球手套，仿佛象征着这个即将走向消亡的世界。

继续往外走就是一个很缓的斜坡，右边还有一个小小的花坛。不管什么时候，花坛里的泥土都十分平整，想必是某位住户一直在帮忙打理吧。

我并没有什么要去的地方，只是希望在外面转一转能够帮助自己下定决心而已。仔细想想，这件事真的很讽刺。当初特别想要孩子的时候总是不能如愿，结果彻底死心后，偏偏又在这个不该怀孕的时候中了大奖。确实，这个世上什么都有可能发生。

3

我和美咲从刚结婚开始就很想要个孩子。我们为此做了很多准备，但总是事与愿违。

"以防万一，咱们还是去查查吧。"美咲一副轻松的口吻，仿佛是要请个行家来给古董估价似的。就这样，我们在七年前接受了检查。

"原因应该在您丈夫这边。"

我们来到了仙台市郊外的一家医院。当着我和美咲的面，这位在不孕不育领域颇为知名的妇产科医生将检查结果告诉了我们。"男方精液中的精子数量相当低。"医生的语气很平淡，从中听不出任何同情或是冷漠的感觉，可以称得上非常"专业"。

"是无精症吗？"

"倒也不是。"医生的回答有些模棱两可。

"那我们以后肯定要不了孩子了，是吗？"

面对我的一再追问，医生的目光严肃起来。"现在的医疗技术很发达，还是能要孩子的。您再做一些更详细的检查吧。"

就这样，我对自己的身体有了更多了解。医生还告诉我，病因可能是许多年前因腮腺炎引发的那次高烧。

"对不起啊。"离开医院以后，我不自觉地开口道了歉。

"干吗要说对不起啊？"美咲笑着问道。

"毕竟，是我的原因。"

"这又不是什么不好的事情。"她总是那么洒脱，而且还很擅长将严肃的问题一笑了之。"其实，我反而觉得有点高兴呢。"

"高兴？为什么啊？"

"我原本以为原因肯定在我，所以心里一直挺过意不去的。现在既然是你的问题，那我可就轻松多啦。"

"别说什么问题不问题的。"见我急巴巴地指出她的用词不当，美咲立刻改口说"多亏了你"，听起来更奇怪了。后来我们又开始像往常一样吐槽着公司，聊着以前看过的电影。在回家的公交车上，我还是忍不住开口问道："我们该怎么办啊？"

"什么怎么办？"

"检查和治疗啊。"按照医生的说法，不孕不育的患者应该多做检查，而且通过治疗，怀孕的成功率也可以得到显著提升。

"你想治吗？"

"是我先问你的，结果你又转过头来问我，这也太狡猾了吧。"

"我嘛，"她睁大了眼睛，紧紧盯着我看了一会儿，接着又将眼睛眯成了一条缝，鼓着腮帮子继续说道，"都行。"

她的这句台词倒像是从我这个优柔寡断的人嘴里说出来的。"你就想逃避责任呗？"

"不不，我真是这么想的。"

"可我还是觉得有个孩子更好。"

"嗯，但是检查又要花钱，治疗也不会是什么轻松的事情。"

"你别吓唬人好不好？"我大伤脑筋。现在必须要做出决定了，我一边承受着巨大的压力，一边不住地发愁。

下车以后，我依旧一言不发，满面愁容地朝家走去。美咲也没有说话，只是一脸开心地看着我。"好啦，真的都行的。"等我们依稀能看见公寓楼顶的时候，美咲突然欢快地说道："就这么定了。总之我们就先这样，要是以后你想接受治疗，那咱们就去治，要是你不想治，那这样也挺好的。"说完，她猛地拍了一下我的后背，就像是教练在鼓励一个发挥失常的棒球选手。

虽然我并不打算照她说的去做，可是拖着拖着，不知不觉就过去了七年。

4

　　走着走着，一辆自行车猛地在我身旁停了下来。这辆车原本要从我旁边经过，此时却陡然一个急刹，车上的人也跟着差点摔了出去。我以为是出了什么事，转头一看才发现，骑车的人正是我高中时期的朋友。"富士夫，我正想找你呢。"

　　"好久没见到你了。"这人和我一样，都是土生土长的仙台人，现在也一直住在隔壁的镇上。小行星撞击地球的消息引发了不小的骚乱，我们见面的次数也因此减少了许多，但我知道他一直都没有搬走。他家没买汽车，虽然有辆他一直引以为傲的山地车，但只用这辆车子，想必也没法拖家带口一起离开。

　　"富士夫，你最近有空吗？"

　　"往后三年我都挺闲的。"

　　"那咱们去踢球吧？"

　　高中三年，我们俩一直都待在足球队里。他踢中场，我踢前锋。每次我都会在对方的半场里小心翼翼地跑来跑去，等他漂亮的传球在足球场上画出长长的直线，我就会接过球，然后一脚华丽的射空。这种情况出现的次数实在太多，可队员们依然非常宽容，总是安慰我说："没事没事，虽然踢不进球的时候挺多，但是你每次都能抢占有利位置呢。"我们毕竟不是那种要铆足劲去国立竞技场比赛的超强队伍，所以大家才会对我格外包容吧。

　　"土屋回来了。"朋友说道，"前段时间我在理发店碰到他了。"

"你碰见他的地方还真够绝的。"虽然嘴上这样说，但其实我心里知道，镇上的理发店早已接连倒闭，想找到一个能剪头发的地方着实要费上一番功夫。不仅如此，开门的理发店也总是排不上队。就算世界终将毁灭，陨石终将坠落，头发却还是照长不误。

"我和土屋聊了聊，想着把附近的人都叫来，大家一起踢场球去。"

"都是三十多岁的大叔了，聊起足球还这么有劲儿，你们也真是够绝的。"

"这不挺好的吗？"

虽然不明白这有什么好，不过我还是一口答应下来。我一边回忆着自己已经多久没踢过球了，一边开始在脑海中搜寻家里还有没有踢球用的钉鞋。"后天下午一点，河边操场见。"他一股脑儿把时间和地点全都告诉了我。

"我已经很久没有见过土屋了。"我想起了那位高中足球队主力的魁梧身姿。

"就算土屋很擅长'惊天逆转'，也拿陨石没办法啊。"他略带遗憾地笑道。

"政府说不是陨石，是一个什么小行星。"

"反正都是要掉下来的。"

无论是球技还是带队能力，土屋都称得上是我们足球队的核心人物。高中时，土屋就是出了名的脑子好用。他并不是那种爱出风头的性格，但在遇到事情时很有号召力。作为我们这支弱队的门将，他总是孤军奋战，抵御着一次次箭矢般疾速的射门，而且无论我们输得多么惨烈，他都会选择坚持到底。记得有一次中场休息，他看到我一副垂头丧气的样子，笑着对我说："富士夫，再坚持坚持，马上就要惊天逆转了。"他的语气仿佛是在提前透露电影的结局一般。尽管不是次次都能逆转成功，但是土屋自信满满的样子却令我们——至少令我踏实了不少。

"对了对了，我有个朋友怀孕了。"临别前我开口问了朋友一个问题，话语中真假参半，"她来找我商量，到底应不应该把孩子生下来。"

"就算生了，孩子也只能活到三岁啊。"他的女儿马上就七岁了。

"那也就没什么意义了，对吧？"我挠了挠头，继续问道。

"其实最后还是要看她自己的意愿。"

"是啊。"

"要是我的话，应该还是不生了。"话还没完，他便说了声再见，蹬着车子骑远了。

我停在原地，本想继续往前走，却怎么也想不出应该走去哪里，心里不由得一阵烦躁。我站在那里，无意间抬头望向天空。一朵朵云团悄然而又匆促地向前飘动，一刻不停。突然，陨石撞击地球的那份恐惧幻化出身形，瞬间爬满我的后背。等我反应过来，自己早已蹲在地上，胸部和腹部之间的某个地方更是一阵钝痛。眩晕和胃疼让我又蹲了一会儿，等到站起身来，我深深吸了一口气，摇着头对自己说道："别想了，赶紧忘了这件事吧。"

是回家还是去公园？我来回踱着步子，猛然意识到了一点：每次像这样犹豫不决的时候，都是美咲在帮我拿主意啊。

5

十二年前，我还在东京一所私立大学读书。也正是在这个时候，我认识了美咲。

那天我正准备参加一场女子大学的联谊会。我记得当时我是被邀请的一方，而且似乎还是因为原定参加的人生病请假才空出了名额。

我在滨松町办完事以后，就要赶去池袋参加联谊会。站在车站的自动售票机前，我望着眼前的地铁线路图，突然犹豫起来。

我知道乘山手线就能到达池袋，但是内环和外环究竟哪一个更近，让我有些发蒙。对着地铁线路图研究了一会儿，我发现池袋恰巧在山手线的正中间，而且不管是内环还是外环，中间要停靠的站点数其实相差无几。既然不好判断，那就意味着坐哪一趟都行。可我还是迟迟下不了决心。毕竟，我可是比优柔寡断还优柔寡断的人。

"你要去哪儿呀？"我身后传来一个女孩子的声音，这个人就是美咲。大概是我一直挡在自动售票机前耽误了她买票，不过她一点也没有要发火的意思。

我将事情原委告诉她，她忍不住笑了起来。"不管你坐哪一趟车，最多就差一两分钟而已啊。"

"我知道，"我回答道，"就是因为差别不大，我才拿不定主意。"

听了我的话，美咲语出惊人道："那你可以先坐京滨东北线到田端，然后再换乘山手线，这样估计能更快一点。"

我吓得连连摆手，有些恼怒地说道："你可别再给我增加其他选项了。"

"好，那就让我来帮你拿个主意吧。你就坐山手线，内环。"

不知道是被她的气势折服，还是决定要遵从她的指示，总之我向她道了谢，然后便转身走向山手线内环的站台。不知道为什么，她居然也跟了上来。也许是我们在车厢里聊得太过起劲，我最终还是放弃了那个有幸轮到的名额。这也是美咲决定的。

五年前，有关小行星的新闻铺天盖地。当时我们决定留在公寓里，同样也是美咲的主意。事实上，那个时候世界才刚刚陷入母亲所谓"什么都有可能发生"的状态。在刚开始的一年半里，各种谣言漫天飞舞，新闻报道也大多毫无出处、真假难辨。现在想想，应该是连媒体都已经慌了阵脚吧。

在这些真真假假的消息之中，那些煽动人们赶快逃命的谣言性质最为恶劣，影响也最巨大，比如"搬到大洋洲便能逃过一劫""海拔一千五百米以上的高原地区十分安全"，等等。

就这样，我们附近的邻居纷纷开始收拾行李离开镇子，对越野车和房车的需求持续高涨，汽车产能明显供不应求。在厂家愤怒地表示"这种时候还生产什么车子"之前，一大批人都已经购买了大型汽车，开始了迁徙生活。

我很容易受到周围环境的影响，常常左顾右盼，所以当时非常纠结和苦恼。不和大家一起逃走吧，担心错过了最佳时机，心里总有些不安；但要让我像他们一样在车里生活，我同样也没什么信心。我阴沉着一张脸，只觉得一筹莫展。

当时，美咲的反应却一如往常。"到底应该怎么办呢？"她先看了看我的表情，等我刚一表示自己"心里正在犯嘀咕呢"，她便立刻笑着说道："这个我当然知道。你反正永远都在犯嘀咕。"

"离开这里倒也不是不行，就像他们那样。"

"我决定了。"她的声音很清亮，利落得仿佛可以将竹子一劈两半，"我们还是先待在这里，而且还要多储备一些食物。咱们的车是小型车，就算要走，其实也开不了多远。"

"需要的话，也可以再买一辆新车。"

"不要。我挺喜欢现在这辆车的，而且一月份才做的车检，雨刷器也刚刚换了新的。"

世界都要毁灭了，现在还提"车检"似乎显得有些鸡毛蒜皮。即便如此，我还是觉得自己被她的话语温暖地包裹起来。

"我们就住在这儿吧，没事的。"当时美咲也同样拍了拍我的肩膀。

"没事？怎么可能？"

"反正陨石也掉不下来，我们两个人住在这儿肯定会很开心的。"

她的话只说对了一半。陨石会掉下来，生活也会很开心。罢了罢了，如果只能说对一半的话，还是现在这种说法更好一些。

6

最终我还是坐在公园长椅上呆呆望了一会儿夕阳，然后便起身回家。就在我正忙着做饭的时候，美咲回来了。我习惯性地看了一眼青蛙时钟，才发现原来已经快七点了。

"快打烊的时候突然来了好多客人，收银台前面都排起长队了。"她把披在身上的开衫脱下来，挂在衣架上。

"你们那边不是一直都排长队吗？你别等到下班再回来啊，早点回。"我不禁望向她的肚子。毕竟，她已经是个孕妇了。

美咲一直在超市做促销员，这还是一份兼职。虽然这家超市只有两个收银台，占地面积也不算大，但如今能买到食材的商店少得可怜，所以它的存在也算是弥足珍贵。

事实上，大多农户或者养鸡场的经营者已经消失不见了。他们要么逃之夭夭，要么干脆不干了，又或者提早结束了自己的生命。所以，寻找合适的进货渠道变得非常困难，加之许多商店都被洗劫一空，想要继续开下去绝非易事。

在这样的形势下，美咲打工的超市却依然坚守。当时镇上的佐伯米店终究还是没能逃过关门的命运。就在居民们已经做好心理准备，意识到以后买东西会非常不便时，这家超市竟然重新开张了。也许是店长敏锐地察觉到这条街已经慢慢稳定下来了吧，所以才会毅然挺身而出，而且还觉得自己"选在这种时候开店，才算得上是真正的生意人"。

"我们店长啊，"美咲说道，"是那种很有气概，或者说很有傲骨的人。他的使命感很强，总想挑战不可能完成的事情，而且也愿意去做。"她的话语中带有一些难以置信，同时也包含着颇为赞赏的意味。

"他是个正派人。"我单纯地感到敬佩。

"他本人也这么觉得，而且他说他也很喜欢这种正派的英雄人物。说起来，他还让我们叫他队长呢。"

"队长？"我不禁感到有些奇怪。

"听起来挺了不起的，对吧？不过队长是尊称吧？算了，反正他也算是个做好事的人，叫就叫吧。说实在的，这个大叔也确实有点奇怪，他还把来的客人都叫作民众呢，比如'今天民众也会来买东西'之类的。他可能就是以拯救民众的队长自居的。"

"他自己不也是民众吗？"我觉得不可思议。

美咲笑着纠正我："他可不是民众，他是队长呀。"

就在美咲去换家居服的工夫，我已经在餐桌上摆好了餐具——两盏小碗，两个盛有昨天剩的油甘鱼炖萝卜的盘子，两只汤碗，还有两双筷子。

辞职以来，家务就由我来负责。虽然男人掌勺听起来很不错，但其实就是些图省事的粗茶淡饭罢了。我顶多会把家里现有的食材煮一煮、烧一烧，调味也仅仅会撒点盐或是倒点酱汁。尽管每天的食材和烹饪方式不尽相同，从厨房飘出的香味却大抵相似。

"所以，你想好了吗？"吃完饭，美咲晃着筷子，望着我说道。

"啊？"

"富士夫，你决定好了吗？"她的眼睛里闪着光，夸张地抚摩着自己的肚子。美咲一副早就猜到答案的神情让我觉得很不甘心，但也只能回答她"还没想好"。

"那就好。"美咲重重地呼了一口气。

"那就好？"

"是啊，要是你能立刻给出答案，倒不像你了，也就不好玩了。"

我们一起洗好碗碟，又拿出黑白棋棋盘放在餐桌上，面对面坐了下来。这是我们最近每天都要做的事情，堪称家庭流行活动，吃完饭就是要玩黑白棋。

我很喜欢黑白棋。其他的棋牌游戏，像麻将、围棋或将棋，我都不太喜欢，却对黑白棋情有独钟。每次提到这事，美咲都会分析说这是因为"黑白棋的发挥空间太小"。要是打麻将的话，出哪张牌的选择实在太多，而且碰还是不碰，听还是不听，方方面面都必须要考虑到。如果是将棋的话，又要选择该走哪个棋子，将军的方式也多种多样。至于围棋，则可以把棋子放在棋盘上任何一个交叉点上。与这些棋类相比，黑白棋确实玩法有限。不仅棋子的颜色非黑即白，一旦放好位置就不能再动，而且只有在可以翻转对方棋子的地方才能落子，也没有什么分数的计算，规则非常简单。

"所以，你才喜欢黑白棋。"

"聪明。"

最近一个月里，我与美咲的战绩几乎旗鼓相当。不过从美咲做记录的小本子来看，她赢的次数要更多一些。

"外面真安静啊。"说话间，美咲一口气连翻了我三个黑子。

确实很安静。我看着自己的黑子一个又一个被翻变成白色，暗自想道。

差不多一年以前，不，应该是半年左右吧，就算到了晚上，镇上也依旧人声鼎沸。在抬头望向漆黑夜空的时候，"未来一片黑暗"的绝望心情会在心里陡然倍增吧。夜越来越深，一缕缕无法排解的愁绪从路面的缝隙处慢慢扩散开来，远处也似乎断断续续传来些许声响。那是遇袭女子的惨叫声，是喝退贼人的怒吼声，还有悲观厌世的吵架声……

然而时至今日，这一切都平静下来，四周一片寂寥。我甚至在拉上窗帘后产生了一种错觉，仿佛这座公寓的这个房间独自飘向了半空。房间在夜空中不断上升，我俯瞰镇上的夜景，感受着一阵阵轻微的颠簸。我甚至明白四周为什么会一片安静，毕竟镇上的声响传不到这么远的天上。在我的耳边，只有黑白棋的落子声四下回荡。当然，也可能是堵车时的噪音消失了，所以才会如此安静吧。想走的人都已经走得差不多了，剩下的都是些不想离开的人。

"说来也怪，"我走了一枚黑子，将美咲的白子翻了过来，"这么安静，倒让人觉得未来一片光明似的。"

"不不，你再竖起耳朵听听。"美咲一脸意味深长的笑容。

我侧过头去，朝窗帘的方向仔细听了听，还是没听到任何动静。"我什么都没听见啊。"

"小行星正离我们越来越近的声音，你没听到吗？"

"你这个玩笑可不太好笑。"我感到自己的胃部一阵抽紧。

是啊，在我和妻子下黑白棋的同时，小行星正以飞快的速度——我忘了是每秒二十千米还是三十千米——向我们冲来，想想真的太不可思议了。虽然我非常想痛骂一句"无耻"，可是小行星又有什么无耻的地方呢？

"美咲，你是怎么想的？"我试探性地问道。

"我想，如果能把你那边的棋子拿下，你可就惨了。"美咲指着我放在棋盘右角的黑子说道。

"我不是说这个，我是说孩子。"

"我知道。"她直勾勾地看向我。

不知道是不是心理作用，我突然发现她嘴角的皱纹格外明显。美咲已经三十四岁了，不过外表看起来却要年轻许多，经常被人误以为只有二十多岁，而且身形很苗条，没什么赘肉。但这一次我却真切地意识到，她确实不再年轻，眼尾也隐约有了几条细纹。

"我的确没想到你会怀孕。"我尽量让自己的声音听起来愉快一些，"那个医生，看来是个庸医啊。"

"那个医生当初只是说怀孕的可能性很小，也不算骗我们，只是我们自己选择放弃罢了。"

"真是放弃了，"我叹了口气，"我都忘了还有这码事了。"

"忘了什么，避孕吗？"

"我连做爱可能会怀孕这件事都给忘了。"这确实是我的肺腑之言。十年前我和美咲曾经聊起过生男孩还是女孩的话题，现在想想简直不可思议。我甚至觉得，自己已经忘记了曾经想要孩子的念头。也许我和美咲两个人，都在有意无意回避着生孩子的话题吧。

"是生气了吗？"美咲低头看向自己的肚子。

"生气？"话刚说口，我便明白了她的意思。确实是要生气的。对于这样没有计划、不负责任、不够谨慎的父母，美咲肚子里的孩子一定会愤愤不平：麻烦你们不要随随便便怀孕啊。"确实应该生气。"我真情实意地说道，甚至还感到了些许恐惧。

"从常识来看，还是不生为好吧。"美咲歪着头说道，"毕竟只剩下三年的时间了。"她将目光转向书架旁贴着的挂历，"只能活到三岁，实在是有点残忍。"

"可能吧，"果然还是这样，我暗自神伤道，"是挺残忍的。"

"不管生还是不生，"她再一次望向自己的肚子，"这孩子应该都会生气吧。"

"不过，"我将自己琢磨了一晚上的事情说了出来，"要是一切太平呢？”

美咲愣住了。“你是说小行星不会掉下来吗？”

“嗯，或者说就算掉下来了，我们也想出了某种办法化险为夷。如果是这样的话，到时候我们会不会后悔没有把孩子生下来呢？”

说话间，我不禁开始琢磨“某种办法”到底会是什么。其实我能想到的方案，世界上早就有人尝试过了。各国政府曾共商对策，甚至举办了隆重的典礼，在发射核武器的同时积极开展避难所的修建工作。然而，事情并没有迎来转机。也许有了转机也不会告诉我这样的普通民众吧，不过周围也的确没有看到任何好转的迹象。现实到底不是电影。电影里的演员只需要有演技，而现实中的政治家们却真实感受着恐慌。

“后悔倒是不会，”她笑着说，“能逃过一劫就已经很幸运了，我们俩肯定会抱在一起欢呼庆祝呢。孩子嘛，以后再生就好了。”

“说的也是。”我点点头，其实心里并不认可她的说法。“不过，”我又开始优柔寡断起来，“我们可是等了十年才好不容易怀上的啊。”

“下一次又不见得还要再等十年。我之前听说，怀过一次之后就好怀多了。”

“那也有可能以后就怀不上了呢。”

“那就怀不上呗。”美咲的态度很轻松，“我们两个人一直都过得挺开心的，怀不上就继续过二人世界吧。”

“我确实也这样想过。”

“但是你最后没能说服自己？”

“我感觉这好像是在考验我。”我又看了一眼棋盘，“咦，该谁走了？”“该你了。”美咲说道。于是，我啪的一声放下一枚黑子，干掉了美咲的两枚白子。

"什么考验啊？"

"如果我们决定不要这个孩子，那就意味着我们接受了小行星即将撞击地球的事实。但是其实可能有人正在某个地方观察我们，看到我们选择了放弃，于是就真的决定让小行星撞下来。"

"有人在某个地方观察着我们？谁啊？"

"我也说不上来，就是会在很远很远的地方一直看着我们的那种。"

"你是说上帝吗？"

"反正不是三丁目的邻居山田这种看得见摸得着的。我就是有这么一个想法，反过来说，要是我们选择把孩子生下来……"

"小行星就不会撞击地球了？"

"我就是打个比方。"

"这想法有点宗教色彩了啊。"

"唔……"我轻哼了一声，抱住了胳膊，"这也算宗教吗？"其实我分不清其中的区别，而且感到有些意外。不知从何时开始，"宗教"一词竟然带上了贬义色彩。

"那如果生了孩子，三年后小行星还是撞击地球了，怎么办呢？到时候你该不会说，是自己当初想太多了吧？"

"这样是不是很不负责任？"

"倒也不是，我觉得还好。"美咲确实很宽容。不管我给出什么意见，她在回答时都不会流露半分的厌恶和不满。还记得很久很久以前，我曾经问过美咲一个很无聊的问题："你到底看上了我哪一点啊？"美咲一脸认真地对我说："虽然你做事有些优柔寡断，但其实你知道自己应该做出什么选择。"我瞬间觉得受宠若惊，甚至感动得要哭出来了。

"你的意思是，生下来？"美咲直直盯着我的眼睛。

"再让我考虑考虑吧。"

美咲并没有说出"再怎么考虑你也定不下来"之类的话，她只是淡淡补充了一句："我倒是不着急，就是这事有个期限。"

她说得没错。如果决定不生，就不能这么不紧不慢了。

我们又下了一盘黑白棋。下到一半的时候，美咲提议："这盘棋我要是赢了就生，要是输了就不生，怎么样？"

"不要。"

"当我没说。"

7

两天以后，在广濑川旁边的操场上，我们开开心心地享受了一场阔别已久的足球比赛。一共来了十二个人，每队六人。

这十二个人中的大部分我都认识。有四十岁的邻居大叔，还有我高中时候的学长。不过一个年轻人我怎么也叫不上名字，直到听说他是"租碟店的店长"，我这才反应过来。毕竟，我以前还经常光顾那家店。

就这么几个人还要满场飞奔，既要进攻又要防守，实在让人备感疲劳。我跑得汗流浃背，上气不接下气，腿也开始不听使唤，但是相比之下，酣畅淋漓的痛快感还是更胜一筹。

呼哧呼哧地调整呼吸已经让人精疲力竭，我们实在没有力气多聊些什么，不过各自的脸上依然洋溢着心满意足的神情。有人带了家人一起过来，还有几位老人躺在操场旁边的草坪上望着我们踢球。不过倒是喊我过来的那位同学，好像被老婆一通数落："都这个时候了还要踢球，你脑子里到底在想些什么啊！"

我们没有秒表计时，所以一开始定的规则是哪队先得三分就算胜利。结果等到我们踢成二比二平的时候，所有人都累得喘不上气，腿也疼得连连喊酸，最后决定就此休战。我们拖着沉重的双腿离开了这片操场，但没有人提出想要回家。

正是在这个时候，我和土屋得空闲聊了几句。当时我刚在长椅上坐定，他就在旁边坐了下来，主动向我打招呼："富士夫，好久不见了啊。"

"是啊，确实很久了。"

我和土屋差不多有十五年没见了。乍看之下，他的头发已经有些花白，也许是眉间皱纹很深的缘故，土屋看起来颇有几分威严。尽管如此，他的身上依然保留着当年那种能让人备感踏实的气质，我觉得很开心。

"你应该结婚了吧？老婆没来吗？"

"她白天要在超市上班。"我答道。

"就剩三年了，你们还是多陪陪彼此吧。"

"去超市帮帮那个队长的忙倒也不是什么坏事。"我小声嘟囔着，没承想坐在我右边的土屋却"咦"了一声。"以前是有这么个电影吧。"他继续说道。

"什么电影啊？"

"就是男主角拿着电锯那个。"他的回答让我有些摸不着头脑。

我的眼前是一片开阔的操场，上面铺满了细小的碎石。场上还有足球、棒球的球门和计分板，除了这些，再也没有其他东西了。操场的对面有一片草丛，再过去便是广濑川了。往右边看去，是一座横跨河道的古铜色大桥，上面满是斑驳的锈迹。几年以前，这里曾经出现过严重的交通堵塞，有些人等得太过煎熬，竟然发疯一般接连从桥上跳了下去。

天空一片碧澄。洁白的云朵仿佛被刷子刷过，在湛蓝的天空中长长舒展开来。清冷的风扫过我的脖子，也许是出汗的缘故，我感到一阵寒意。耳边传来河水潺潺流动的声音，宛如万籁之中心脏在静静跳动，听得人仿佛耳边的汗毛都在沙沙作响。

要是她也在旁边就好了。我想到了美咲，接着又想起那桩要不要生孩子的头疼事。"对了……"我准备问问土屋的意见，没想到他也同时开口说道："我啊……"

"你怎么了？"我将话语权让给了土屋。

土屋淡淡笑着："我啊，最近觉得特别幸福。"

"最近？可是我们只剩下三年了啊。"

"就是因为只剩下三年。"他转过头去望着广濑川出神，嘴角微微上翘。

"土屋，你这是一心求死吗？"

"你在说什么啊？"

"是你自己说的，只剩下三年很开心。"

"我有个孩子，"土屋开口道，"名字叫力奇。"

我不知道是不是"力奇"这两个汉字，只得硬着头皮答道："就是《南极物语》里领头那只狗的名字啊。"

"你都在想些什么啊？"土屋笑道，"我孩子今年已经七岁了。"

"那和他家的一样大嘛。"我指着还在操场上继续练习射门的前队友说道。

"差不多吧。不过我们家这个孩子挺特殊的。"

"特殊？"

"这孩子生下来就不太健康。"土屋说得很干脆，与他读高中时的说话方式一模一样。

"是先天的吗？"

"嗯，而且还在不断恶化。厉害吧？"

我实在无法给出肯定的回答。

"这就像比赛刚一开局就让给对手五分一样，而且我们这边还没有守门员。力奇就生活在这种极为不利的情况中。"

接着，土屋说出了一个我从来没有听过的病名，据说是五脏六腑都比正常人要小，而且随着年龄增长还会继续萎缩。力奇几乎看不见东西，说话也不太利索。

"这么严重啊。"我能回应的，只有这样一句无关痛痒的话。这时，我突然想起了高中时的土屋。那时他在朋友中颇有威望，永远都是一副稳重又乐观的模样。在我的心里，甚至曾经希望自己能够成为像土屋那样的人。

"人生真的充满了变数。"

"你怎么三十二岁就开始感悟人生了。"我苦笑道。

"对了，富士夫，你知道我和我老婆以前最害怕什么吗？"

"不是孩子生病的事吗？"

"也算是吧，不过还有件事，一直都让我们提心吊胆。"

"什么事啊？"

"我们一直都很害怕自己会死。"

"死？"他的语气听起来似乎并不是单纯地惧怕死亡。

"虽然力奇生着病，但是我们每一天都过得很快乐。我说这话不是嘴硬，也不是逞强，我们真的过得很幸福。"

"我知道。"我印象中的土屋确实如此。

"可是一想起以后的事，我就觉得无所适从。"

"什么意思？"

"我们很害怕力奇长大后该怎么办。孩子越大，我们就越老，就算身体再好，也会有死掉的那一天。要是我们死了，力奇该怎么办呢？"

"哦哦。"

"每次想到这些，我都会觉得一筹莫展。"

我目不转睛地盯着土屋的脸。

"只要我们还活着，就打定了主意一定会照顾孩子到底。但如果我们死了，这可就难办了。"

"是啊，确实难办。"

"这就是我和我老婆感到头疼的地方。"

"原来是这样。"

"不过呢，"土屋顿了一下，将脸转向我。他的目光中掺杂着喜悦与困惑的神情，就像金榜题名的人在用同情的目光看着落榜的同伴一样。"反正就剩三年了。"他小声嘟囔着。

这一刻，我终于明白了土屋到底想表达什么。

"小行星就要撞击地球了，还有三年一切就结束了，谁也逃不掉，对吧？想想是挺恐怖的，但这样我们就没什么好担心的了。我和我老婆应该会和力奇一起离开这个世界，或者说，和所有人一起离开这个世界。这么一想，一下子就轻松多了。"

我一时间无言以对。不知道是感慨还是惊讶，只觉得胸中一阵憋闷，连呼吸都变得吃力起来。土屋的坚毅令我感动不已。

"虽然我这种想法很对不起其他人，但是最近我真的过得特别幸福。"从高中开始，土屋就一直很为他人着想。

"土屋，你真了不起。"说到底，他依然是那个十几岁的少年啊。

"了不起什么啊。不过这次我才意识到，果然还是存在的。"

"存在什么？"

"逆转啊，"土屋仿佛又回到了他的高中时代，"惊天逆转还是存在的。"

我把刚刚想要询问土屋的问题默默咽了下去。不知是眼泪还是汗水，竟从我的眼角缓缓滑落。

"快看。"过了一会儿，土屋指着正前方说道。只见一轮太阳正缓缓落下，边缘勾勒着完美的圆形轮廓，仿佛贴在天空中的贴纸一般绚烂夺目。"小行星坠落以后，就算我们都死了，太阳和云朵应该还是会存在的吧。"

"是啊。"这片贴纸似乎很难被扯下来。

"这样一想，我就觉得安心多了。"土屋的平静令我印象深刻。

我站起身，大家仿佛预先商量好了一般，不约而同地重新集合到了操场上。虽然我们已经非常疲惫，但还是决定再踢一场球赛。真是一群爱热闹的大叔啊，我在心里暗暗想道。就这样，我们又开始了新一轮的比赛。

比赛开始十分钟，我接过土屋一记轻盈的传球，直接大脚抽射将球踢进球门。就在进球的那个瞬间，我做出了决定。

8

那天我们一直踢到太阳落山，光线暗到连球都看不清了才作罢。临别前，大家呼哧呼哧地喘着粗气，相互约定着"下次再来"，便一起离开了那片操场。虽然我很想再和土屋聊上几句，但是没有灯的操场一片昏暗，实在找不到他的踪影。

等我回去时，美咲已经先到家了。"有点事，我就先回来了。"

"是身体不舒服吗？"我不免有些担心。"那倒不是。"她摇了摇头，难得没有把话说清。

食材已经准备得差不多了，厨房里飘来阵阵白沙司与奶酪烘烤过的香气。想到自己做的饭菜从没有过如此浓郁的气味，我竟莫名感到一阵恼火。

等我洗过澡换好衣服，桌子上已经摆好了餐具，有双耳陶瓷碗和汤碗各两个，盛有意大利面的大盘子一个，还有刀叉小碟各两套。奶酪强烈地刺激着我的食欲，唾液也开始在口腔中蔓延。

"你怎么突然这么早回来，还做了一桌子菜啊？"我大快朵颐，开口问道。"有件事我要向你道歉。"美咲的表情看起来有些迟疑。

难道是……我立刻明白了她的意思。美咲应该是准备先向我认个错，然后就告诉我她的决定吧。要知道，如果是平时的我，肯定期盼着她能够先说出自己的想法。这样一来，我只要轻轻松松地附和一句"是啊，就这么办吧"就可以了，一切都如同当初我在为山手线而头疼、为要不要离开这个镇子而苦恼的时候一样。

然而，今天与以往不同。我已经做出了决定，而且我从未有过如此坚定的决心。"我有话先说。"我斩钉截铁地说道。

美咲一下子瞪大了眼睛，不过她很快调侃似的问我："什么话啊？"

"其实，我已经决定了。"

"决定了？"美咲舀了一勺汤，才刚刚张开嘴巴，听了我的话又停下来。"你自己决定的？"她补充道。

不然还会有谁，我笑了笑。"生下来吧。"我的声音听起来既没有紧张和兴奋，也没有胆怯地降低音量，一切就像平时吃饭时的闲聊一样。

"剩下来？"① 美咲不停地眨着眼睛。

"我想过了，而且已经想好了。"虽然不知道是什么促使我下定了决心——既不是土屋孩子的事情，也不是"惊天逆转"这句话带给我的信心，更不是那场久违的比赛中带给我重生力量的足球，但我确实已经想好了。"答案其实一开始就有了，只是我一直没有勇气把它说出来。"

"你是说想把孩子生下来吗？"

"嗯，虽然实际上要生孩子的人是你，但我确实觉得有个孩子挺好。嗯，生下来吧。"

"你这是基于道德的原因吗？"

---

① 此处是美咲听错了。

"没有那么深奥。我就是觉得，有了孩子我们也一定会很幸福。不，应该是更幸福才对。"说着，我舀了一勺汤送到嘴边，一股令人安心的暖流从喉头一路流向胃里。"也许小行星不会坠落呢，对吧？没事的。"我从没有想过自己有朝一日能够如此决绝地断言某件事情，心中不禁涌起一阵喜悦。我瞥了一眼和室神龛里母亲的遗像，心里不免有些得意。"陨石不会掉下来，我们一家三口肯定也会过得开开心心。"我模仿着五年前美咲的台词说道，"就算真的只能在一起度过三年的时光，我们的孩子也会是幸福的。"

"你这是在逃避责任啊。"美咲半开玩笑地指着我说。

"不不，虽然没有根据，但我不是在逃避责任。"我反驳道。昨天以前，我一直都在考虑究竟怎样做才能让美咲肚子里的孩子原谅我们。如果选择了堕胎，这个孩子就不会责怪我们吗？现在只能再活不到三年的时间，如果生下来的话，这个孩子又会原谅我们吗？这个问题一直困扰着我。

"没关系的。"这句话我是说给自己听的，"这不是什么原谅不原谅的问题，我有信心。"

这时，我突然看到美咲皱起了眉头，露出我从未见过的神情。她眯着眼睛，眸子里泛起氤氲的泪水。至少在我看来是这样。接着，她将一直拿在手里的勺子送到口中，飞快地将汤喝了下去，然后朝我低下了头。"富士夫，对不起。"

"啊？"这并不是我期待的回答。

"我很感动。没想到你能这么痛快地做出决定，把我吓到了，但我真的很感动。"

"是吧？"我突然有些退缩，如果这还不能让她感动，我也确实不知道该怎么做了。"那你为什么还要道歉呢？"

"其实……"美咲说出这句话的一瞬间，我已经预感到自己会听到一个令人意外的消息。现在的气氛已经很明显了，此前所有的前提和假设都已经悉数崩塌，接下来才是真正的"惊天逆转"。刚刚的勇猛刚毅顷刻间蒸发得无影无踪，我就像一只瑟瑟发抖的绵羊，屏气凝神等待着美咲的宣判。

"今天我在超市听别人说，"美咲显得有些不好意思，"丸森医院其实不太靠谱。"

什么意思？

"据说那儿的妇产科医生是出了名的容易误诊，就连我们店里也有两三位客人被误诊过。"

"不会吧？"

"你也挺意外的吧？"

"与其说是意外，不如说是身上一下子没力气了。"我的手在不住地颤抖，就连汤都舀不起来了，"那医生是个庸医？"

"差不多吧。"

"这种人怎么能进医院工作的啊。"

"在这个世界上，毕竟什么都有可能发生。"美咲温柔地笑了起来，似乎在对我表示同情。

9

第二天，美咲去了一家值得信任的妇产科医院就诊。谨慎起见，她还是想要再接受一次正规检查。

我提出开车陪她过去，但她坚持"这种事还是自己去吧"，最后我只能在公寓里等她回来。

美咲猜测自己没有怀孕。"毕竟十年都没怀上，最开始我就不应该相信的。"

我感到全身一阵乏力。也许是球赛后肌肉酸痛的缘故，我躺在房间的沙发上，一动也不想动。

当然，我心里还有一些得意扬扬。毕竟当初那个优柔寡断、连坐电车都要考虑半天的我，在面临生不生孩子的重要问题时，居然能够痛快地做出决定。这一次，我真的表现很棒。而且，我也并不只是嘴上说说而已。在"生下来吧"这句话脱口而出的那个瞬间，我在脑海中设想了许多实际的东西，仿佛真的能用手触碰到我们的未来一般。我想象着我和美咲两个人抚养孩子长大的情形，即便三年后的那一天越来越近，整个世界重新陷入混乱，强取豪夺再次泛滥横行，我也绝对会拼命守护自己的孩子。不仅如此，我们三个人还会围坐在餐桌前，开心地大笑。我甚至相信，十年之后我依然能够陪孩子一起玩上一局黑白棋。到时候，美咲会在旁边百无聊赖地说着"带我一个"，我却会很遗憾地告诉她"黑白棋只能两个人玩"。我们的孩子则会神气活现地对美咲说："妈妈你再等会儿。"我甚至幻想出了这样一个温馨得让人有些不好意思的场景。

如果这一切都是那个江湖医生的误诊，我想象中的未来就会消失殆尽。不过，昨天的决定让我对自己充满了信心，今后的日子估计也不会难熬了吧。

快到下午五点，美咲回来了。当时我正在切圆白菜丝，准备晚上做炒面吃。就在这个时候，美咲慌慌张张地进了门。

　　"回来了啊。"听见我说话，她的表情突然有些别扭，似乎掺杂着喜悦和害羞，还夹杂着一丝歉意。

　　"难道是……"我放下菜刀，朝美咲走了过去，"真的怀了？"

　　美咲一下子笑了起来。只见她双手合十放在胸前，仿佛在拜佛。"对不起啊，富士夫。"

　　"怎么了？"

　　"结果我还真的怀孕了。"

　　"啊！"我吓了一跳。

　　"而且，好像还是双胞胎。"

　　我实在太过震惊，一时间竟发不出任何声音。不过，我知道自己接下来要说什么。"那我们就可以分成两桌玩黑白棋了。"

　　窗外，小小的太阳映照着我的右脸。就算世界末日来临，这率直而又强韧的光芒也会平静如故吧。

劫持的君子

1

"喂，别动。"我冲坐在旁边的杉田举起手枪。

"怎么了，辰二？"我哥站在对面开口问道。

"没什么，我筷子掉了，正打算捡起来。"杉田的脸上流露出些许狼狈和不满。我一直以为杉田玄白是他当主持人时的艺名，不过现在看来应该是真名。[①] 这个男人已经四十五岁了，而他的父母能在四十五年前给他取这样一个名字，想想也真够无聊的。他们这一家子肯定都觉得"这个世界上，有趣才是最重要的"。

杉田的妻子和女儿分别坐在他两旁的椅子上，此时正一脸不安地看着我。也许是还没搞明白怎么回事，所以在面对晚餐之际突然闯进家门的二人，她们并没有表现得特别恐慌。

---

① 杉田玄白，江户时代著名西医，译有《解体新书》。

我往下一看，发现餐桌下面确实掉了一双筷子。"快捡起来。要是你敢有什么小动作，小心我一枪崩了你。"

　　说完，我看了我哥一眼，发现他正冷冷地板着一张脸，银丝眼镜后面的那双眼睛里依然毫无生气。这十年来，他练就了一身喜怒不形于色的本事。我哥比我大两岁，今年也才刚满三十二，却有着远超年龄的老成。不，与其说是老成，他给人的感觉更像是一朵干枯的花朵，在死亡面前早已放弃了继续生长。

　　我们现在身处仙台市内一个名叫"山丘小镇"的小区里。具体来说，是这个小区公寓的五楼，五〇九房间。

　　"你们这群做电视节目的，永远都在逃避责任！"我正对着杉田，强忍着胸中不断上涌的怒火大声喊道。要不是咬紧了牙关拼命忍耐，恐怕我的话语只会变成阵阵怒吼咆哮而出。

　　我看了一眼餐边柜上的座钟，晚上七点整。虽然拉上了窗帘，外面的光线倒也还算明亮。明明已经到了秋末时节，太阳却迟迟没有落山，不禁让人想到七月里炎热的傍晚。最近这段时间，异常的气象与自然现象愈发引人关注。大家都觉得这肯定是小行星不断靠近地球的表征，但没人开口提及此事。也许是太过恐惧而不愿承认，又或是没有精力去分析异常天气与世界毁灭之间的关系吧。

　　"你是什么意思？"杉田并没有表现出太多恐惧，这让我愈加烦躁起来。

　　这是一个面积约十五叠的大客厅，还有一个开放式厨房与之相连。客厅里放有一张方形餐桌，下面铺着一块柔软的地毯。此外，客厅里还摆着一台长方形电视，电视旁边安装有一整套家庭音响。不仅如此，这里还有一个装有全透明玻璃门的展示柜，里面陈列着许多照片。这些肯定是杉田与那些名人的合影，应该也代表着他的光辉历史。一想到这里，我突然一阵恶心。杉田很会抓住别人的痛点，被称作"毒舌主播"还沾沾自喜。他的这种自我炫耀和自我满足在这些照片上一览无余。

"你们这群做电视节目的，平时就喜欢抓着普通人身上发生的小事不放，要么就是没完没了地报道演艺圈里结婚离婚的八卦。可是真到社会动荡的时候，你们溜得比谁都快。"我说道，"别再提什么知情权，也别说什么新闻自由了。你厚颜无耻地逃到了仙台……"

"这里本来就是我的家啊。"

"以前你不是把家人留在仙台，自己住在东京吗？还说自己是什么外派主持人，总把这个当成段子来讲。结果呢，你还不是回来了。说实话，现在到处都乱成一团，不正是该你们这些做节目的人出场的时候吗？"时至今日，还在勉力坚持新闻报道的人屈指可数。

"还有三年，小行星就要撞击地球了。每个人都很恐慌。在这种情况下，我们还能怎么办？又有谁还会看电视啊？"杉田痛苦地说道。

"电视节目还没有停，有人还在继续工作，这不就是使命感吗？"我哥说道。

"那是因为他们没有别的事情可做。这可不是什么使命感，这叫自我满足。"

"你们这些人一直都宣称'电视的使命就是报道真相'。"我哥不慌不忙地说，"你们总是一脸正派地挖掘犯罪题材的新闻。现在小行星撞击地球已经是板上钉钉的事情，整个世界也变得一团糟。你们这些人，不正是应该在这种时候工作吗？"

"那是因为……"杉田的眼睛布满了血丝，一时竟说不出话来。紧接着，他瞥了一眼坐在自己左右两边的妻子和女儿。在他们面前摆放着浇汁精美的现烤牛排，氤氲升起的香气令人垂涎欲滴。此外，桌子上还摆放着几个精致的玻璃酒杯。杉田和妻子的杯子里，小麦色的啤酒清亮明艳。女儿的杯子里，黑色的碳酸饮料正在不停地冒着气泡。真是一顿悠闲而又丰盛的晚餐啊。一想到他们还要用啤酒干杯，我不禁在震惊之余感到愤怒。

"说到底，你们也觉得现在不是做节目的时候，对吧？"我哥继续淡淡地说道，"看到普通人几乎都选择了辞职，大家都在抓紧享受最后的人生，你们也坐不住了。终于，你们也放弃了。人生都没有几年了，何必还要继续工作？你们就是这么想的，我没说错吧？不管说得多么冠冕堂皇，做不做电视节目终归就是那么回事。"

"也许吧。"杉田痛苦地摇了摇头。

"你还敢承认。"

"请问……"正在这时，杉田的女儿开口了。她是一个个头娇小的女生，亚麻色的头发留至肩膀，妆很浓。还有三年世界就要毁灭了，在这种情况下，"教育是为了未来的发展""要培养担起未来重任的年轻一代"也失去了意义，所以现在大部分初高中都已经停课关校。从年纪上看，这个女生应该还在念高中，不过肯定也不再去学校了。"请问，你们为什么要到我家来啊？"虽然措辞客气，但她的语气中流露出些许的漫不经心。

"我们是来杀你爸爸的。"我哥回答得很是干脆，语调颇为机械生硬。一时间，包括我在内的所有人都没反应过来。

半晌，杉田才挑着眉毛问道："为什么要杀我？"他的额头上似乎有汗水滑落，很像是面前那份烤牛排上的油滴。"又不是我一个人在做节目，为什么偏偏要来杀我？"

"杀你，和陨石可没关系。"我忍不住说道。

"我们来找你，是为了替妹妹报仇。"我哥继续说道。虽然我是他弟弟，但也被他面无表情的样子吓得打了个寒战。"就是你，杀了我们的妹妹。"

杉田张大嘴，表情一下子僵硬起来。

"小行星就要掉下来了。如果你和我们一起死掉，那可就太便宜你了。我实在忍无可忍，所以必须要在小行星掉下来之前把你干掉。"我比自己想象中还要兴奋。

2

我们的妹妹晓子是在十年前离开人世的。也就是说，在全世界都因为小行星撞击地球的消息变得混乱不堪的时候，她已经离开我们五年了。

一切都源于一次劫持事件。

事件的主谋是一个三十多岁的女人，此人已经有多次入室盗窃的前科，据说此前从一家化妆品公司主动离职。她这次犯罪的动机很单纯，无非就是为了舒缓一下郁闷的心情，之后再找份新的工作。当时她跑到人家租住的房子里实施盗窃，没想到与住户碰了个正着，于是这人做出一个令人震惊的举动——她掏出手枪威胁住户，而且干脆就躲在屋子里不出来了。

一个入室盗窃的小偷居然持有枪支就已经很令人意外了，更让我震惊的是，这个人采取的做法竟然会如此欠考虑。其实只要老老实实地作为盗窃犯被警察抓走就好，可她居然把住户作为人质绑架了，简直就是把自己逼进死胡同。原本我丝毫不会在乎这种蠢货到底会有什么下场，但是这一次却是例外。

　　因为那个被挟持的公寓住户，正是晓子。

　　"所以我才一直不想让她一个人住在东京。"我和我哥拉着不停哀怨的老妈，慌慌张张赶到了东京。我们一直守在距离现场不远的地方，一边等着警方发来的实时消息，一边小心观察着那里的情况。

　　警方已经包围了公寓，电视上也在对现场的情况进行报道。然而，那个节目与其说是在播报案件，不如说是在对一场庆典进行现场直播。

　　这个嫌犯显然已经失去理智，做事也完全不按常理出牌。她威胁警方"再敢过来，直接开枪"，就这样躲在房子里对峙了三天。

　　到了第三天，这场劫持案忽然迎来了转机。凌晨三点，这个嫌犯跟跟跄跄地出现在公寓门口，警方还没来得及反应，她就朝自己头部开了一枪，当场死亡。我和老妈当时正在睡觉，听说之后竟有种怅然若失的感觉。只有我哥目睹了那个女人的死亡。"那个女的，看起来一脸得意的样子。"他咂着舌头说道。现在想来，那个时候的我哥还是会有情绪波动的吧。

　　虽然晓子在身体和精神上都显得有些衰颓，但在我们看来，三天的人质经历总算是"顺利"结束，这件事也告一段落。生活会回到正轨，我们也终于可以放心了。然而，现实并非如此。我们的痛苦也正是由此而起。才回到福岛老家，媒体便朝我们蜂拥而来。

虽然只是猜测，不过我觉得这可能与晓子的外形有关。晓子皮肤白皙，身形纤细，十九岁的年纪已颇有些大人的样子。撇开作为哥哥的偏心不谈，晓子确实算得上姿色秀丽。她的一双大眼睛微微上翘，有种知性气质，又不失坚毅刚强，与尖尖的下巴勾勒出的纤弱感形成鲜明对比，很容易引起人们的关注。

持续三天的事件在全国范围内转播。观众中不把晓子视为受害者的恐怕大有人在。也许有人把她当成了悲剧女主角，有人把她看作是自己要奋力拯救的心爱之人，更有甚者还会投以戏谑恶毒的目光，觉得她明明身处险境却又故意逞强。这些异样的关注，从四面八方涌到了晓子面前。

满足民众的过分关注，似乎成了媒体的责任所在。

那段日子，电视台和杂志记者曾多次来到我家，希望能对晓子做个采访。他们按着门铃，敲着大门，甚至还会跑到对面的建筑上偷拍我们，着实是毫无节操、毫无礼貌、毫无顾忌。

一开始的时候，我们对待这些媒体的态度都很诚恳。不，准确来说，应该是我哥的态度很诚恳。我这个人本来就游手好闲，对人也比较冷漠，加上老妈的精神状况也不太好，所以我哥主动提出"让老妈和辰去照顾晓子，外面那些媒体的事情就交给我吧"。在我看来，我哥是真的拿出了自己的全部诚意。说起来，那个时候他从来不叫我"辰二"，而是亲昵地呼唤我"辰"。

媒体这些人固执而阴险，蛮横又虚伪。也许从一开始他们就没准备放过我们这些已经备受折磨的受害人家属，反而拼了命地想要打探晓子的情况，拍摄晓子的照片。尽管有些记者会很热络地表达对我们的同情，眼含热泪地诉说着他们对自己的工作是多么自豪，然而到了最后，他们的做法却与其他人并没有什么不同。

"绑架犯其实和晓子是熟人""要怪就怪晓子抢了那个女人的男朋友"……这些没有根据的谣言漫天飞，大概也是媒体迟迟不肯离去的原因之一。只要话题的热度和人们的好奇心还在，他们所谓的使命感就不会消失。

"震惊！晓子的私生活异常混乱""人质晓子被绑架时竟一丝不挂"……这种明显带有挑逗意味的新闻报道开始涌现。在警方查明绑架当天晓子家的大门没有上锁后，人们甚至将枪口对准了受害者。在他们看来，正是晓子自己的粗心大意诱发了犯罪行为的出现，也就是所谓的自作自受。从一开始的好言相劝到步步紧逼，再到后来发现怎么也笼络不了对方，于是干脆伸出利爪狠狠地挠上一把……如此种种，其实才是这些媒体人的本性吧。

终于有一天，我哥忍不住咆哮着质问一个电台记者"为什么总盯着我家不放"。当时距离绑架案结束已经过了一个月有余。"既然要查，你们就去查那个嫌犯啊。就算已经死了，原因也都在她，她才是加害者。我们是受害者，你们为什么要一直追着我们不放？"我哥当时的态度还算客气，但是言语间已充满了愤怒。

他说这番话的样子也同样出现在了电视节目上。说来也巧，我们一家人恰恰围坐在餐桌旁看到了这则报道，虽然我并不想看。只听到演播室的主持人在节目里说道："为什么？还不是因为有意思吗？追着死人不放，肯定不如追着这家人采访有意思啊。"这位与《解体新书》的出版人同名同姓的当红主持人轻飘飘地说着这番话，言语间还颇为得意地看向摄像机。"直面受害者，才是真正的勇士。"

我们自然怒不可遏，但也一时无言以对。老妈伸出手来，正准备拿遥控器把电视关掉，却听到电视里杉田说道："接下来插播一段广告。"我至今都记忆犹新，当时这个主持人的脸上突然闪现极为沉痛的表情。也许是因为广告没有及时插播进来，杉田内心的真实想法和脸上的痛苦神情竟冷不丁暴露在了荧屏之上。接着，他似乎又朝工作人员痛苦地皱了皱眉，仿佛在说"当坏人太痛苦了"。这一切的一切，都令我印象深刻。

说起来有些不好意思，当时我确实觉得"这个男的原来并不喜欢发表这种攻击性的言论"。我想，大部分观众应该都会这么理解。

然而我哥却并不这么认为。"都是套路。"他立刻小声嘟囔道。

"不会吧？"

"刚才那个肯定也是套路，都是演给观众看的。搞得像是不小心播出来的一样，其实都是故意的。一面当着坏人，一面又想博得观众的好感。"

我对我哥的分析钦佩不已，不禁也怒从中来。我陷入沉默，晓子则立刻站起来回了房间。我想，我哥应该就是在那个时候、那个瞬间，彻底失去了情感的波动。他变得面无表情，看起来冷静而锐利。此后，他再也没有回应过媒体的任何采访，无论问他什么，他都紧闭双唇，直接无视对方。以前我经常像招呼朋友一样叫他"虎一"，但是从那以后，我却只敢叫一声"哥"。他变得让人捉摸不透，令我感到恐惧，也对随随便便直呼其名产生了本能的抗拒。

在晓子自杀的前一天，我是最后一个和她说话的人。那时她主动来到我的房间，一字一顿地问道："辰二哥哥，你还记得吗，有个叫囚犯什么的剧？"

"囚犯大逃亡^①？"

"对对，就是那个。"

"好怀念啊。"那是我们小时候经常看的一部电视剧。家里应该也有这部漫画，就是不知道放在哪儿了。

这部电视剧的题材颇为老套，就是讲一个越狱犯疯狂逃亡的故事，不过我们当时却看得津津有味。也许是因为杀人案的追诉时效是十五年，每集电视剧的结尾都会重复一句固定台词："不就是逃亡十五年吗，小菜一碟。"现在想来，这句台词其实挺过分的，不过每次我和我哥一起模仿这句话的时候，晓子都会非常高兴。电视剧里，男主角站在监狱的高墙上朝着外面的电线飞身一跃，再将皮鞭猛地缠绕在电线上，像坐索道一样顺利出逃。我们也曾想效仿男主角的做法，但是刚站在墙上想朝着电线的方向跳过去，就毫无悬念地收获了父母的一顿臭骂。

"我们为什么要一直躲躲藏藏呢？明明都没做错什么。"晓子开玩笑似的说道，"搞得就像那个囚犯一样。"

"不过仔细想想，那个电视剧里的囚犯到底还是杀过人，不值得同情。咱们亏了。"

"最后那个人还是被捕了。"

电视剧里的主人公如果能坚持十五年不被抓，就可以免受刑罚。但在最后一集的时候，他却大摇大摆重新回到了监狱。"这算什么小菜一碟啊。"我们在大失所望的同时，也明白了"做坏事就要被抓起来"的道理。不过话说回来，从男主角越狱的那一刻起，针对

---

① 此剧为作者虚构。

杀人行为的时效也就不再适用了吧。

"虎一哥哥最近有点怪怪的。"过了一会儿，晓子低着头说道。

"他就是有点累了。"话虽如此，我心里却非常清楚，我哥的变化并不是疲劳引起的，也绝非是靠睡眠、休养或温泉旅行能解决的。被置于一个极端残酷的环境中，那些被人抛弃的动物便会失去温驯的一面，一个个变得狰狞凶恶起来。我哥的变化亦是如此。

"是不是因为我啊？"

"当然不是。"我极力否认，"过一阵子他就会好起来了。"

"放心吧，小菜一碟。"就在晓子离开房间时，我努力地模仿着电视剧里的台词，可妹妹并没有露出一丝笑容。

3

"你们是那个，福岛的……"杉田惊讶地半张着嘴巴。他的食指像一根粗壮的树枝，此刻正无力地指向我和我哥。

"对，我们就是让你们成为勇士的那家人。"我哥的声音冷若冰霜，与其说直刺要害，倒更像将无数冰碴儿一齐扔到了对方身上。

听了我哥的话，不只是杉田，就连他的妻子和女儿也一下子绷直了身体。

"最近没在电视上看到你，我就猜测你应该是躲回家当起好爸爸了。"我越说越兴奋，"所以我们就一路追到了仙台。"

"如果你们的新闻准确的话，"我哥低声说道，"小行星三年后就要撞击地球了。如果是真的，你也能和自己的老婆孩子一起迎接世界末日。就算小行星撞了地球，你也还有自己的家人。和你一比，我们什么都没了。妹妹没了，妈妈也没了。"

"你妈妈也……"杉田的妻子开口问道。

"你们不知道吧。"我咬紧牙关，挥舞着手里的枪，"你们这些媒体啊，晓子一自杀，你们就都跑得没影了。"

"难道你妹妹自杀之后，我们还应该继续采访吗？"杉田忍不住反驳道。

我举起胳膊就要揍他，却被我哥一把拉住了。

"你给我听好了，当时你们并非出于对我们的体谅才不来采访的。你们就是因为对晓子的死有负罪感才不敢再来的，我没说错吧？"我哥说道，"你们那个节目，观众骂得越厉害，你们就越高兴。骂的人越多，收视率就越高。你们既不是同情晓子的死，也没有要反省的意思。要我说，这就像开车不小心轧死一只猫一样。'轧死了只猫，真晦气。干脆换条路走吧。'你们就是这么想的，所以才不再来我家采访。不是这样吗？所以我母亲的死你们自然也不知道。毕竟，你们对我家没兴趣了。"

我不禁回想起母亲过世时的情景。当时母亲去洗澡洗了一个小时还没出来，我们不免有些担心，我哥便去浴室查看情况。刚一打开门，就看到喝了安眠药的母亲早已沉在了浴缸的水里。

"所以，你们就……"杉田一脸茫然地开口说道。

"就来报仇了。"我哥静静答道，"我们可不想被小行星抢了先。"

电话响了起来，我们一齐望向铃声传来的方向。见电话就摆在我旁边的餐边柜上，我哥让我去接，紧接着又朝杉田一家举起了手枪。"谁敢乱动，我就毙了谁。"话虽如此，他看起来并不像要立刻开枪的样子，也许是觉得一枪毙命太便宜他们了吧。其实我也这么想。一定要让他们吓得屁滚尿流，深刻认识到自己犯下的错误，不然我们就白忙活了。要是突然开枪把他们一个个全都打死，那就和小行星提前撞击地球没什么区别了。

"喂，是杉田吗？"我拿起听筒，一个年迈男性的声音传了过来。"我是渡部啊。"还没等我回答，对方又很热络地继续说道，"刚才是不是有两个男的鬼鬼祟祟到你家去了？也没什么事，就是你自己多留点心啊。"

"是一个姓渡部的。"我移开听筒，望着我哥，"他看见我们进杉田家了。"

"哦。"杉田和他的妻子同时点了点头，似乎表示他们知道此人。

"他是谁？"我哥压低音量问道。

杉田的妻子看起来有些困惑，不过还是告诉我们："他是同住在五楼的邻居。"

为了今天的行动，我们事先已经调查过这座公寓的情况。面对来袭的小行星，能够坐以待毙的人毕竟还是少数。曾几何时，许许多多的人们选择离开家园，漫无目的地过起了迁徙的生活，这座公寓也不例外。之前的上百户居民现在剩下不到一半。五楼除了杉田之外就只剩一户人家，想来应该就是这个"渡部"吧。我哥大概和我想到了一起，只见他小声说道："是那对年轻的夫妇啊。"

"但听起来像个老头。"从电话里的声音来看，说话人肯定上了年纪。

"那应该是渡部的爸爸。差不多一年以前，他就把他爸爸叫过来一起住了。"杉田回答道，"而且这个老人一直都在屋顶上忙活，可能是喜欢自己动手做些家具吧。他总是搬着大件的东西上上下下，可能就是那个时候看到你们了。"

"在房顶上做什么啊？"我忍不住问道，"该不会是想做个诺亚方舟吧。"

"喂喂，听得见吗？喂喂？"听筒另一边的渡部急切地问道。

"哥，怎么办？"我刚想再问问我哥的意思，却见他走了过来，很不客气地接过听筒。

"我们是进了杉田的家，"我很好奇我哥会说什么，没想到会如此直白，"而且已经把他给劫持了。听好了，你去找个电视台过来，随便哪个台都行。要是仙台还有电视台的话，你就让他们在楼下来个现场直播。"

我哥放下听筒，屋子里陷入一片死寂。杉田的妻子神情紧张地看着我和我哥，杉田的女儿则缩着肩膀，望着餐桌上的汤碗出神。

"哥，为什么找电视台啊？"

"我要让这家伙尝尝相同的滋味。"我哥用枪指着杉田说道，"我要把他曝光在摄影机的镜头前。"

"现在哪儿还有人会看电视啊。"杉田撇了撇嘴说道。

"有没有人看无所谓，我就是要让你站在镜头前。"

"可是哥，刚才那个老头可能会报警啊。"

"是有这个可能。"我哥坦然地点点头，"报警就报警吧。"说着，他又指了指窗边的帘子。"辰二，你离窗户远一点，到时候警察可能会开枪。现在那些警察也不会手下留情。"

确实如此。对于警察来说，不随便开枪的温和做法早已成为过去。自从五年前人们得知世界即将毁灭开始，形势就急转直下。

整个国家、每一条街道，到处都充斥着犯罪暴行。自暴自弃的人们将沿街店铺洗劫一空，盗窃和放火更是屡见不鲜。暴动成了常态，马路也变得拥堵不堪。警察自然也坐不住了。为了维护治安，采取一些强硬措施似乎成了唯一对策。

如果遇上非常紧急的情况，警察会毫不犹豫地击毙凶手。即便犯下的过错并不严重，这些罪犯也会被抓进监狱。事实上，监狱俨然已经成为犯人的收容所，加之很少有人提出保障人权的要求，所以监狱的环境也极其恶劣。

不过从结果上来说，我觉得这种极端手段还是起到了一定效果。虽然见效慢，但犯罪行为确实有所减少，街道也逐渐恢复了往日的平静。特别是今年，每一天都过得安稳太平，仿佛什么都没有发生一样。

"已经告一段落了吧。"我哥曾经这样说道，"那些引起恐慌的人要么自杀了，要么搬走了，要么被抓了，反正几乎都看不到了。所以，日子也太平了。而且大家都慢慢意识到，现在只剩三年可活，还是安安稳稳过日子最明智。"

4

我哥提出报仇的想法是在大约半年前，即福岛市区及周边地区的局势都开始如落潮般慢慢稳定下来的时候。在此之前，我每天都要忙着对付突然出现的土匪和强盗，还要保护自己家的房子不被人放火烧掉。要知道，住在我家左边的山田一家被私闯民宅的强盗残忍杀害，而住在我家右边的佐藤一家则选择了全家集体自杀。在如此混乱不堪的社会环境中，我拼命守着一份正气，可是我哥的想法却与我恰恰相反。"辰二，你想好怎么办了吗？"

"什么怎么办？"

"那个家伙，"我哥选择了这样一种称呼，"你打算怎么办？"

"那个家伙？"我以为我哥在说小行星的事情。

"杉田，就是那个主持人。"

"哦。"就在一瞬间，有些东西从我心底猛地喷涌而出，如同沸水中不断翻滚的气泡。晓子上吊用的绳子，老妈溺沉水底的浴缸，杉田在电视屏幕里做作不堪的神情，这一段又一段的记忆伴随着黏腻的黑色血块在我的脑海中翻腾不息，散发出一阵又一阵的腐臭。"你说的是那家伙啊。"

"据说他已经辞职躲回仙台了，估计是想利用剩下的时间好好陪陪家人。"

"哥，你查过他了？"

"想忘都忘不了。"

我哥的语气让我明白了一件事，在小行星的到来让整个世界陷入恐慌，每一个人都在为了活命拼死挣扎的时候，只有他在默默酝酿着复仇计划。我当时的第一反应是拒绝，毕竟现在才提报仇似乎为时已晚。再说世界还有三年就要毁灭了，何必特意花时间和杉田扯上关系呢？

然而，在看了我哥拿来的那盘录像带之后，我改变了看法。

我万万没有想到，我哥居然把杉田主持的所有节目全都录了下来。比起对他动机的好奇，我更震惊于他能够坚持下来的超强行动力，或者说是一种近乎冷酷的执念。"这就是晓子去世那天他主持的节目。"说着，我哥按下了开始键。

刚一开头，节目里简短提到了晓子自杀的信息，紧接着又若无其事地开始播报其他新闻。过了一会儿，只见杉田一身魔术师打扮，开始了一个类似于魔术表演的无聊环节。

"当时那群搞媒体的人，我一个都看不顺眼。尤其是这个杉田，更是罪不可恕。"我哥看着录像带里的节目，宣告道。

电视屏幕上，杉田抱着膝盖钻进了一个看起来很结实的大纸箱里，然后整个箱子被盖上一大块布。伴随着夸张的音乐，只见灯光一闪，再打开纸箱的盖子，里面早已空无一人。真是一场拙劣的魔术啊，想想就知道是纸箱底下有个暗格。

"辰二，你说这人值得原谅吗？"我哥问我。此时，杉田正带着一脸笑容出现在电视上。我哥按下遥控器，将录像带快进了一些，切到节目即将结束时的画面。只见杉田作为主持人，正痛心疾首地缓缓给出点评："我曾经也想过，在不幸发生之后表演魔术，会不会显得不太尊重……"

"简直太狡猾了。"我哥说道，"他这就是装模作样地反省，假装自己没有恶意罢了。这种人心眼又多又狡诈，总觉得自己做的事情才叫漂亮，滴水不漏。就因为世界三年后要毁灭，我们就要原谅这种人吗？难道我们要把这一切都交给小行星来解决吗？我不愿意，也不会原谅这种人。这个杉田，我一定饶不了他。"

我重重点了点头，表示赞同。其实在我哥没有明说之前，我从未有过类似的想法，这让我感到惭愧。妹妹和老妈在十年前就去世了，杉田却还能活三年，真是天理难容。"绝不能原谅。哥，你说得对。"

5

我仔细一看，原来是杉田的妻子在啜泣。她望着餐桌，眼泪纷纷滑落，脸上的皱纹愈发清晰。她衰老的样子宛如一颗枯萎的果实，让人不免感到一阵悲切。

"哭也没用。"我哥干脆地说道，"晓子那时候，我们可比你哭得惨多了。"

何止是惨，我们简直是肝肠寸断，痛不欲生。

杉田的妻子轻轻点了点头，像是在认同我哥的说法，不过在我看来只是因恐惧产生的条件反射罢了。我们的愤怒，她无论如何也不可能体会得到。

这时，杉田的妻子突然伸手拿起了勺子。现在这种情况，她该不会是准备吃饭吧？没想到，她居然真的往汤碗里盛了些汤，令我大为震惊。她簌簌地掉着眼泪，张开嘴巴准备将汤喝下去。

"你在干什么！"我立刻走上前，对着杉田妻子的椅子猛踢一脚，"现在这时候还想着吃饭，你是不是脑子有病啊。"

伴随着一声巨响，她倒下去，连同椅子一起摔在了地上，汤汁飞溅出来。我举起手枪对着她："你在搞什么名堂！"

餐盘被打翻，汤汁顺着餐桌流到地毯上。我哥一直没有说话，只是静静望着杉田的妻子从地上爬起来。

"喂，你又想干什么！"瞥见对面杉田的女儿有所动作，我立刻条件反射一般大声咆哮，慌慌张张地举起了手枪。只见她缓缓拿起叉子，又起了一块牛排。

"吃什么吃！"

我哥就站在杉田女儿的旁边。他见状立刻狠狠朝着她的手打了过去，杉田的女儿应声大叫，叉子飞了出去。我哥盯着餐桌上的菜肴："你们这是在耍我吗？"虽然他的脸上看不出任何表情，但话语间流露出强烈的愤怒。

"别动。"杉田看了看妻子和女儿，直截了当地说道，"多余的事就不要做了。"说话间，他的神情僵硬而痛苦。

"爸，其实都是一样的。"杉田的女儿第一次如此爽快地说道。她有些兴奋地瞪大眼睛，两只手攥成拳头支在桌上。"反正怎么都是死。"

听了她的话，我差点没笑出声。她说这话的意思倒像是"反正怎么都是死，倒不如先吃块牛排吧"。

杉田的妻子坐直身子，肩膀不住地颤抖。也许是紧闭着双眼的缘故，她眼眶中的泪水汇成了大滴大滴的眼泪，不断从眼角滑落。既然都哭成了这个样子，为什么还总想着吃晚饭呢？

6

就在这时，电话再次响起。没等我哥发话，我就直接拿起听筒。

"你们想要干什么？"这次的声音与刚才的渡部完全不同，听上去粗犷有力。我立刻意识到这是警察打来的电话，赶紧用手捂住听筒，告诉了我哥。"好像是警察打来的。"

不知是有了期盼还是过度紧张，杉田家这三个人突然都有些发抖，我用余光看得十分真切。

　　"他问我们想要干什么。"

　　"我来接。"我哥走了过来。

　　我把听筒递过去，继续监视着餐桌旁杉田家的一举一动。他们三人互相对视了一眼，虽然谁都没有说话，但是我感觉他们似乎在用眼神打着暗号。"喂，你们干什么！"我拿枪对准他们，心想该到开枪的时候了，如果再不行动，恐怕就有麻烦了。

　　不过现在居然还能找到警察，着实令我非常诧异。

　　小行星的消息引起了人们的恐慌。在混乱发生之初，自卫队出面镇压了各地的暴动。他们发动了多种军事行动，希望用以暴制暴的方式稳定局势，但普通民众对于死亡的恐惧和绝望还是远远超出政府和自卫队的预期。在民众的反击下，他们步步溃败。如今，福岛依然可见报废的吉普车和装甲车被弃置路边。

　　尽管如此，警察却依然发挥着他们的职能。说起来让人难以置信，不过我确实几次看到警察在工作。驱动他们出警的到底是使命感还是惰性，我不得而知。

　　我哥接着电话，将身子靠在墙上。他掀开窗帘，透过面向阳台的玻璃窗向外望去。天色暗下来，但还没有入夜，朦朦胧胧的。

　　"我们想把住在这里的杉田一枪打死。十分钟后我再给你打过去，你先等着。"说完，我哥挂断了电话。莫名其妙的回答，正好与这个莫名其妙的世界相称。

　　"外面好多警车啊。"我说道，"还有个男的扛着摄影机呢。真没想到，这可一点都不像世界末日前的样子。看来，还是有人在专心做新闻嘛。"

"电视都是垃圾。"杉田垂头丧气地小声嘟囔。

他语气里竟包含着一丝天真，宛如一个冲进教堂忏悔的少年，令我一时惊讶得说不出话来。不过很快我就回过神来，梗着脖子大声说："电视没什么不好，你才是垃圾。"

"算了，我们本来也没打算让你反省。"我哥立刻说道，"逼急了就赶紧承认错误，这种事谁都会。你早就该反省了。在我们来之前，在小行星被发现之前，你就应该承认自己犯下的错误。现在已经晚了。这不是在给你机会，而是你最后的死期。"

"哥，动手吗？"

"还有十分钟，足够一枪打死他了。"

"警察会老老实实等我们十分钟吗？"

"谁知道呢。刚才我隔着窗户看见公寓其他住户已经被警方疏散了，估计是准备采取非常手段了吧。"

"非常手段？"

"现在这个世道，警察要么不管，要管就是直接动武。要是他们打定了主意要维持治安，手段可就残暴多了。"

"等一下。"杉田咬着嘴唇开口问道，"你们是打算连我老婆孩子也一起杀掉吗？"

"杀不杀都行。"我哥的口气冷淡得令人叹服，"看你的表现。说老实话，我不怎么恨你家人，我就是恨你。"

"你这么做，你妹妹和你母亲都会伤心的。"杉田的妻子抹着泪，怔怔地嘟囔道，"这样的解决方式，她们一定不会开心的。"

我哥一言不发，我也皱着眉头说不出话来。这话没有回应的必要。这人又在说什么傻话。我心里暗想。

"那杀了我之后呢？"杉田抬头望向我哥，"你跑得掉吗？"

"这就不劳你费心了。"我抢在我哥前面答道，"后面的事谁也不好说，反正再过三年世界就毁灭了，警察应该也没有什么耐心追着一个杀人犯不放。"

"但是据我所知，确实有些警察会一直坚持，不把犯人送进监狱誓不罢休。其实他们这些人的目的已经不是什么治安或法律，而是一种扭曲的正义感在作祟。"

"搞不懂你在瞎操心什么，反正只要你比我们先死就行了。不管是枪毙还是坐牢，我们都无所谓。"这不是嘴硬，而是我们的心里话。

"你们……"杉田黯然垂下脸来，"你们怎么会……"

"哥，我开枪吗？"

"等一下，我还有些话想说。"杉田不死心地伸手劝阻道。

"现在反省可太迟了。"我哥说道。

正在这时，门外传来一阵骚动。

7

我哥望着走廊的方向。"可能是警察找上门了。"

"警察？"

"也许是准备硬闯了吧。"

"我去看看。"我举起手枪，朝走廊走了过去。走廊没有开灯，光线有些昏暗。我踮脚走着，尽量不发出声响。门外有人，而且还是好几个人。外面的过道里不时响起窃语声，还有鞋子走来走去的声响。我踩在门口的水泥地上，屏住呼吸将脸凑到猫眼旁边。在紧张的气氛下，我甚至怀疑他们会不会直接开枪，不禁汗毛倒竖，心里一阵恐慌。虽然我觉得他们应该不会在没搞清楚门后是谁的情况下贸然开枪，但或许是我太过乐观了。现在这个世道，警察没有什么余力，也失去了道德的约束。为了能够尽快解决麻烦，他们可能根本不在意普通民众是否会无辜丧命。

我透过猫眼朝外看去。门外果然有一些穿警服的人，他们头戴暗灰色头盔，身上还穿着防弹衣。这些警察站成一排，组成一支小队，其中一个人正拿着一大块像是电话的东西和谁通着话。居然鬼鬼祟祟跑到这里来埋伏我们了。我一边在心里暗骂，一边又觉得明明只剩下三年，他们却依然在努力维持社会稳定，确实值得敬佩。

我决定不再看了。就在我小心翼翼准备后退一步时，忽然听到门外的警察说了些什么。我慌忙将耳朵贴在门上，想要一听究竟。

"他们说五〇一还有人没走。"队伍里有人在说话。

"赶紧让他们走啊。"另一个人回答。

"说是还有个老头在屋顶上。"

"再去催一催。一会儿要是发生枪战可就危险了。"

我又透过猫眼看了看外面的警察。不知是不是心理作用，我总觉得他们眼里闪耀着炯炯的光芒。原来如此。他们坚守岗位并不是出于什么使命感，而是在享受这种可以肆无忌惮使用暴力的权力。他们脸上露出兴奋，手里紧紧握着手枪。也许正是为了掩盖自身的焦躁与恐惧，这些警察才会选择继续工作，坚持不懈地围堵嫌犯吧。

这样看来，门外这些人倒与体育赛场上的啦啦队一样，正在焦急等待着混乱中的高潮。或者说，他们就像一群闻到血腥味的猛兽。

我踮着脚向后退去，重新回到了餐桌旁边。

"确实是警察，而且都拿着枪，就等着一声令下冲进来了。不过，他们刚才在抱怨五〇一还有人没走，所以估计还要再等上一会儿。"我向我哥汇报道。

"是渡部……"杉田的妻子小声念叨着五〇一那户的名字。

"好。"我哥低声说。他手里的枪已经上膛，对准了旁边杉田的脑袋。"你自己到底做了多么卑劣的事情，心里清楚了吧？作为电视节目的主持人，你要负很大的责任。"

"其实我……"杉田紧紧闭上了眼睛，身形僵硬地坐在那里，似乎忍受着巨大的恐惧，"其实我也过得很痛苦。"

就在这时，杉田的妻子和女儿发出了嘶哑的喊声，一时分不清是惨叫还是悲鸣。

"你们给我闭嘴。"我提醒道。

"你这都是演给我们看的，装装样子罢了。"我哥毫不留情地说道，"一切都结束了。"说着，他把手指放在扳机上。

不知不觉间，我的呼吸竟然急促起来。我大口喘着粗气，嘴里也有些干涩，下意识地朝餐桌走了过去。我站在杉田旁边，伸手拿起杯子。虽然心里没什么紧张的感觉，但我的嗓子却有些渴。

我端起杯子，调整一下呼吸，准备将啤酒一饮而尽。

然而，这杯啤酒还是没能进到我的肚子。就在马上喝到啤酒的一瞬间，我竟突然被人撞飞了出去。

我自觉并没露出什么破绽，但杉田的女儿还是从椅子上站起来，一头朝我撞了过来。倾洒出来的啤酒漫天飞舞，宛如一帧帧慢动作。我被撞得跪在了地上，不由得火冒三丈。我将手枪换到右手，急急忙忙举了起来。"你搞什么鬼！"我抬头望着杉田的女儿，手枪瞄准她的眉间。然而，她的眼神极为认真，肩膀随深呼吸一起一伏。我先是抬起一条腿，而后便站直了身子。"别只杀杉田，哥，这俩人也一起解决了吧。"

"说得也对。"我哥答道。

"你们居然还不死心。别以为警察来了就得救了，还早着呢！"我咆哮道，但心里却掠过一丝不安，外面的警察听到我的话，很可能会直接破门而入。

"我们没想要得救。"一个平静的声音传来，仿佛穿过房间的一缕清风。我回过神，原来是杉田的妻子在说话。

"什么意思？"我有些不解。

"本来，我们也不打算活下去了。"

8

我和我哥一时语塞，只有玄关外隐约传来些许嘈杂的声响。可能是我刚才又是摔倒又是大叫，让门外的警察察觉到了异常吧。这时，门口传来一阵试探性的敲门声。"没事吧？"一个伪装成热心邻居的声音问道。在我看来，这句话的意思是"我们要冲进去抓你们了"。

"什么叫不打算活下去了？"虽然我哥没有表现出丝毫慌乱或

迟疑，但是面对现在的局面，他应该同样摸不着头脑。

自从把我撞倒以后，杉田的女儿就一直站在那里。我爬了起来，等着杉田妻子的回答，却看到她将视线移到了杉田身上。也许是接收到妻子眼神的暗示，杉田开口说话了。

"你刚才要喝的那个杯子……"

"怎么了？"我瞪着他问。

"有毒。"

这个回答令我大感意外。我与我哥对视了一眼，接着又看向洒在地毯上的啤酒。"有毒？"我和我哥异口同声地问道。

"我们本来就打算今天自杀的。"杉田的妻子微微低着头，开口说道。

"你们要自杀？"我很是怀疑。

"这些菜，还有这些酒，里面都下了毒。"杉田的女儿板着脸说道。接着，她提到了一种毒药的名字，但在我听来像是一连串化学名称堆在了一起，压根儿就没有实际意义。

"你们为什么要自杀？"我哥问道。

杉田一家互相对视了一会儿，仿佛在用眼神召开着家庭会议。杉田的脸皱成一团，上面似乎写满了源自内心深处的恐惧。"我实在是受不了了。"

"与其等到小行星到来的时候死去，还不如趁现在自我了断更好。"杉田的妻子说道。

"这个世界上，哪里还有什么活着的意义？"在我们这些人里，就数杉田的女儿最为平静。

"你们……"我脱口而出道，"别闹了。"说完，我的心里又一阵困惑，不知道自己到底为什么让他们别闹了。

"我们也不是故意的。"杉田缩着腮帮子，像投降一样高举着双手望向我哥，"其实，我在电视台的工作并不开心。"

"你什么意思？"我哥的语气很是冰冷。

"我一直都觉得自己有罪，内心备受折磨。"

"你会觉得自己有罪？"也许在我心里，其实并不希望杉田说出这样的话。他终于还是承认了，我忽然感到一阵沮丧。

"电视都是垃圾。"杉田重复着之前的话。"不，我才是那个垃圾主持人。"他似乎想到了什么，忙改口道。"确实太过分了。你们说得没错，一知道地球就要毁灭，我就立刻逃了出来。那时候我终于意识到，不管怎么故作姿态，我心里的使命感也就那么回事。"

杉田告诉我们，他在一年前就带着全家离开了仙台，本来是想找一个安全的地方落脚，结果却发现到处都是一片混乱，最后只能无功而返。"事到如今，我才发现绞尽脑汁找出路的自己是如此丑陋不堪。"杉田说道。

"你那个电视节目有什么使命感？你们只会嘲笑弱者，偷窥起哄，唯恐天下不乱。还要模仿什么魔术师，何谈使命？别让我发笑了。"我越说越快，宣泄着自己的情绪。

"你说得很对。"杉田的神情像是被人戳到了痛处，"只是，"他一字一顿地说道，"只是，我那个时候也拼尽了全力。那个节目追求的效果就是抓人眼球，并不是我一个人能控制的。"

"就是你一个人控制的。"我提高了音量，"你这样的人就该死。"这时，我突然想起杉田在节目的某一瞬间流露出的痛苦神情。

"所以我也没打算再活下去了。"杉田说道。他既没有愤怒得拉下脸来，也没有表现出抢占先机的优越感。

"为什么你也不想活了？"我哥望向杉田的妻子。"还有你。"他对杉田的女儿说道。

"我怎样都无所谓。反正还有三年就要死了，而且……"女孩小声嘀咕着，一双眼睛了无生气，她转头望向自己的父亲，"我也很讨厌爸爸的工作，从小就讨厌，没风度，又一直说别人的坏话。"

杉田第一次颓丧得缩起了肩膀。

"刚才你们说的晓子小姐的事情，其实我也觉得挺可怜的。所以爸爸说他不想活了的时候，我想想也觉得挺好。"

"所以你们就准备一起自杀？这未免也太随便了吧。"我哥对着杉田轻蔑地说道，"你可真够差劲的。"

"就是因为太差劲，所以才不想活了。"杉田又说道。

"所以，与其刚才被我们杀掉，你们才想着不如赶紧把毒药喝了？"我向刚才准备伸手吃饭的杉田母女问道。

"我是不想让你们犯罪。"杉田的妻子细声说道，"所以在你们动手之前，打算先自我了断。"

"哎，那可不行。"杉田在一旁对妻子说，"如果现在我们服毒自杀了，警方还是会怀疑到他们头上，毕竟到时候这里只有他们活着。所以，现在可不是自杀的时候。"

"你们，"我哥静静地开口问道，"为什么要选在今天？为什么决定在今天一起自杀？"

这个令人意外的问题让我一时间感到有些混乱，但我还是立刻明白了他的意图。想来，杉田的理由可能与我们选在今天闯进他家的理由是一样的。

果然，杉田愣了片刻，苦涩地给出了答案。"今天是你妹妹的忌日。反正我们也不想活了，干脆就选在今天。当然，我们没有觉得这样做就能获得你们的原谅。"

　　"就算真是这样，我们也不会原谅你。"我哥的语气仿佛冰冷的铅块。

9

　　"哥。"我不知该如何是好，语气里流露出向他求助的意思。

　　恰恰就在此时，玄关传来敲门声。这声响听起来似乎有所顾虑，却又急促得令人感到焦躁和恐慌。"杉田！"外面传来呼喊声，语气较之前更为强硬。在我看来，这就像是预告他们就要冲进屋里的最后通牒。

　　杉田依然坐在椅子上，他握紧的双拳置于双膝，低头望着地面，仿佛一个招认了罪行的犯人，知道自己马上就要受刑一般。

　　我哥一直没有开口。过了一会儿，他忽然喊了我的名字。"辰二。"

　　如同一直在等待这声召唤一般，餐边柜上的电话突然铃声大作，尖锐刺耳的声音给人一种不祥的预感。杉田猛地回头望向电话，转而又不安地将目光移到我身上。他的妻子和女儿还是目不转睛地死死盯着电话。

　　"辰二，算了。"我哥就像完全没听到电话铃一样。不知道是不是我的心理作用，他的脸上洋溢着轻松明朗的神情，就像灌注全身的毒素已经通过汗液和尿液彻底排出了体外一样。

"算了？"

"既然一心想死，那反而不能让他们如愿了。"我哥将枪口狠狠抵在杉田的太阳穴上，"你要是真觉得自己作恶多端，那就别跑啊。有本事你就再活三年，服毒自杀可太便宜你了。"

杉田一副摸不着头脑的模样，他的妻子也难掩迷茫的神情。就算是我，也不太清楚现在究竟是怎么回事。不让他们去死，到底是什么意思？

"你们可别想就这么轻轻松松地死了。就算小行星要撞下来了，你们也要坚持到最后，继续活着，然后痛苦地离开这个世界。"他伸出左手，缓缓将子弹退出了枪膛。

电话还在响着。一成不变的单调铃声让人颇感恼火，但我并不想去接电话。

杉田一家的反应很复杂。他们三个人面面相觑，表情上一时也看不出到底是得救了还是没有得救。一起自杀的决心似乎已经烟消云散，一切仿佛重归平静，但是他们的神色并没有完全放松下来。事实上，他们依然没有得救。小行星带来的毁灭就发生在三年后，届时整个地球将无人幸免。所以，尽管自杀这条退路已经行不通了，但他们也并没有因此得救。

杉田哭了起来。他无所顾忌地淌着眼泪，不知是因为悲伤还是惊喜，又或是终于意识到了自己的悲惨与丑陋。

真没出息，我不禁咂了咂舌，却再也没了开枪的心思。"哥。"

"辰二，算了。杀他们就是图个开心，我们永远都不会原谅他们的。而且，"我哥的这番话好像也是在说给他自己听，"不能让他们死得太轻松。"

电话声和敲门声还在继续，似乎愈发急促起来。

这时，杉田伸出双手拍了拍自己的脸颊，仿佛在给自己加油鼓气。"你们，"他用力眨了眨眼睛，用颤抖的声音问我哥，"你们打算怎么办？"

"什么怎么办？"我回答道。之前我只考虑怎么一枪毙了你，我哥应该也一样。

"我们无所谓。"果然我哥这样回答道，"事情办完了，我们要回去了。"

"外面有警察啊。"杉田说道。

"最近这些警察很不客气的。"杉田的妻子关切地补充。

"我听说他们抓了犯人之后，为了泄愤还会动用私刑。"杉田的女儿说道。

"我知道。被抓被杀都无所谓。"我哥说道。

"这又是何必呢？"杉田感慨道。

"我们解释一下吧。"杉田的妻子提议道，"我们去和警察解释一下，就说你们是被冤枉的。"为了盖过不绝于耳的电话铃声，她提高了音量。

"刚才我们在电话里都说了，要把你们全都枪毙，所以现在你就算说了，他们也不会相信。"我哥耸了耸肩膀，"现在这些警察，有点风吹草动就要动手，才不会管对方是谁。"

我哥意味深长地冲我点了点头。我明白他的意思，虽然事先我们并没有就此商量过，但我们的想法应该是一致的。事情办完了，一切就要结束了。与其被警察抓走，还不如被他们一枪打死来得痛快。所以，现在我们只剩下直接冲出去这一条路了。打进身体里的子弹，不就像一颗小小的陨石吗？

终于，电话不响了，屋子里再次陷入一片沉寂。应该还会再打过来吧，我突然觉得胃部一阵疼痛。杉田、杉田的妻子、杉田的女儿，三人的鼻息节奏听起来颇为一致。

"浴室。"说话的正是杉田的女儿，只见她忽然站起来，用手指着走廊，"我们家浴室的吊顶，用力推应该能推开。有个通风口还是什么，有点脏，不过应该都是相通的。"

玄关又传来敲门声，这次他们甚至开始肆无忌惮地扭动起门把手了。

"那又如何？"杉田歪着头问道。

"让他们从那儿逃出去啊。"杉田的女儿没有笑，也没有流露出得意的神情，"我们先在前面拖住警察，他们应该不会擅自闯进来。趁这个工夫，让他们从浴室吊顶钻进去，试试能不能逃到别人家里。"

"那从别人家里怎么逃出去呢？"杉田追问，并没有否定女儿计划的意思。

"给渡部打个电话问问？"这回说话的是杉田的妻子，"可能他还没走呢，我们打个招呼，他肯定愿意帮忙。"

"啊。"杉田微微摇了摇头。

啊什么啊。我一直竖着耳朵听他们说话，却听不懂他们话里的意思。

"可是，"杉田抱起胳膊，"从渡部他们家又怎么逃出去呢？"

"你们到底在说什么啊？"我哥加重了语气，"我又没让你们帮忙，你们别乱商量怎么帮我们逃跑行不行。"

我深有同感。我感觉自己被甩在了一边，仿佛杉田一家正挤在一起绞尽脑汁地玩填字游戏，我们在边上旁观。

就在这时，杉田突然拍了一下手。"我知道了！"他高声说道。

"什么啊？"我一脸狐疑地盯着杉田。

"我之前录节目的时候用过，就是一个变魔术用的大纸箱。这个箱子下面有个暗格，一次能装进去一个人。你们就从浴室的吊顶上钻进去，一直爬到渡部他们家，然后再一个一个地钻到这个大纸箱里，假装运货就能把你们运到外面去了。怎么样，我这个计划应该能行吧？"

"你到底在说什么！"我忍不住骂道。

10

我哥究竟抱着怎样的心态接受了杉田的提议，我不得而知。不过，他采纳了这个逃跑计划。也就是说，我也接受了这个计划。

我们站在浴室里，抬头望向上面的吊顶。杉田的妻子和女儿则站在浴室外。

"胜算不高。"我哥的语气里颇有些看清大局的意味。

"肯定能行。"杉田红着眼睛，将折叠好的纸箱递到我手里。按照计划，我需要拿着箱子，沿着这个吊顶一路往前爬。"一直往西走，走到头就是五〇九房间。我已经和渡部说好了，到时候他和他父亲会假装搬东西，一个一个把你们运出去。"

"这个姓渡部的，为什么要帮我们？"我哥问道。

"渡部的父亲以前说过，这世道最重要的，不是什么常识和法律，"杉田停顿了一下，露出孩童般恶作剧的神情，挑着眉毛继续说道，"而是要如何开开心心地活下去。"

"一会儿要是出去了，外面该不会有警察正等着我们吧。"我半开玩笑地说道，但内心想着即便被抓了好像也没什么关系。

"祝你们一切顺利。"杉田伸出双手，紧紧握住了我哥的手，"希望你们能看着我们苟延残喘地活到最后一刻，也希望你们记得来看看我到底会不会逃跑。还有三年，愿你们也能一直活到最后。"接着，杉田深深鞠了一躬，"请你们千万不要被警察抓住，也请你们千万保重自己。"

我哥紧紧盯着杉田，又看了看站在我身后的杉田的妻女。"我可没打算原谅你们。"他的反应是如此淡漠，一如这十年来一直戴在脸上的铁皮面具般冰冷。不过我还是发现，他在说接下来的这段话时，那副刚毅坚固的冰冷面孔似乎有些松动。

我哥将视线转到我身上，缓缓说道："不就是逃亡三年吗，小菜一碟。"

就在那一瞬间，我仿佛看到了当年的那个哥哥，正对着还是小女孩的晓子模仿电视剧主人公那句经典台词。"你说对不对，辰？"他亲切地继续说道。

"虎一……"我不禁如往昔一般，呼唤着他的名字。

冬眠的女子

1

　我仰躺在地毯上，读着一本小开本平装书。合上书，我瞥了一眼挂在柱子上的时钟，拿起身旁的签字笔在书的最后一页写上今天的日期，又在旁边加上"11：15"的具体时间。最后，我端端正正地写下"已读"二字，心里随之涌入一缕缕暖风。

　我把书放在膝盖旁边，双手握拳，将胳膊高高举起。尽管不是为了做给谁看，我还是摆出一个胜利的姿势。

　我站起身，从客厅走到餐厅，再沿走廊一路来到玄关左侧的房间。父亲在四年前就已经离开人世，我却还是保留着进去前敲门的习惯。

　"这里简直就是个书斋啊。美智，你爸爸真爱看书。"刚念初中的时候，同学第一次来我家玩，看到父亲的这个房间都会大为感慨。说来惭愧，十年前的我其实并不明白"书斋"的含义，觉得可能是类似东洲斋①的一种称呼罢了，于是就顺着同学的话聊了下去。

这个八叠大的房间采用木制装潢，里面密密麻麻地摆满了书架，只留下勉强供人通行的狭小空间。这些架子大部分都是双层手摇式可移动书架，可以放下非常多的藏书。

"书啊，就像浴室里的霉点，不管的话就会越来越多，真让人头疼。好不容易空出点位置，你爸又会不停地拿书回来塞满。美智，你看着吧，这些书会越来越多，没个尽头。"我又想起了母亲当年的感慨。

母亲其实有些杞人忧天。书不会再继续变多，也不可能没有尽头，我暗暗想道。

我在最里面的书架前蹲下，将手里的平装书插回书架的最下层。直到此刻，我依然不敢相信自己居然能将这些书全部读完。带着强烈的满足感，我重新望向这些书架。从房门旁边的那排架子开始，我按照从上到下的顺序取书阅读，如今已过去整整四年。全部书加起来应该不到三千本。这四年我每天都会读一到两本，心情好的时候可以读完三本，就这样一路坚持了下来。按这个速度粗粗算来，藏书差不多有两千多本。

我走出房间。长期在这里看书，我感觉自己仿佛在冬眠。我缓缓关上房门，门合上的那一瞬间，我的心里冒出"自己可能再也不会踏进这个房间"的想法。不过我很快改变了主意。如果三年后世界终将毁灭，死在这个房间倒也不是什么坏事。

我走回自己的房间。其实真要说起来，自打四年前父母一同离

---

① 东洲斋写乐，江户时代著名画家，人们常称他为"东洲斋"。

108

开这个世界，这座公寓三〇一室的每一个房间都可以算得上是"我的房间"。不过在我心里，只有东边那间铺着绒毯的六叠大的小屋才是真正属于我的天地。走进房间，迎面就是一张小床。外面的光线透过蕾丝窗帘，映得屋里一片明亮。望着这片爽朗鲜亮的阳光，我怎么也不敢相信，三年后世界就要毁灭了。

我在书桌旁坐下来。"书桌"的叫法似乎对这张桌子的用途进行了硬性规定，令人不免感到滑稽。我将目光转向桌子上方的墙面，只见那里用图钉固定着几张略大的纸条，纸条上的内容也都出自我的手笔。

从念书的时候开始，我就经常用这种方式将自己需要做的事情记录下来，就如同在漆黑的道路尽头点上一盏小灯，以防自己在日常琐事的纷扰中迷失方向。即便遇到令人摇摆不定或是备感焦躁的事情，只要看一看这些纸条，我便能够定下心来继续前行。"要学会把必要的事情一件件做完。只要做完一件事情，也就知道接下来要干什么了，别着急。"这是母亲最常说的一句话。

此时此刻，我的面前正贴着三个"目标"。这些是我在四年前父亲过世时写下的，提醒自己需要完成的事情。

"不要怨恨父母。"

这是第一个目标。其实这件事我甚至不需要努力，就已经做到了。

"读完父亲的藏书。"

这是第二个目标。这件事我也已经在刚才顺利完成了。没想到我真的做到了。

我望向第三个目标。

"活下去。"

就目前来看，这个目标还需要继续努力。

2

我离开公寓，沿着山丘小镇旁边的街区向前走去。眼下正值十一月份，也算正式踏入了冬季，不过却感觉不到丝毫凉意。现在，早已没有人会因为气候异常而感到慌乱，更没有人会发牢骚，抱怨"异常天气都不报道，简直太过分了"。

山丘小镇就位于仙台北部的一座山丘上，应该是我出生那年建的，算算也有二十三个年头了。作为孩子降生的纪念，我的父母在那一年欢欣鼓舞地购入了这个小区的房子。

我穿过公园。这座公园的四周围有栅栏，四个角还装饰着图腾柱，从旁边穿过去就算进了公园。如果想抄近路横穿小区，只要沿着公园的路斜穿过去就可以。

在经过长椅的时候，我转头向南边望去，那里能够俯瞰仙台市区的风景。我之前一直都很喜欢仙台的街道，郁郁葱葱的树木与各色建筑交相辉映，看着令人心旷神怡。然而近日再看，那里却已然褪色成了一座灰蒙蒙的废墟。

再往前走几步，长椅后面的树林中正站着一对年长的男女。我一眼就认出这是住在同一栋楼的邻居，但却怎么也想不起他们的名字。这个小区，确实早已见不到什么人了。不打招呼直接走过去似乎不太礼貌，我便朝正仰头望着大树的两位长辈开口问道："您二位在干什么呢？"

"啊，是田口家的姑娘呀。"中年女子转过头来，"哎，这是三楼田口他们家孩子。"她对着旁边的大叔说道，想来应该是她的丈夫。紧接着，中年女子又介绍道："我们是住在四〇五的香取。"我立刻反应过来，赶紧点头打了声招呼。大概十多年前，他们的儿子自杀身亡了。当时这个小区很少有年轻人离世，此事一度引起人们的极大关注。

"是有什么东西吗？"我向他们走过去，学着他们的样子抬头张望。光秃秃的树枝宛若剥离出来的根根血管向四周蜿蜒伸展，令这棵山毛榉透出一种说不出的诡异感，却也平添几分冶艳的味道。大概是公园管理人员和负责清扫的保洁员都已离职的缘故，这棵山毛榉的四周堆放着许多桌椅之类的大件垃圾。

"你看，树梢上缠着线呢。"中年女子伸出纤细的手指。

我仔细一看，在十来米高的树枝上果然缠绕着一圈一圈的丝线，旁边还能看到一些木质碎片。"那是什么东西啊？"

"应该是风筝吧，我们刚才也在说呢。"中年女子望着旁边的大叔说道。

"风筝？"

"很早之前，和也，啊，就是我家儿子，曾经在公园里弄丢了一只风筝。"也许是想起了当时的场景，中年女子眯起了眼睛，似乎在遥望远方。"当时那孩子已经读初中还是高中了，却把邻居小孩的风筝缠到了树上，搞得这个人发了好大一通脾气。"

中年女子望向她的丈夫。男子紧绷的脸上依然是一副严肃的表情，但或许多少有些歉意，他的表情柔和了许多。

"刚才我注意到那上边缠着好多线，正说是不是和也的风筝呢。"就像搅作一团的丝线终于成功解开了似的，中年女子的神情也如同那翩然垂下的丝线一般放松下来。从年龄来看，她或许都可以被唤作老奶奶了，但依然透着一股莫名的可爱。

"那都是二十年前的事了，怎么可能还挂在树上。"大叔低声自语道。

"可是你看呀，那些线看起来可都有些年头了呢。"

"是啊，看起来确实很旧了。"我也直直盯着树梢，高仰着头附和道。

"干脆我爬上去看看吧？"中年女子小声嘟囔着。

"喂！"

大叔话音刚落，中年女子立刻表示："我开玩笑的啦。"

3

这四年来，我把每天的时间都花在读书上，就像陷入了某种意义上的冬眠。于我而言，与外界唯一的接触就是去商店购买做饭所需的食材。

然而现在这个世道，想买点吃的绝非易事。以前我在课堂上曾经学过，在我们生活的这个国家，食物的自给率其实极其低下。"如果不依赖海外进口，你们每天就只能干嚼米饭了。"当年老师的这番话到底是在吓唬我们还是在开玩笑，我不得而知，但如今就连米饭都很难吃到了。

五年前，整个世界陷入一片混乱，彼时的情况也确实非常糟糕。人们纷纷开始抢夺食物和生活用品，商店里全是些不付钱、拿了就走的客人。那时我还在读高中，放学路上会路过一家超市，有时我会进去买些东西。有一天，这家超市被蜂拥而至的家庭主妇们席卷一空。当时的情形仿佛蝗虫过境，给我带来了巨大的冲击。超市原本开阔的停车场上密密麻麻挤满了车，人们在其中来回穿行，仿佛一根根银针正在缝合上面的空隙。很多人甚至沿着汽车引擎盖爬上去，直接踩着车顶开辟道路。在那群浩浩荡荡的"蝗虫"大军中，我意外地看到了母亲的身影，一时间大为震惊。母亲一向白皙动人，此时却柳眉倒竖，涨红着脸。她一身牛仔衣打扮，正拼了命地往自己的大背包里塞着一盒又一盒保鲜膜。我就那样呆呆地站在马路上，直到母亲发现了我。就在看到我的那一瞬间，她陡然睁大了双眼，脸色苍白地低下头，仿佛在为自己的行为感到羞愧。即便是在回家的路上，她的心里似乎也一直遭受着愧疚感和罪恶感的谴责，这反而令我十分内疚。我想，母亲一定觉得我会看不起她吧，但其实怎么会呢？就在别人疯抢食品和卫生纸的时候，我的母亲竟然想到要多囤一些保鲜膜，确实算得上是目光长远。只是当时她脸上写满落寞与悔恨，令我一直难以忘怀。

　　就在父亲拿着煤油回家时，母亲的脸上也曾浮现出同样的神情。那一次，父亲用一根长方木条打死了家门口攻击母亲的暴徒。一定是这些令人痛苦绝望的事情不断堆积，才逼得父母一起投河自杀吧。

　　"美智，今天来点什么？店里新到了一些山药哦。"

　　是店家的声音。不知不觉间，我竟然已经走到了超市。这家超市外观很像那种瘦长的活动板房，出口和入口分别设在左右两侧。

尽管这家超市售卖的东西非常单一，就是从当地农户那边收购一些食材摆在店里而已，可每天还是有很多客人。这里的食材种类说不上丰富，但人们不会再像以前那样杀红了眼似的拼命抢了。

特别是从今年开始，整个镇子太平了许多。可能是人们也需要暂时休息一下吧。小行星撞击地球的消息的确引发了巨大的恐慌和骚乱，大家都为此感到疲惫不堪。不过现在的平静只是短暂的休整，乱世并不会因此而彻底平息。

究其原因，一方面人们已经慢慢意识到，只要不乱来，剩余的这段日子还是能够平安度过。另一方面，政府在去年年底宣布国家仍有大量大米储备，想来也在一定程度上稳定了局势。似乎由于暴动和自杀使得本国人口锐减，政府已经公开表示"就目前来看，后续阶段的大米供应不成问题"。

虽然只有大米也无济于事，不过强取豪夺的情况确实少了很多。大家都已经筋疲力尽。即便每天争来抢去，为所欲为，也依然无法逃避小行星即将撞击地球的残酷现实。既然结局无力改变，不如逍遥度日来得更好。

告诉我店里新到了山药的人，正是那位手持猎枪站在入口的超市店长。他身材瘦削，站得笔挺轩昂，尖尖的下巴神气地向上翘着，一双眼睛炯炯有神。

他手里端着那把猎枪，看上去还挺像那么回事。事实上，最近这家超市能够重新开业，也正是因为政府发布了通知，表示"为了维护店内治安，相关人员不仅可以携带枪支，还可以采取一定程度的强硬手段"。我本人并没有见过此类公文，很有可能是人们信口胡诌的，不过真的多亏店长手里的猎枪，超市不再像以前那样危机四伏了。

"是吗，那我就买点山药做山药泥吧。"我回答道。

"做成山药泥确实挺好吃的。这次的货不多，你赶紧去买吧。"

"好的，谢谢店长。"

"叫我队长。"说着，店长扬了扬下巴。不知何故，他很喜欢别人叫他队长。一开始我以为他只是在活跃气氛，但他那种过分执着的态度，却又让人感觉非比寻常。

我走进店里，很幸运地拿到了最后一根山药。接着我又往购物篮里放了一袋小鱼干，还有一份装在塑料袋里的味噌调料。选好后，我走向收银台，站在了队尾。在我前面还有五个人正拿着购物篮排队等待结账。

"啊，这不是美智吗？"

突然听到有人叫我，我赶忙抬起头。"誓子。"我这才意识到，站在我前面的正是我的初中同学。

"哎呀，你也还没走啊。"誓子瞪大了双眼，表情就像初中的时候一样。

果然你越长越漂亮了——我看得出神，一时间竟差点把这句话说出口来。初中时，她就是我的朋友里样貌最出众的，下颌尖削，面庞娇小，一双微微上翘的眼睛更是让人移不开眼。以前的一头长发已经剪短，不过短发似乎更适合她。

"嗯，我还没走。"她问的到底是待在镇上"没走"，还是人活着"没走"，我并不十分清楚。不过不管是哪种意思，回答都是肯定的。

"唉，真搞不懂现在怎么会变成这样。"她苦着一张脸的样子依然十分优雅。"听说你爸妈都已经不在了？"

"嗯。"

"他们也太过分了，就这么扔下你不管。"

"也还好吧。"

"一般不都应该保护孩子到最后一刻吗？要么就干脆带着孩子一起走。"

"唔……"我歪着头想了想，"这我就不太清楚了。"我的确不知道怎样才算正确的做法。

"哦。"誓子嘬起嘴巴，眼睛也望向一旁。她的脸上浮现出没有得到满意答案的失望神色，似乎还包含着些许惊讶。她的这副表情让我备感怀念。

"誓子，你还住在之前的地方吗？"我隐约记得她住在别的小区。她父亲从事司法相关的工作，不知道是不是因为如此，她家的房子看起来格外气派。

"嗯，我爸妈和弟弟都在，大家都挺好的。"

收银台的店员拿过誓子的购物篮，开始一一扫描条码。随着哔哔声不断响起，消费金额也跟着闪烁起来。

说起来，再过三年小行星就要撞击地球了。彼时一切都将化为乌有，财富也会随之消失。话虽如此，我们现在依然在用货币购买商品，想想真是不可思议。

在我看来，这不过是人们在努力维持一直以来的生活方式罢了。用金钱换取商品的规则依然有效，而且也没人要求取消这一规则。这或许是因为在世界的某个地方，有人正期盼着小行星可能不会撞上地球呢。如果这一愿望成真，钱必定会派上用场，之前的规则就会继续下去。还有一种可能，就是只在我们这个镇上，买东西还要付钱。

店员将消费金额告诉誓子，誓子从钱包里掏钱结账。

"再见啊，美智。"誓子回过头来说。随即她又像想起了什么，问道："对了，你有男朋友吗？"

这个突如其来的问题让我一时摸不着头脑。我完全猜不透她这样问的意图，只得答道："还没有呢。"

"一直都没有？还是分手了？"

"没有，"我不禁摇了摇头，"一直都没有。"没有男朋友又如何？我心中很疑惑。"这样啊……"听了我的回答，她不由得皱起眉头。"那你还真是挺孤单的，"她撇了撇嘴，"也没有男朋友陪着，就这么过完一辈子。"

"啊？"我愣了一下，随即含糊地点了点头。

"那就再见啦。"说着，她便转身离开了。这时，我看到一个身形修长、面容俊秀的长发男子在出口迎着誓子走过去。他们手挽着手，一起离开了这家超市。

"刚才的是你朋友？"收银台的店员一手拿着我买的山药，一手在收银机上输入具体的金额。她扎着马尾，圆圆的面庞，一双大眼睛十分动人。

"嗯？哦，她是我初中同学。"

"虽然这话不该我说，不过她还真是挺讨厌的。"店员说得轻快，语调平淡又不失爽朗，其中听不出丝毫恶意，反而令人神清气爽。"什么男朋友不男朋友的，有什么所谓啊。"

"嗯。"

"真要是只有三年活头了，有男朋友又能怎样？"她停下手里的工作，对着我笑了笑，"都这种时候了，她还沉浸在自己的优越感里。"

"优越感？"

"有些人就是这样。别人有的东西，他们总喜欢吹毛求疵。看人家日子过得不错，他们就挖苦讽刺，让人家心里不痛快。"

"原来她刚才是这个意思啊。"我这才恍然大悟，"我这个人总是这样，对这些事情一向比较迟钝。"我突然觉得有些不好意思，"怪不得，原来她是这个意思啊。"

女店员忍不住笑了。

"怎么了？"

"没什么，就是觉得你太可爱了。"她眯着眼睛笑道，"长得乖巧，给人的感觉也特别可爱。我觉得你肯定比刚才那位朋友更受欢迎，对吧？"

我迟疑了一下，不知道该如何作答，不过很快就反应过来。"啊，你这句话该不会也是在讽刺我吧？"

店员的表情很柔和。"当然不是。不过你能提出这种质疑，其实也是一件好事。"她将购物篮调转了一个方向，"毕竟这个世界上到处都充斥着各种各样的恶意。"

"我知道，这个世界上充满许许多多的恶意。"

"原来你也知道啊。"

"嗯，我看了不少小说，里面有很多类似的情节。"我看了一眼收银机上显示的金额，从钱包里取出钱递给店员。

"我再多说几句啊，"店员数着找零，"提起找男朋友，我当年特别希望自己能有一场戏剧性的邂逅，就像电影里那样。"

"电影里那样？"我有些吃惊，不明白她到底想说什么。

"比如我因为贫血突然晕倒了，喏，就像这样蜷缩着倒在地上。"她俯下身子，做出顺势就要摔倒的样子，"正在这时，远处有一个男人看到了，赶紧跑过来帮忙。我想要的，就是这样的邂逅。他跑过来抱起我，轻声问我要不要紧，还会对我说'这也是一种缘分吧'。"

"会有这样的电影吗？"

"不知道，但我觉得应该有吧。"

"我看没有。"我老老实实说出了自己的想法，心里正暗道一声糟糕，却看见店员开心地笑了起来。"是吗，不会有这样的电影啊。"

"你已经结婚了吗？"我望向她无名指上的戒指。

"嗯，他是一个优柔寡断的人。"店员饶有兴趣地说道，"说起来，我们是因为山手线的路线图才认识的，这种邂逅肯定和电影扯不上关系。"

我回到三〇一室，将买来的食材放进冰箱，接着回到自己的房间，把那张"读完父亲的藏书"的纸条撕下来。因为这个目标我已经完成了。

我从书桌抽屉里取出一张白色卡纸，用马克笔写上"找到男朋友"几个大字，然后用图钉把这张纸按在了墙上。

4

太田隆太的家还在五年前那个地方。具体说来，他家位于山丘小镇最西侧，除去楼层较高的公寓外，那里应该是周围视野最好的位置了。

他家住在一栋浅棕色的二层小楼里。虽然称不上豪宅，却也沉稳雅致，看上去颇为气派。为了不让自己打退堂鼓，我一走到门口就立刻按响了门铃。这时，我意识到自己的心脏正在剧烈地跳动，尽管我是一路走过来的，却像刚刚跑完步一样感到疲惫。

到底哪种情况的可能性更高一些呢？

我的意思是，他们家到底是留在了镇上，还是选择了离开？

"你好？"门铃那头传来了说话声。不知道是不是出于警惕，那个女声听上去非常低沉，语气也有些压抑。

"嗯……"我比自己预想中还要慌乱，"在很久以前，不，也不算是很久，就是差不多五年以前吧，我和隆太是同班同学。"

对方沉默了一会儿，说道："我这就来。"

太田隆太是我的高中同学。那是离这片小区最近的高中，平时骑自行车就能过去。虽然我和他都加入了学校的篮球社团，不过无论是打球的技术还是在队里的重要程度，我们之间都有天壤之别。

毕竟，隆太在高一下半学期就已经可以和老队员们一起打比赛了。到了高二，他理所当然地成了社长。隆太个子很高，平时总要低下头来看着队友，但他脸上总挂着笑容，在社团里的人缘很好。与他相比，我不仅个头矮，而且经常迷路，传个球也会被人轻易抢断。

隆太在女生中同样很受欢迎，不光是比赛，就连平时的练习也会有女生站在体育馆的角落为他加油打气。我远远望着备受瞩目的他和围在他身边的女生，总会不由得一阵感慨。当然这并非爱慕之情，而是人在面对科罗拉多大峡谷、尼亚加拉大瀑布，抑或是日本华严瀑布这类自然奇观时，心里油然而生的崇敬之感。

等我们升入高三时，在备战高考奋力冲刺的节骨眼上得知了小行星即将撞击地球的消息。就这样，我们在一片慌乱中莫名其妙地结束了高中时代。不过在此之前，我和隆太一直都是同班同学，还坐过好几次同桌。尽管聊天的机会应该不少，我却记不太清曾经和他聊过什么了。

对了，他曾经问过我是不是喜欢打篮球。那次是我们到其他市的学校打练习赛回来，结果我没赶上回仙台的火车。没办法，我只好等下一班火车再回，没想到下一班要等一个小时才发车。在我终于无精打采地回到仙台时，发现隆太一直都在仙台站等我，担心我遇到什么情况。到底是社长，就是和别人不一样。仿佛仰望着尼罗河或是亚马孙河一般，不，就算是仙台的广濑川也行，总之那一刻我望向了他。

"投篮一次就进的时候我就感觉特别痛快，尤其是篮球进网的那一刻。所以，我很喜欢打篮球。"我回答道，"不管是咻的一声，还是唰的一下。"

"咻，唰。"太田隆太鹦鹉学舌般重复道，"那是因为你很少能投进去，所以才会觉得特别痛快吧。"

"啊，确实有可能。"

太田隆太笑了起来。"你这个人啊，还真是挺有意思的。"

"挺有意思？"

"就是不会很尖锐。"

"尖锐？"我不太明白，只得低头看着自己的胳膊，伸出手来摸了摸脸颊，"你的意思是，我的直觉不够尖锐？"

他没有说话，只是一脸坏笑地看着我。"我不是这个意思。"他摇了摇头，"我其实不喜欢那种针锋相对的感觉。"

"什么意思？"

"我觉得还是圆润一点比较好。"他摸了摸手上的篮球，"或者说，少一些棱角。"

"啊？难道你说的不尖锐，意思是我胖得很圆润？"我扬起头望着太田隆太，他的表情却愈发愉快起来。"我不是这个意思。"他大笑。

后来不知怎的，我们又聊到了星星。"你知道吗？我从房间就能看到星星。虽然我家在西边，不过没有什么房子挡着，所以看上去特别壮观。"太田隆太对我说。

"是吗，那可太棒了，我在房间里什么都看不到。不过要说看星星的话，得用望远镜才能看清楚吧。"

"谁知道呢。不过你这么一说，我还真的挺想有个望远镜的。"

"你要是买了望远镜，记得借我看看星星啊。"没有什么特别的用意，我记得那时顺着他的话说了下去。

只是当时的我和他都不曾想到，其中会有一颗"星星"终将冲向地球，毁灭一切。

一位妇人从玄关走了出来。在听到我姓田口时，她先是直直盯着我看了一会儿，方才开口说道："啊，是你啊，我知道你。"说着，她脸上阴郁的表情似乎稍稍明朗了一些。这位妇人身形纤细，面庞娇小，个子也不是很高。她的头发里夹杂着些许银丝，看起来有些干枯毛躁。恕我直言，这位妇人很像一朵已然凋萎的花。

"实在不好意思。"我低下了头。

"为什么要道歉呢？"

"我就是觉得，您知道我，反倒让我有些过意不去。"

"你这孩子还真是挺有意思的。"妇人眯起眼睛笑了，她指着屋里的方向，"快请进吧。"

我深吸一口气，停顿了一下。"那个，我想见见太田隆太，他现在还在这儿吗？"我一股脑儿全说了出来。

妇人没有立刻回答我，只是盯着我点了点头，接着露出一副欲言又止的模样，似乎是在寻找一个合适的说法。妇人使劲眨了两下眼睛，脸上的皱纹让人一时间不知道她是想哭还是想笑。

我明白了。原来，太田隆太已经不在了。

5

"你决定找个男朋友，所以才会隔了这么多年，想到我们家隆太？"说话的正是太田隆太的母亲。看来她很快就明白了我的来意。

"你这孩子还真是挺有意思的。"她说道。

此时，我正与隆太的母亲在和室的矮桌旁相对而坐。这个家收拾得很整齐，只摆放着一些生活必需品。这间和室有六叠大，屋里只有一台小小的电视和一个简单的衣柜，角落里供奉有一尊神龛，仅此而已。

虽然未及细看，不过神龛上贴着的黑白照片我还是一眼认了出来。那分明就是我的高中同学，太田隆太。

"我之前读过一本书，好像是商务方面的，里面写着'决定做一件事情，需要征求三个人的意见'。"

"三个人？"

"是的。第一个是你一直尊敬的人，第二个是你无法理解的人，第三个是你即将认识的人。"

"这个说法还挺有趣的。"说着，隆太的母亲端起茶杯喝了一口——这是她刚刚亲自端过来的。绿茶醉人的芬芳掠过我的鼻尖，仿佛带来一阵绿意，令我的内心感到一片平和。

"嗯，所以我就想效仿一下，毕竟我只知道这些书本上看来的东西。"

"那隆太是第几个人呢？"妇人往前探了探身子。她仍旧被一种孤寂的氛围笼罩着，看起来还是那副满身疲惫的模样，说话的语气却带上了些许活力。

我有些不好意思地竖起一根指头。"他是第一个。在我心里，要说尊敬什么人，或者觉得什么人很厉害的话……"

"就会想到隆太？"她的脸上浮现出喜悦的神情，"没想到你能选中我们家隆太啊。"妇人的话语颇为直白。

"嗯，不过也就是像我这样无关紧要的人做出的选择……"我突然感到有些惶恐，"其实一开始我想到的不是太田同学，而是想到了篮球。"

"篮球？"

"嗯。当球朝着篮筐噌的一下飞过去，然后唰的一下穿过篮筐，篮网也跟着晃动起来的时候，我就觉得这个画面特别棒，心情也一下子舒畅起来。您想，篮球划过一条优美的抛物线，咻的一下就进球了。"

"噌，唰，咻，你真的很喜欢用这些拟声词啊。"

"啊？"

"以前隆太经常提起，说你聊天的时候总喜欢用拟声词。"

我一时没有反应过来，于是重新整理了一下思路。"您的意思是说，太田同学提到过我？"

"是啊。"妇人咧开干裂的嘴唇笑了，眼睛也眯了起来，"他经常提到你。"

"太田同学经常提到我？"对我而言，这就好比是贝加尔湖或者尼斯湖，又或是日本的猪苗代湖——总之就像是一些名湖聊起了我一样，"他都说了我些什么呢？"

"他说他们班有个同学挺奇怪的。"

我很不好意思地耸了耸肩。

"他说你身上有一种悠哉淡然的感觉。他还提到有一次数学课上，老师让你们计算图形的角度，结果他看你在旁边把应该写成'45°'的地方全都写成了'45℃'，就是表示温度的那个符号。"

"啊，确实有这么回事。我当时没怎么过脑子。"我只能老实承认。

"然后他就问你，你是不是打算冬眠。"

"太田同学在家里这么健谈啊。"

"也不是。其实他不太会说起外面的事情。"

"啊？"

"只有你的事情，他倒是时常说起。我听着也觉得挺好玩，所以也总会向他问起你，比如问问你今天有没有说过什么有意思的话之类的。"

"哦。"

"隆太很小就没了爸爸，家里只有我们母子两个人，有时候真的不知道该聊些什么。不过后来多亏有了你，让我们之间有了很多共同话题。"

"能帮上忙真是太好了。"我低头鞠了一躬，尽量让自己的话听起来没有那么刺耳，"只是，他说的冬眠到底是什么意思呢？"今天早上读完书的时候，我确实觉得自己像经历了一场冬眠，但是高中时代的冬眠是什么意思，我却一点也想不起来了。

"可能是隆太自己编的吧。"

就在我们对坐在桌旁聊天的时候，我惊奇地发现妇人的肌肤似乎变得盈润饱满起来，仿佛枯萎的花朵从瓶中汲取到了水分，重新焕发出勃勃生机。

"他说你平时一直吃得很少，有一天中午却食欲大振，他就问你为什么要吃这么多东西，你跟他说冬眠之前一定要吃饱才行。他本来以为你在开玩笑，结果没想到你居然真的跑到学校的医务室里呼呼大睡起来。"

"哦。"

"而且他还说，你就这样一直睡到了放学。"

"哦。"

"果然是他编的吧。"

"是真的。"我点了点头。就像是在认罪伏法似的，我不自觉将两只手并在了一起，仿佛在示意对方给自己戴上手铐，承认道："确实是我干的。"

"你这孩子还真的挺有意思的。"

我的心里五味杂陈，但想到隆太的母亲能够因此而开心一些，也就释然了。

"太田同学是出了什么事吗？"

"哎呀。"妇人脸上才刚刚焕发出的生机，只此一句便被打了回去。她的右手准备端起茶杯，此时竟也不住地颤抖起来。妇人条件反射般地向右瞥了一眼。我没有仔细确认，不过那应该是神龛的方向。"你这个问题还真是挺直接的。"

我小声回答道："陨石就要径直撞向地球了，我也不想再拐弯抹角了。"

与此前相比，妇人这一次的笑仿佛虚弱了许多。"已经四年了。我也不知道应该说已经过去四年了，还是才刚刚过去四年。那段时间挺乱的，到处都不太平。"

"我的父母也是四年前去世的。"

"啊？"妇人眨了眨眼睛。"这样啊……"她凝视着我小声说道，语气中并没有流露出同情的意味。

"那段时间确实挺乱的。"

"大家都以为世界就要毁灭了。"

"世界确实要毁灭了。"我知道自己不该多嘴，不过还是把这句话说了出来。

妇人将太田同学离世的原因告诉了我。事情就发生在山丘小镇旁边的马路上，据说当时路上正在堵车，突然有个孩子钻到了一辆越野车下面。太田同学钻进车底想救人，结果这辆车突然启动，他就这样被碾在了车轮下。

"那个小孩的胳膊被轧了一下，好在命保住了。孩子救下来了，隆太却再也回不来了。"

原来是这样。我听着妇人的描述，只觉得难以置信。在我的意识里，太田同学的死仿佛只是一场幻象，我无法想象他会死于车轮之下。我曾经在书里看到过大量有关死亡的描述，但其中没有一个人是这样死去的。

"太田同学真的很伟大。"

"是啊，可以说是伟大，也可以说是凄惨。"

"我刚才也跟您说过，我其实非常尊敬太田同学。我一直觉得他特别厉害，做什么事情都非常出色。等步入社会以后，他一定能够做成大事，这些我都在心里偷偷想过。"

"做成大事，是发现新大陆吗？"妇人的眉毛凝成了一个八字，脸上的笑容浸透着孤寂与悲凉，"不过，你对他的厚望无法实现了。"

"不，"我将放在桌上的双手紧紧攥成拳头，"我感觉自己就像赌马中了大奖一样。"尽管我立刻意识到自己措辞不当，不过看到太田同学的母亲高兴得连鱼尾纹都皱在了一起，我也就没有改口。

"隆太的房间，你要去看一下吗？"临别之际妇人向我提议道，

"他的房间还是四年前的样子。"

看看倒也无妨，只是我心里有些抗拒。不过既然来了，我还是决定去二楼看看。毕竟，我可能这辈子都不会再有机会参观男生的房间了。

太田同学的房间收拾得非常整洁，墙上贴着两张 NBA 球星的海报。黑人篮球运动员腾空起跳，宛若黑豹一般矫捷而俊美。

"怎么样？"

"确实很像太田同学的风格。"我指了指窗边的那张书桌，"书桌这种叫法太吓人了，就像是在强迫你必须在上面看书一样。"

"你这孩子还真的挺有意思的。"

正准备走出房间，我忽然注意到柜子前面摆放着一台望远镜，不禁"啊"地叫出了声。

"哦，那个望远镜啊……"妇人眯起眼睛，仿佛在努力回想什么，"隆太很少见地提出想让我给他买一台望远镜。结果刚买回来就听说陨石要撞地球了，估计他一次都没有用过呢。"

6

接下来，我又去了小松崎辉男的家。他不是我在学校认识的朋友，而是读高中时请来的家庭老师。

我们早就不需要备战高考了，整个世界也已经乱作一团，不过我从来没有表示"不再需要家教"，而小松崎自己也没有提过辞职。然而，不知道从什么时候开始，他就不再来我家了。虽然那以后我们再也没见过彼此，但是他依然给我留下了深刻的印象。

那本商务方面的书里给出"要去见三个人"的建议，其中的第二个——"无法理解的人"，我想非小松崎莫属。

此人虽说是来教我功课的，可大多数时候他只是把练习册一股脑儿全丢给我，剩下的时间就躺在房间里看看漫画。尽管他明确表示有什么不懂的可以问他，但是只要我一说自己有地方不太明白，他的脸上就会毫不掩饰地露出不耐烦的表情。

"哪儿不明白？"

"概率这里。"我把不明白的地方拿给他看，结果他居然说"不知道的就先跳过去"。

"你不是让我有不懂的就跟你说吗？"

"可是概率我也不懂啊。"

当时他是我们这里一所国立大学的大二学生，比我年长三岁，但是看起来丝毫没有前辈的感觉，反而更像一个吊儿郎当自由散漫的同学。从这一点来看，他的存在反而令我觉得"大学生不过如此"，从而安心了许多。

五年后的今天，小松崎应该已经二十五六岁了吧。不过我总有一种预感，觉得他还在仙台，毕竟他这个人实在是太怕麻烦了。

这些年来，他只给我寄过一次贺年卡。我从房间的桌子里将这张贺卡翻了出来，决定按上面的寄件地址去他家看看。

当然，我丝毫没有想让小松崎做我男朋友的意思。相反，正因为这个人是我"最不希望与之成为恋人的人"，所以找他聊聊心事应该会很轻松。尽管他当家教的时候有些敷衍，我也不太能理解他的所作所为，不过他确实总能设法帮我解决一些难题。因此，在面对"怎样才能找到男朋友"这样一个愚蠢的问题时,他应该也能告诉我一些解题思路吧。不过,他很有可能还是让我"不知道的就先跳过去"。

　　不出所料,小松崎依然住在六年前那张贺卡上写着的公寓里。那片小区已经有些年头了,位置就在山丘小镇旁边。我差不多有四年没来过了,但看起来竟也没什么变化。当然,这里四处可见破损的窗户,店铺紧闭的大门也早已千疮百孔,垃圾点堆积着化石般的垃圾。这些与其他地方并无二致。与山丘小镇一样,这里几乎看不到行人的踪影。不仅如此,在来时经过的公园里,我还看到一辆自卫队的吉普车翻倒在路边的水沟中。

　　"咦,好久不见啊。田口美智,五门课程总分四百七十二分,我没记错吧?"小松崎抢先说道。只见他站在一扇老旧的公寓房门背后,四周是光秃秃的水泥墙面。

　　"你果然没有搬家。不过你倒是还记得我的名字和分数啊。"

　　"自己教过的学生,名字和分数我可是一直都记着的。"小松崎与五年前并没有什么变化。他的头发及肩,打卷非常明显,发质看起来很坚硬,似乎只要用手一摸就会发出沙沙的声响。总而言之,就是一个乱蓬蓬的爆炸头。他戴着一副黑框眼镜,尖尖的鼻子莫名有些可爱。由于身形消瘦,他的长相会令人联想到某种昆虫。

　　长头发,瘦高个,戴着一副高度数的黑框眼镜——尽管这副样子确实容易引人生疑,令人意外的是,他身上丝毫没有那种油腻的感觉。而且我的父母有一段时间很喜欢他。他举止随意,不仅讽刺我父亲喜欢的职业棒球队是"脏钱堆出来的",还会在吃我母亲亲手做的菜肴时多余地表示"少放点盐就好了"，不过这些并不会影响我们对他的好感。

我只透过门缝向里瞥了一眼，就知道他的房间乱得下不去脚。于是我们决定离开公寓，到旁边一处民宅的院子里聊聊。小松崎说，那户人家一年前就搬走了，不如干脆借他家的檐廊一用。我在檐廊处弯腰坐下来，眼前出现一片广阔的庭院。

"田口美智，你今年多大了？"

"二十三岁了。"

"按理说，你现在应该已经大学毕业了。"

"那也要我考得上才行。"

"肯定能考上的，毕竟你有个这么好的家庭老师。"小松崎一本正经地说道。

"这么好的老师，之前可是差点被辞退呢。"

"不可能，我教得那么好。"

"事到如今，这些也都只能想想了。"我坐在小松崎的左侧没有动身，只是抬起头望向天空。天空中，一抹白云静静飘过，仿佛是用白笔奋力刻下的一道印记。

"你现在在干什么呢？"

"什么干什么？"

"就这五年啊，你是怎么过的？"

"那可真是费了大劲。我好不容易才活下来。"说着，小松崎的唇边露出深深的皱纹，"你那边应该也差不多吧。人真是太脆弱了。到处都在发生暴动，万幸我住的那个破公寓没有人来，要是住在豪宅里，不知道要被打劫多少次了。那时候好端端地走在路上，突然就有人跳出来抢劫。我最开始遇到的劫匪是个脸色惨白的年轻小伙，走路摇摇晃晃，手里就举着个球棒站在那儿。我跟他说身上没钱，再说世界都要毁灭了，要钱也没用，结果那个男的却说他不要钱。"

"不要钱？"

"他说他就是想找个人痛快地揍一顿。"

"估计这样的人不少。"我表示认同。

"往好处说，这叫人性得到了解放。往坏里说，这其实就是自暴自弃罢了。"

"小松崎呢？你也解放了？"

"你忘了啊，我一直挺聪明的。"

"哦？"

"所以我才不会上当呢。要是意志不够坚定，那就中圈套了。我一直这么告诉自己，所以才咬牙活了下来。我跟自己说，一旦自暴自弃，就满盘皆输。所以我干脆躲在房间里，或者去找找吃的，反正怎么也能活下来。先熬过这一天，等到了第二天，再想着继续熬过这一天，就这么循环反复，也就活下来了。"

"你说中圈套，是中了谁的圈套啊？"

"陨石啊，中了陨石的圈套。"他答道。我不知道小松崎这番话里到底有多少认真的成分，只见他噘起嘴巴，然后轻轻地笑了起来。他的笑声与以前一样，依旧是那么尖锐。"田中美智，你找我到底有什么事啊？"

"嗯，其实我有件事想向你请教。"我想起了自己此行的目的，便向他简单描述了一下整件事情的来龙去脉。

在我喋喋不休的这段时间里，小松崎一直没有说话。忽然他示意我稍等一下，然后站起身，快步走到庭院的一角呕吐起来。吐好之后，他折返回来。

"你没事吧？"

"你难道无所谓吗？"

"无所谓什么？"

"虽然我早就习惯了现在的一切，对于陨石的到来也已经坦然接受，但还是会常常觉得一阵阵反胃。"

"是想吐吗？"

"可能在身体里堆积太久了吧。"

我很想问他到底是什么东西在身体里堆积了太久，不过还是打消了这个念头。不管这个答案是一针见血的"悲观绝望"，还是模棱两可的"烦躁混乱"，我的心情会因此变得沉重。

他听完我的描述，悲凉地喃喃道："原来你的父母都已经不在了啊。"

"嗯，他们都去世了。"不知道为什么，我在答出这句话的瞬间，突然觉得鼻子有些发酸。这四年来，我从未有过想要流泪的冲动，也许是因为看到小松崎呕吐的场景才会如此吧。我紧紧咬着自己的后槽牙，强忍着不让泪水从眼眶滑落。

"他们留下什么遗书了吗？"

"没有。"

"你应该很意外吧。"

"当然。其实我怎么也想不明白，他们为什么会留下我一个人。所以我就考虑，如果能把家里父亲的藏书全都读上一遍，是不是就能弄明白一些事情了。"

"啊？那你全都读完了？"

"嗯，今天早上读完了最后一本。"尽管没有肱二头肌可以展示，我还是弯起了手臂。

"那你弄明白什么了吗？"

"我隐隐约约地感觉到，父亲当年应该思考了很多。"在翻阅小说的过程中，我时而领悟到痛彻心扉的苦楚，时而感受到毛毯包裹般的温情。以父亲的天性，应该也能异常敏锐地捕捉到这些情感吧。

小松崎似乎飞快地瞥了我一眼，而后立刻重新望向面前的庭院。"你窝在家里看了四年书，看完之后就想着要找个男朋友？田口美智，你还真是个怪人。"

"我只是不想再自己一个人待着了。三年以后，要是能有个人陪在身边就好了。既然这样的话，还不如干脆找个男朋友呢。"

小松崎意味深长地收了收下巴。"但是男朋友说到底也是个外人，万一真遇到什么事，可就不好说了。"

"这话说得，好像你有过女朋友似的。"

"我可是很受女生欢迎的。那时候你还在读高中，不懂。"

"我确实不懂。"你长得像个虫子似的，我暗暗想道。

"田口美智，五门课程总分四百七十二分。就你这样的小孩子，肯定理解不了我的魅力到底有多大。"

望着小松崎面不改色发表自信的言论，我心里很清楚他其实并非那种喜欢虚张声势吹捧自己的人。可我怎么也无法相信眼前这个爆炸头的眼镜男居然会很有魅力。"那你女朋友现在在哪里呀？"

"我没有女朋友。"小松崎的语气一下子低落下来。原来他真的在骗人啊。不过我转念一想，也可能是他女朋友在这五年的动荡中以某种方式离开了也不一定。"总之，我没办法给你什么建议。毕竟找男朋友的方法有很多种。"

"比如呢？"

"反正不管是谁，你都不要主动搭讪。现在这个世道，这样做很可能会立刻招来袭击。其实你不妨想想，有没有那种很想交往的人，比如你的同学、学长，又或者暗恋对象之类的。"

"我原本想到了一个人，觉得自己如果能和他在一起就太棒了。"我的脑海中浮现出太田隆太房间里那张海报。海报上，一位身形矫健的 NBA 球星正腾空起跳。"不过我去找他的时候，他已经不在了。"

"唉，这也没有办法，单相思是这样的。不过最近我总是在想……"小松崎换了个语气，我一听就知道他准备生搬硬套什么歪理了。"我们不应该觉得三年以后一切就要结束，其实大家只是一起进入冬眠状态。"

"冬眠？"

"就像熊一样，在冬天到来之前储存营养，然后一觉睡到春天。同样的道理，虽然小行星撞上地球很可怕，但只要把它当成冬眠，等春天到了，我们就会睁开眼睛清醒过来，这样一想不就轻松多了吗？"

"冬眠啊。"想到方才在太田隆太家时我们也提到过冬眠的话题，我不禁觉得相当有趣。"不过……"

"不过什么？"

"不过，冬眠都是各睡各的，想想还是有点孤单。所以我还是觉得，要是能有个男朋友或者别的什么人陪我一起冬眠就好了。"

"田口美智，你倒是挺乐观的啊。"小松崎的语气听起来有些高高在上。

我和小松崎都没有再说话。与其说无话可聊，更像是小松崎还有话想问我，只是在挑选合适的时机罢了。仿佛一种暗示，只见一只灰椋鸟不知从什么地方飞了过来。鸟儿刚落在院子的梅树上，小松崎就开口问道："田口美智，你会恨他们吗？"

"你是说我的父母？"

"毕竟他们抛弃了你，选择了逃避。难道你会原谅他们吗？"

"这不是什么原谅不原谅的问题。"我将四年来一直盘踞在心里的想法说了出来，"就像樱花只会在春天绽放短暂的时间，但却没有人会因此感到愤怒，觉得樱花不可原谅吧。"

"那是因为樱花本来就是这样啊。"

"在我看来两件事是一样的。"我说道，"我的父母不在了，但其实本来就是这么一回事吧。"

"你好像超脱了啊，像个超人。"

"啊，说起超人，我倒是在书里看到过。"

"你是说那种肌肉男吗？"

"嗯？我说的是尼采啊。"

"哦。"小松崎从檐廊站了起来，拍了拍屁股，"我只能告诉你，一直待在屋里是肯定找不到男朋友的。你可以找个不太危险的时候出门看看，到处走走，也许就能遇到不错的男人。"

"真能那么顺利吗？"我也站起身。

"谈恋爱嘛，有时候就是很看缘分的。不过你要是真找不到对象，也可以过来找我。"

"啊？"我皱起了眉头，"你的意思是，找你来当我男朋友？"

"算是最坏的打算吧。"

"不要。那我还不如自己一个人冬眠呢。"

"田口美智,五门课程总分四百七十二分。你说得很对。"说着,小松崎咧开嘴巴,突然放声大笑,我也被他逗得一起笑了起来。

7

我离开了小松崎所在的公寓,沿着来时的路回到山丘小镇。虽然一路都是蜿蜒向上的缓坡,我的心情却异常愉快。我抬起一只脚踢打着地面,震得腿和膝盖都微微发麻。接着,我又伸出另一只脚重重地踩在地上,那扎实的脚感瞬间让人备感安心。我发觉自己身体里的血液比以往流动得更为雀跃,甚至可以感受到脉搏一次次跳动。在回去的路上,我冷不丁涌起一阵恶心,俯身在路边的排水沟旁吐了些酸水。小松崎说得没错,有些东西在身体里已经堆积了太多太多。就算我努力让大脑屏蔽这样的意识,身体却依然能够感受到危机。我擦了擦嘴巴,继续向前跑去。

穿过公园的时候,我突然打算爬到那棵山毛榉上面看看。于是,我在那棵缠绕着线团的大树前停下脚步,目测着眼前这棵榉树的高度。

不出意外是可以爬上去的。我这样想着,看到大树旁边有一张书桌翻倒在地上,踩在上面应该就能抓到树枝。我伸手把桌子拽过来,穿着鞋子踩在上面。这张书桌既然被人当作椅子踩在了脚下,那就不该再叫书桌,应该称为"椅桌"才对。

我抓住树枝，猛地爬了上去。爬树居然比我想象中轻松许多，也许是树枝的位置正合适吧。尽管身上的牛仔衣蹭到了树枝，腿上的休闲裤也被树皮剐了一下，不过我丝毫不在意。爬树让我的心情异常舒畅。

我爬上去一看，树上果然挂着一些风筝碎片。我松了口气，找了个树杈坐下来。细细看去，那只风筝已然破败不堪，只剩下几片骨架和一团丝线紧紧粘在树皮上。都已经和大树融为一体了啊，我暗自想着。这到底是不是香取家儿子的风筝，早已无从考究。我抬起头向前望去，不由自主大喊了一声"喂"，树上的视野实在太棒了。

从这个位置望出去，远近景色尽收眼底。我不仅可以远远望见仙台的街景，而且只要调整一下角度，公园附近的居民楼也都看得一清二楚。我伸长脖子左右张望，居然发现自己同样能够清晰地欣赏到山丘小镇的景色。

不知过了多久，我身下的树枝突然发出轻微的断裂声。我赶紧用双手抱住树干，站起身来。是时候回家做山药泥了。

就在这时，有什么东西意外闯入视线，我不禁大为震惊。那是一处位于东侧的大宅，我所在的位置正好可以清楚地看到宅中的庭院。院中数不清的植被交织错杂，一片繁茂。想必主人曾为打理此处花过不少心血，现如今却早已无人问津，只留下松柏葱葱，草木疯长。

"咦？"我不禁叫出声。在那一片繁绿之中，竟然出现了一个人影。我赶紧往前探了探身子，却差点从树上掉下来，只得慌忙作罢。

确实有一个人躺在地上。我再一次凝神张望，只见一个与我年龄相仿的男人蜷缩着倒在那里，似乎已经陷入昏迷。尽管这个人生死不明，但如果他还活着，我就必须赶快去救他才行。

　　我抬起右腿，用两只手紧紧抱住枝干，慌慌张张地向下爬去。

　　突然闯进他家，我应该说些什么才好呢?

　　我左脚的鞋子猛地钩到了树枝。我松开右手，用左手撑住身体。

　　就在这时，我仿佛听到超市店员在我耳边低语："先问问他要不要紧，然后告诉他'这也是一种缘分'。"

　　还有三年世界就要毁灭了。看到有人倒在地上，尽管有些不合时宜，我的心里却一阵欢腾，忽然涌起一种莫名的预感。这点距离应该不要紧吧。我从树上一跃而下。

钢
铁
的
呢
子

1

　　苗场的出现，令整个拳馆内的气氛陡然一变。早在五年前，他的到来便每每都是这种效果。

　　学员们不管是在镜子前挥汗跳绳，还是对着镜子奋力出拳，又或是踢打着教练手中的脚靶，甚至正在飞踢沙袋，只要看到苗场出现，所有人都会感觉到一阵紧张。场内四下无言，该做的练习还在继续，大家只敢屏住呼吸朝苗场的方向悄悄瞥上一眼，但是飞扬在拳馆里的灰尘却仿佛立刻安静下来，场内的空气随之骤然收紧，仿佛用盐巴腌渍过。这一瞬间的感觉，令我沉醉。

　　哪怕到了今天，苗场的到来依然会令我一下子挺直腰杆，打起十二万分的精神。与五年前不同的是，现在拳馆里只剩三个人——刚满十六岁的我、苗场和拳馆的会长。不管是陡然一惊还是屏住呼吸，又或是悄悄望着苗场的人，现在都只剩我一个人了，场馆内再没了那种气氛骤变的感觉。

面前的儿岛会长举起了左手上的靶子，我立刻左腿站定，果断踢出右腿。手臂顺势一转，我猛然发力，不由得闷哼一声。脚背感到撞击的同时，我的耳边传来了啪的一声脆响，脑海中只剩下一片空白。

再来！纵然没有说话，会长的靶子却表达出这样的意思。我赶忙踢出右腿，连续进行了两次高踢。"换！"说着，会长放低手上的靶子，我放松了一下腿上的肌肉，开始下段踢的训练。一次、两次，虽然累得喉头一阵发紧，但我的心情却很舒畅。

会长找准时机，力道很轻地向我踢过来，整个动作轻柔舒缓且极具韵律。我先是抬起腿接了他一招，随即便向后退去，避开了他的攻势。

此时，就在我视野的左侧，苗场开始了跳绳训练。绳子在挥动时不断发出鞭子抽打时尖锐的呼啸声。不仅如此，每当他的光脚接触到地面，拳馆内就会四处响起啪嗒啪嗒的轻柔回音。

伴随着钟响，我的踢靶练习结束了。"多谢指教。"我将戴着拳击手套的双手举在胸前，朝会长鞠了一躬。

"嗯。"会长头发已见斑白，此时正慢悠悠地朝入口旁边的桌子走去。从背影望去，他似乎只是个普普通通的中年大叔。然而就在那张桌子背后的墙上，挂着他二十多年前的照片——那时他就已经是全日本的泰拳之王了。照片里，他将金腰带挂在肩上，双手摆出出拳的姿势，正目光炯炯地望着前方。那时他的头发比现在略长一些，面容精悍。"别看我上了岁数，要是和这小子比，那还是我更厉害。"前段时间，会长曾指着照片笑道。他还表示："至少今天的我肯定能让比赛更精彩，让观众热血沸腾。"

苗场放下跳绳，左右来回活动着身体。他摸了摸自己的手臂，似乎是在确认肌肉状态。他的身形谈不上高大，但一举一动充满沉稳有力的气息。

仔细一想，苗场应该也已经三十多岁了，体形却与我们初次见面时并无二致。不，甚至比当年更为精悍，就像钢铁一般。说起来，媒体在五年前报道苗场时，总喜欢冠上"钢铁"的名头，比如"钢铁拳王""钢铁KO""钢铁咆哮""钢铁战败""钢铁般耿直"等。

走近些看的话，苗场身上的肌肉确实像钢铁般强韧有力，但同时散发出柔韧温和的感觉。汗水顺着他的背脊滴滴滑落，清晰地勾勒出脊骨的线条，显得十分性感。面对这样的苗场，我总会有些恍惚，觉得他就像一块柔软而有弹性的矿石。

苗场上下摆动胳膊，四处走动着调整呼吸，我也站在沙袋前开始踏步练习。下一次钟响之前都是休息时间，不过我并没有停下来的打算。

钟声再次响起。我戴着拳套冲沙袋轻轻出了几拳，而后便抬起右腿高高踢了上去。我感到脚背受到一阵猛烈的冲击，沉闷的回响充斥整个大脑，一种说不清道不明的幸福感瞬间在心中蔓延开来。那些蛛网一般萦绕在心底的不安和烦躁，全都在右腿踢出的一刹那失去了踪影。阴霾散去，父亲的身影和母亲的愁容也随之一同湮灭，天地间只剩下从脚背传来的剧烈冲击。

2

算起来，我在儿岛拳馆练拳已有六年光景。六年前我还在念小学，每天无忧无虑，一年四季都穿着短袖短裤。

"在学校被人欺负了？"会长直言不讳地问道。平时不太会有人这样问，所以那时的我应该大为意外，一时不知该如何作答。会长就坐在拳馆入口处的一张铁皮桌子旁，此时正戴着眼镜翻看账簿，给旁边的人展示着什么。他身旁是这家拳馆负责事务的工作人员，看起来已经年过半百了。"是在学校被人欺负了？"会长的语气听起来颇为愉悦，让人有些恼火。"才没有呢。"我噘着嘴不满道。

确实没有。虽然我不是那种出类拔萃的聪明学生，但在体育方面表现得还算不错，平时也结交了不少朋友，可以算得上班级里的核心人物。

"就是不想输给某个人。"我对会长说道。

"不错啊。"会长笑了起来。那时是下午三点多，拳馆里还没有学员，只有临近比赛的苗场正在热身。

"你不想输的那个人也是小学生吗？"

"嗯，他是五年级的，比我高一级，"我板着脸答道，"平时经常耀武扬威。"

比我高一级的这个人名叫板垣，不仅个子全校最高，块头也不小。他的牙长得歪七扭八，整天绷着一张脸，而且还会对班上的男生拳脚相加。放学路上或者学校走廊里，我经常目睹这样的场景。

明明对方早已摔倒在地，怯生生地伸出手来想要求援，板垣却还是一副嬉皮笑脸的模样，用脚不停地又踢又踹，看得人实在义愤填膺。然而，一想到自己对此束手无策的胆小模样，我心里更觉得闷闷不乐。

"不过我们这里禁止打架。你要是学了几招拳法就跑去找别人麻烦，可别怪我不客气。"会长说道。

"啊，不能打架啊。"虽然有些动摇，我还是点了点头，"那好吧。"只要不被会长发现就行了，我暗暗想道。

"那你来说说看，为什么非要到我们这儿来学拳？想强身健体的话，其实有很多种选择，不一定非要打拳啊。"最后会长向我提出这样一个问题。我想了一下，然后老老实实答道："因为我想变得和苗场一样。"

一个月前电视上播出的那场拳击比赛，让我久久不能忘怀。在那场比赛中，苗场一直小幅度晃动身体来调整节奏，一双眼睛牢牢盯紧对方的一举一动。就在一眨眼间，他敏锐捕捉到泰国选手的一个歪头动作，瞬间发起右腿的连续下踢攻势，紧接着又是一记漂亮的左勾拳，直接拿下了比赛。这一连串动作果决利落，给人留下了深刻的印象，而他的表情和姿势更令我大受震撼。

"想变得和苗场一样，这话一听就成不了大事。"会长笑着说，"要说是来把苗场一脚踢飞的，那倒还差不多。你知道苗场当年来我们拳馆的时候是怎么说的吗？"

"不知道。"

"他口气很大，说是'冲着明年的冠军来的'，其实那时候他连一次泰拳都还没打过呢。我没说错吧，苗场？"会长朝坐在一旁压腿的苗场问道。

"请您放过我吧。"

"别看他现在彬彬有礼，一直闷着头拼命训练，像个苦行僧似的，刚来的时候可是很狂妄的。"会长继续说道，"不过话说回来，要不是这样他也不会变得这么强。所以啊，区区一个五年级小毛孩，你也不要太拿他当回事了。"

"那我以后的目标是打败苗场。"

"什么苗场苗场的，你得说打败苗场这小子。"很显然，会长是在拿我寻开心。

"苗场……"我刚一开口，就用余光看到苗场双目炯然地望过来。我顿时觉得喉头发紧，怎么也不敢再说下去，只好乖乖低下了头。

在接下来的一年时间里，我开始在拳馆努力学习泰拳。每周有两到三天，我都会在放学后立刻回家，然后坐上十分钟的公交车到市里的拳馆训练。虽然刚开始笨手笨脚的，连教练在说什么都不太明白，不过随着不断积累和适应，我渐渐熟悉了拳法和脚法的节奏，练拳也变得有趣起来。尤其是踢打脚靶时的脆响声和冲击感，更是令我心情舒畅。在体会到性生活的快感之前，我就已经领悟到了泰拳所带来的愉悦。

在学拳的那段日子里，板垣的事情早就被我抛诸脑后。尽管我们都住在山丘小镇，偶尔还会打个照面，但是我却没了要和他较量的心思。从前我的目标是让自己强大起来，与板垣一决高下，现在这一目标中已不再有"板垣"，也没有了所谓的"一决高下"，唯独只剩下单纯的"让自己强大起来"。

然而，这样的状态仅仅维持了一年。就在学拳刚满一年后那个夏天，众所周知的那件事打破了生活的节奏。到处都充斥着"八年后小行星将要撞击地球"的新闻，整个世界陷入一片混乱。为什么今天不用上学？为什么爸妈不让我离开家？为什么电视上一直都在播专栏节目？当时还是小学生的我没有意识到事情的严重性，只是心里不停地涌出一个又一个疑问。学校一直停课封校，父亲遭受暴徒袭击，回到家时肩膀全是血，我终于意识到这个世界确实出现了异常。

3

我自然无法再去学拳。在父母的叮嘱下，不要说离开家，我甚至连房门都不能踏出一步。一开始我还在房间里做做俯卧撑和拉伸动作，后来也慢慢懈怠了下来。

五年的时间说快也快，说慢也慢。原本还是小学生的我早已到了该读高中的年纪，个子足足长了十五厘米。我的脸上和额头冒出了青春痘，开始对异性产生兴趣。然而别说是异性，我与周围的同性朋友都鲜少来往。而且听说整个镇上也少了很多人，要么是去了别处，要么已经一命呜呼。

"现在还不疯的人，脑子原本就有问题。"对于父亲的这个说法，我其实是赞同的。在"世界末日"消息传开后的两年里，他越来越频繁地把自己关在房间里不肯出来。父亲身形瘦小，总是给人一种勤勉上进的感觉，现如今却像神经敏感的小动物一般惶惶不可终日。他不仅会在吃饭时突然"哇"的一声哭出来，还会不时发出怪叫，甚至会对母亲大打出手。

看着父亲战战兢兢的模样，我心里不禁一阵苦楚。每每这个时候，我都会移开视线，努力让自己相信家里没有父亲这个人。然而，这么做并不能让我平复下来。我常常会在房间里抱着膝盖，嘴里不停地念叨"绝不原谅，绝不原谅"。不管是小行星还是父亲，都绝不能原谅。

然而令人不可思议的是，从今年开始，整个世界的局势渐渐稳定下来，就像一片曾经掀起惊涛骇浪的广袤大海，巨大的浪潮缓缓退去，海面安谧得如同平静的湖水一般。镇上终于恢复了往日的宁静，仿佛一场持续五年的祭典终于迎来了终章。听住在我家隔壁的樱庭说，他们甚至已经和朋友约好，要定期去草地上踢比赛。

"妈，您辛苦了。"我说这话已经是三个月前了。其实能说出这句话，也说明情况开始好转了。听了我的话，母亲拖着异常疲惫的嗓音说："我好累啊。"这时，坐在一旁的父亲突然又咆哮起他的经典台词："现在还不疯的人……"母亲有气无力地点点头："可能你说的有道理吧。"我望着母亲，心中确信了一件事——就算这个世界不会毁灭，我们家也完蛋了。

随后，我就离开了公寓。彼时已临近黄昏，穿过公园时，西边的那抹余晖有些刺眼。

没来由地，我突然想去仙台市区看看。毕竟在家待着只会徒增烦扰，倒不如迈开步子，一路往前走来得痛快。

这条路，我差不多有五年没走过了。这里原来是公交车通行的单向县道，然而现在路两侧的边沟中却随处可见被人遗弃的车辆。

我沿着人行道一路往前，接着走下一个缓坡。等我回过神来，发现自己已经走进了市区东侧的一处小巷。走路的时候我的肚子莫名其妙地疼了好几次，每次我都会蹲下身，强忍着等待疼痛结束。这时，我猛地一阵反胃，慌忙站直身体伸出舌头，然而却什么也吐不出来，只得继续向前走去。

我万万没想到拳馆还在。我本以为绝不可能有人会再去练拳，所以路过时甚至没打算往窗户里望一眼。当然，也可能是彼时夕阳余晖恰好被玻璃反射，刺得人有些睁不开眼。

就在我即将走过拳馆的那一瞬间，耳边突然传来的声响令我陡然停下脚步。啪！啪！仿佛凌厉的鞭子正在抽打皮革一般，一阵令人愉悦又动人心魄的声音直直闯入我的耳朵，飞进了我的胸膛。我难以置信地站定，扭头望向拳馆的窗户。"啊！"眼前的景象令我不自觉地叫出了声，一时惊讶得合不拢嘴。

就在窗户里侧，拳馆的会长正举着脚靶配合练习。虽然他的白发似乎变多了一些，但眼神依旧锐利，与五年前并无二致。只见他将靶子固定在双臂上，正压低身子配合训练。在他面前，一个男子上身赤裸，身穿拳击短裤，双手握拳置于身前，正在进行连续下段踢的练习，不断发出扣人心弦的啪啪声。

男子身上挥洒出的汗水在夕阳的映照下闪闪发光，还有一些汗水沿着他的脊背缓缓滑下。就在他每一次踢中靶子的瞬间，我都感觉自己的小腹一阵发紧。

怎么回事？我突然感到自己仿佛置身一片梦境。到底是怎么回事？只有这里，只有这两个人，依然还保持着五年前的模样，仿佛陨石和小行星都与他们无关。

会长不时变换着靶子的位置，苗场也跟着来回转动身体。望着

头发花白的会长和身形矫健的苗场，我屏气凝神，连眼珠都不敢动
一下。

<h1 style="text-align:center">4</h1>

　　五年前，苗场正在备战一场重要的比赛。在即将到来的次中量
级泰拳锦标赛上，作为上届冠军的他将与一名比自己年轻三岁的选
手富士冈一决高下。

　　老旧的钢铁，能否打败新型材料？

　　当时，媒体一窝蜂地以此为题煽动人们的情绪。富士冈留着一
头金色长发，看起来相当时髦，俊朗的外形颇受瞩目。无论是言谈
举止还是穿衣打扮，富士冈都展现出良好的出身，就连当时还是小
学生的我，心里都暗暗觉得他是一个"华丽的选手"，与苗场形成
了鲜明对比。

　　"苗场应该不会输给那个浮夸的家伙吧。"与我结伴回家的一
位拳馆学长如此说道。这位学长比我年长十岁，对我却一直没什
么架子，所以我也同样毫不客气地说道："那是当然，苗场是不可
能输的。"

　　也许是为了将比赛的气氛渲染得更为激烈，媒体开始刻意强调
苗场与富士冈之间的差异。

　　苗场属于那种备受行家称赞的传统型拳手，出生在宫城县一个
不太富裕的农村家庭，如今居住在仙台。与此相对，富士冈则出身
于外交官家庭，是家里的独子，目前居住在东京，女性粉丝众多。

除此之外，他们在赛场上风格也大相径庭。苗场不太在意防守，他喜欢逼近对方并连续使用下段踢或左勾拳等招式。就算被对手的拳脚击中，他也会继续往前冲。尽管经常能够 KO 取胜，但沉醉于忘我攻击中的苗场往往会疏于防守，被对方轻松击倒。与苗场不同，富士冈很擅长运用步法来控制自己与对手间的距离。虽然他的拳脚威力不足，但总能准确击中对方要害，再加上防卫得当，所以在裁判打分中常占上风。"那种磨叽的打法可真是没劲。他根本不懂，只有让观众热血沸腾的打法，才称得上是格斗。"对于学长的这种说法，我深表认同。

与精明圆滑、善于保身的富士冈相比，耿直刚毅、一味强攻的苗场似乎更受媒体的支持。尽管在报道方式上尽量一视同仁，有时却还是流露出引导观众偏向苗场一方的倾向。

有意思的是，这种引导竟适得其反。也许是对坚毅执着的正能量精神宣传过度，年轻一代的观众全都拒不买账。当然，也可能是因为人们已经愈发对一些老生常谈产生怀疑，不愿再一味相信"过程比结果更重要""不求结果，只求过程"之类的说法。

不仅如此，一些大企业在倒闭时发表的"努力尝试了各种办法，实在无力回天"等言论也招致人们强烈的反感，这也成为大家不再买账的原因之一。难道只要努力过就可以了吗？许多人对此愤愤不平。在他们看来，冠冕堂皇的话可以先放一放，最后的结果也很重要。所以在格斗迷当中，支持富士冈的人并不在少数。"头脑灵活，毫发无伤，还能取得最终胜利"——年轻的富士冈甚至成了年轻一代的理想典范。

"富士冈也就是徒有其表，其实挺弱的吧。"那位学长在拳馆换衣服的时候，曾经对背朝着我们的苗场如此说道。

其实我们在拳馆里很少说话。毕竟大家来这里不是为了聊天，练拳也并不需要一团和气的氛围。说难听一点，拳馆内的所有人都是彼此的敌人。因此，虽然我们每次去练拳几乎都会见到苗场，但别说聊天，甚至连眼神的接触都少之又少。

听到学长的话，苗场缓缓转过头，静静地望了过来。他犀利的眼神仿佛一把利剑，不仅让学长赶紧闭上了嘴巴，就连站在旁边的我也被吓得身体一紧。我以为苗场肯定会训斥我们废话太多，然而片刻之后，苗场面不改色地回答："富士冈是个很强的对手，他的泰拳可能比我更胜一筹。"

我和学长没想到会得到这样的回答，更没料到苗场会认真回答这个问题。震惊之余，我们只得一个劲儿地点头表示赞同。

"不过我可没有怕他。而且最后获胜的肯定是我。"苗场喃喃道。

他说这话的声音不高，却铿锵明了，仿佛一块冰冷的矿石在黑暗中忽然散发出荧荧的光芒。

我呆立在原地，想必学长也是如此。苗场的这番话不仅令人心悦诚服，而且极具魄力，激动人心。

我不由得想起自己曾读过一本与格斗相关的杂志，苗场在杂志登载的一篇采访中提到："我讨厌用数字表示结果，而且我的数学也不好，所以我觉得打了几场、赢了几次并没有太大意义。在我看来，获胜不单单指赢得比赛。观众看完比赛后心情如何，我自己打得开不开心，这些都应该包含在内。"

"原来如此。"采访的记者虽然嘴上附和着，但心里肯定没有理解苗场真正想表达的意思。"你喜欢练拳吗？"记者换了另一个问题。

"我很讨厌练拳。这么枯燥痛苦的训练，没人会喜欢的。"

"那是因为不想输掉比赛，才鞭策自己继续训练下去的吗？"

"我倒觉得是因为那个老家伙不会放过我。"苗场是在暗指会长。"不过我一直都在问自己一个问题。"他接下来的回答虽然平淡质朴，却令当初读到此处的我大为震惊。

"问问题？"

"我会问自己，会不会后悔。无论是训练时想偷懒，还是比赛时想放弃，我都会问自己，以后到底会不会后悔这样的决定。"

在采访的最后，记者半开玩笑地提到苗场是不是只会下段踢加左勾拳的打法，苗场的回答是"这种打法能让观众看得热血沸腾，不就足够了吗"。

等苗场走后，我和学长面面相觑，互相默默地点了点头。"苗场肯定会赢的。"

然而，比赛没能如期举行。小行星的出现令我彻底失去了去拳馆训练的机会，苗场与富士冈的对决也一拖再拖。那位学长在人们争抢食物最为疯狂的时候，被铁棒之类的凶器骤然夺去了生命。

5

食堂里，正在大口吸溜着乌冬面的会长突然抬起头来。"说起来，你为什么要回到拳馆？"

训练过后，我和会长两个人正一起吃着晚饭。原本也可以回家吃的，不过我实在太饿了。话说回来，我们现在身处的这座木制建筑直到五年前都还是国立大学的学生食堂，宽敞是宽敞，却也显得颇为冷清。加上一半多的荧光灯都坏了，使得这里的光线有些昏暗。

厨房里，一位满头白发的大叔正在忙碌着。据说这位大叔此前是个无业游民，一直在仙台市的公园里四处游荡，困了就盖着报纸睡上一觉。再往前算，他原本的确是个厨师，曾经在一家乌冬面馆学习过很久。"说实话，我当时已经没有活下去的勇气了，而且马上就要过冬，真想赶紧痛痛快快地死了算了。结果一下子出了那么件大事，我这个怪脾气就上来了，突然又不想死了。"在之前的一次交谈中，这位满身葱花味的大叔口沫横飞地说道。现在，他干脆就赖在这家食堂里不走了，甚至还卖起了自己做的乌冬面。"等买不到面粉的时候再说吧。只要能买到面粉，我就会一直在这里卖乌冬面，不过估计也卖不到一年了。"

"我也没什么事要做，所以就来拳馆了。"我这般答道。如果说自己只是碰巧路过，结果却被苗场训练的情形吸引过来，到底还是有些难为情。

"不过你也大变样了。之前来的时候还是个小矬子，一脸孩子气。"虽然措辞不太文雅，但会长的话中满是温情。

"五年前我还在念小学呢。"

"是啊。你现在已经十六岁了吧。说起来也挺惨的，你十几岁的大好时光，基本上都被陨石给折腾完了。"

"嗯，不过……"我摇了摇头，"大家都一样。"我已经不会再咆哮着抱怨命运不公，不会再因恐惧而瑟瑟发抖，也不会再横下心来自暴自弃。毕竟十几岁的年轻人都很容易厌倦，而我早已厌倦了绝望。"您和苗场是什么时候回拳馆的呢？"

"我们一直都在。"会长低着头笑起来。

"一直都在？外面出了那么大的乱子，你们也一直都在吗？"即便大部分时间都窝在家里，我也大致可以想象出外面世界的混乱情形。彼时整个镇子都充斥着一种狂躁的氛围，到处回响着人们的哀号声和打砸声，还有喇叭里警察和军队的广播声。就连山丘小镇都是此番景象，想来仙台市区只会更加混乱。

"当然，我们过来训练也很不容易。不过那小子倒是每天都尽量过来打打沙袋。哦，对了，还有人跑来拳馆找苗场的麻烦，而且是两个人。"

"真的假的？"

"有一个小伙子之前就很不喜欢苗场，趾高气扬地跟苗场说早就看他不顺眼了。还有一个男的，应该是脑子不太正常。"

"然后呢？"

"一开始苗场也不知道该怎么办。因为拳馆有规矩，不能和普通人动手。"

都这种时候了，何必再拘泥于这些规矩呢？我觉得有些无语，将剩下的乌冬面一股脑儿全都塞进了嘴里。很快我就感到胃里一阵痉挛，强忍着才没让乌冬面翻涌出来。

"结果实在没辙，我就收了他们当徒弟。"

"什么？"

"算是所谓的入门体验吧。说白了就是我单方面告诉这些上门找麻烦的人，同意他们过来体验，他们也就成为拳馆的学生了。这样一来，即使动手也不能算打架，就当是切磋吧。"

"还能这样啊？"

"只要心理上过得去，后面解决起来就很快了。苗场瞄准对方的膝盖，连着使出两三次右下踢，那个人直接摔倒在地，连站都站不起来。"会长将一根一次性筷子比作苗场的右腿，朝着自己手里的另一根筷子直直敲了过去。一般人要是吃了苗场的一记下段踢，腿想必是废了。

"那小子总说现在正是好机会。"

"好机会？"

"没人来练拳，所以他觉得只要能趁机多加练习，就能抓住机会变得更强。"

"可是别说这儿了，就算打遍全国，苗场不也已经没有对手了吗？"

"他这个人，厉害就厉害在从不自大，不管什么时候都有危机意识。"

正在这时，我突然注意到有人从食堂敞开的大门处走过来。会长猛然绷直了身子，我也随之警觉起来。现如今我早已养成习惯，每每看到有人出现，就会立刻怀疑来者会是歹徒、强盗或是疯子。结果走进门的却是一对神情自若的男女。虽然内心的紧张情绪得到了缓解，我还是感到一阵反胃。每天提心吊胆，惶惶不可终日，我的神经早已濒临崩溃。

"会长，你觉得我怎么样，是不是变强了很多？"准备回去的时候，我从座位上站起来，向会长开口问道。

"说实话，你这孩子挺有悟性的，读小学的时候就练得不错。这回你重新开始练拳才三个月，就已经打得非常好了。"

我心下一阵喜悦，不由得紧紧握住了拳头。

"不过你也是个怪人。现在这个世道，应该还有很多其他事情要做吧。"

我本想告诉会长，就是因为无事可做才觉得苦恼，不过最后说出口的，却变成了"这话应该是我对您说吧"。

"哦？"

"今天后半段训练的时候，我看您拿了一把长竹刀攻击苗场，应该就是在研究如何对付富士冈吧。"毕竟，富士冈非常擅长在距离对手很近的位置出腿前踢。"五年前的那场锦标赛，你们还在备战啊？"我半开玩笑地问道。

"少说废话。"会长本来正从钱包里往外掏钱，这时却板起了脸，显得有些不悦。

"真是个怪人呢。"我嘲笑道。

"我们先走了啊。"会长打了声招呼，大叔立刻从厨房探出头来。"今天这面味道真不错。"会长粗犷地道了声谢，而我则低头鞠了一躬，客客气气地表示"多谢款待"。

"下回我给你们炸天妇罗吃。"说着，大叔笑了起来。

"哦？"会长随声附和道。

"前阵子我去县南那片海边钓鱼了，去了才发现，钓鱼的人都挤成一锅粥了。想想也是，就算小行星要撞上地球，估计也不会对海里的鱼有啥太大的影响。这样一来，可就有不少人能吃上饭了！不管怎么说，我还得再去钓一回，回来给你们炸天妇罗吃。"

如今，能聊聊未来打算的人早已是凤毛麟角。我用羡慕的眼神凝望着大叔，恶心反胃的感觉竟然消失了。

6

回山丘小镇的路上，我看着那些贴在电线杆上的寻人启事，突然想起关于苗场的一桩逸事。层层叠叠的寻人启事早已在风吹日晒下变得支离破碎，上面的文字也开始斑驳褪色。不过，这些寻人启事上的照片还是瞬间唤醒了我对三岛的回忆。

三岛全名三岛爱，是一名专业摄影师，同时也是苗场的专属摄影师。没有人跟我说过他们是如何认识的，不过在我刚到拳馆学拳的时候，三岛就已经在那里了。每次需要在拳馆拍摄时，三岛都会特意从东京开车过来，在充斥着汗臭的场馆内专心致志地对着正在训练的苗场一通猛拍。尽管摄影与拳击毫不相关，但三岛看起来也很像一名拳手。当时的她三十五岁，有自己的家庭，可依然会跟着苗场跑遍全国参加比赛，有时就连旁人都会担心她的家人是否会因此感到不满。

我很喜欢三岛拍摄的照片，不过当时还在读小学的我也说不清这些照片到底好在哪里。现在想来，应该是因为她拍的照片总能将苗场那种凌厉凶狠却不失文雅的感觉如实展现出来，而且不会给人高高在上或是卖弄技巧的感觉。在其中一张照片里，苗场像鞭子一样奋力踢向沙袋的右腿上，有着宛若刻刀雕刻出来一般清晰分明的肌肉线条，周遭那种恍若无人的静寂氛围展现得淋漓尽致。

我只和三岛说过一次话。当时拳馆碰巧只有我在，三岛正巧过来整理照片。也许是对小学生的我有些好奇，她问了我很多问题，比如为什么要来拳馆学拳，觉得打拳的魅力是什么，等等。

"我想问你一件事。"最后我向三岛提了一个问题，"为什么你从没拍摄过苗场 KO 别人的照片呢？"

"是吗？"她微微有些吃惊，歪着头说道，"我应该拍过吧。"

"我说的不是对方摔倒在地的照片，而是 KO 时一拳击中对方的那个瞬间，好像你一次都没有拍过。"我不太习惯和比自己年长的女性聊天，所以说话吞吞吐吐的。听了我的话，三岛轻快地笑了起来。"啊，你说那种啊，没拍是因为我当时正在看呢。"

"正在看？"

"KO 的瞬间不适合从镜头里看，你不觉得吗？这种时候只适合用眼睛好好地欣赏。"

"唔，"我觉得有些不可思议，继续追问道，"不拍下来也没关系吗？"

"没关系呀。"三岛轻松愉悦地回答道，"虽然没有用上相机，不过我心里可是在一直按着快门呢。"

"可是那样就没有照片了。"

"只是没办法洗出来罢了。"三岛的语气并不像在拿我寻开心，不过我还是用当时刚学的一个词回答了她："你这是在狡辩。"

"少年，我就是在狡辩啊。"三岛顺着我的话，有些得意地说道。

这件事过去还不到一个月，三岛便离开了这个世界。据说她当时深夜驱车赶往某个杂志的拍摄现场，结果在某条国道的十字路口处冲出马路，撞上了旁边的护栏。拳馆内众说纷纭，有人说她是开车时睡着了，有人说她是为了避开一位闯红灯的老奶奶，还有人说她是忘记拿拍摄器材，急着掉头才出事的。但没有人知道事情的真相。

三岛离世后，苗场似乎并没有什么变化。他还是像往常一样沉默寡言，淡泊寡欲，日复一日地进行着训练。而且我还听说，他甚至没有出席三岛的葬礼。

过了半年左右，有人自告奋勇，申请成为苗场的专属摄影师。后来我听人讲起此事，说苗场当场就婉拒了对方。

"可是我听说你现在没有专属摄影师了啊。"不知道这位摄影师是业内的权威人士还是刚刚崭露头角的新秀，但他应该没料到自己会遭到拒绝，所以颇有些狼狈。苗场见状，赶忙端端正正地鞠了一躬道："我已经有摄影师了。"

"啊？可是……"这位摄影师有些手足无措。

"我有摄影师的，"苗场重复了一遍，接着补充道，"一直都有。"说完，他深深鞠了一躬，"我一直都有摄影师，实在抱歉。"

"苗场这个人就是这样。"告诉我这件事的学长一脸自豪。尽管苗场从外形上看仿佛钢铁一般坚不可摧，平时喜怒不形于色，浑身散发着冷冰冰、铁灰色的气场，但是每每想到这段逸事，我都会觉得不可思议，内心一阵温暖，就像被一块柔软的呢子温柔地包裹起来一样。

7

周围的光线愈发暗了。将近一半的街灯都黑着，我走在路上不免有些不安。一想到自己就要回到家，见到那个一直躲在房间里、精神极度敏感的父亲，还有疲于应付父亲、行尸走肉一般的母亲，我的心里就一阵恐慌。快到家的焦灼感与独自走夜路的恐惧此消彼长，一时竟分不清哪一个更令人绝望。

我沿着斜坡继续往上走，周遭依旧是一片寂寥，既听不到人们的争吵声，也没有汽车马达的轰鸣声。就在上个月，我们那栋公寓有住户遭到劫持，当时警察出动还闹出不小的动静，不过除此之外倒也再没出什么乱子了。仔细想想，不管是胆子小不堪忍受的人，还是胆子大喜欢闹事的人，恐怕大多都已不在人世了吧。

又过了十几分钟，周围才终于有了响动。我正走在山丘小镇前面那条弯弯曲曲的小路上，时不时还要绕开路上那些被人遗弃的汽车。突然间，我的右手边传来了说话声，似乎是两个男人正在推搡拉扯。一开始我以为他们在争吵，后来站定仔细一看，原来是一个男人正在苦苦哀求对方。他们旁边的水沟里翻落了一辆小型面包车，看起来掉进去有一阵子了，残旧得仿佛一件巨型垃圾。

"板垣！"我不假思索地大喊了一声，两个人瞬间停止了动作。我万万没想到，那个正在卑微恳求对方的人会是板垣。他依然和小学的时候一样，大块头，宽肩膀，看起来很像个橄榄球运动员。此刻他正躬着那副笨重的身子，紧紧拽着面前的那个男人苦苦哀求。

"你干什么啊？"板垣面前的男子身形消瘦，下巴尖锐，脸上还戴着大大的眼镜，此时正皱紧眉头，一副很不耐烦的样子。虽然不知道这人到底是谁，不过看起来却有些眼熟。我仔细回忆了一下，终于想起来了。他就是小学时一直被板垣欺负的那个男生。板垣当年对他拳脚相加，骂得也很难听，而这一切都被低年级的我们看在眼里。眼前这幅场景与当年完全调转了过来，我不禁感到一阵混乱。真没想到，本是霸凌者的板垣如今会抱着那个曾经被他欺负的人苦苦哀求。

"我好像在哪儿见过你。你也是这个镇上的？"戴眼镜的男子朝我扬了扬下巴。这话没什么威慑力，语气却十分轻蔑。

"对。"

"那你应该知道，板垣以前总骑在我的头上。不过我已经是大人了，过去的事情就不计较了。"他语气中颇有些嘲讽的味道。

"求求你了，我刚才不是已经道歉了吗，你就原谅我吧。"板垣只顾着低头道歉，似乎没空搭理我。和以前一样，他的牙还是歪七扭八的。

"到底怎么回事啊？"

"你听说过方舟吗？"戴眼镜的男子甚至有些开心地笑着说。

"方舟？"我小声重复着这两个字，突然想起前阵子母亲曾经说过的话。

"听说现在有一个可以避难的地方，只有被选中的人才能进去，也不知道是真是假。"母亲说话时总是有气无力的，语气也淡漠得没有起伏，我总感觉她像在说梦话。"那谁会被选上呢？"我附和着母亲的"梦话"，只见她双目无神地答道："听说是抽签决定的。"

"这种场景在电影里倒是常见，但现实中不可能发生。"

"照你这么说，陨石撞击地球的桥段也经常出现在电影里呢。所以啊，现实中什么都有可能发生。"母亲有气无力地叹了口气，望向父亲房间紧闭的大门。

"我爸就是负责抽签的。"戴眼镜的男子翘着嘴唇，昂首说道。

"真的吗？"

"你觉得我在骗人？也罢，你们不信就算了，反正也是个死。"

"我信。"板垣一个劲儿拽着对方的衣服，看起来有些可怜，"算我求你了，让我中签吧。"

戴眼镜的男子试图躲开板垣的拉扯，说道："你求我也没用，都说了是抽签，我能有什么办法。"

"算我求你了。我听说了，方舟说是抽签，其实都是可以操作的，对吧？其实全靠你爸的一句话。"

"这话传出去可不得了，你还是赶紧闭上嘴吧。"

"只要能上船，我什么都答应你，让我和我妹妹上去就行。"

我紧紧注视着他们二人的一举一动，心里暗暗觉得板垣的话不太可信。在知道小行星即将撞击地球后，世界上曾经发生过好几次类似的骚动，我也不是第一次听到有关避难所或者方舟的传闻。就算真有相关举措，大概也不会把我们这个小镇上的人纳入考虑。再者，找个普通人负责方舟抽签的做法并不利于实际管理。如果我大权在握，肯定会单方面挑选出优秀的人才，然后将他们秘密送到避难地点。当然，判断一个人"优秀"与否并不存在具体的标准，所以评审的过程很可能会有些随意，甚至会存在人情上的考虑。在这种情况下，很难想象会采取公开抽签的方式。

我猜，这个眼镜男和他的父亲，甚至包括板垣在内的所有人，其实都只是在借避难的话题麻痹自己。他们听信传言，认为方舟真实存在，并希望借此逃过一劫。事实上，传言本身就是人们精神上的避难所。一定是这样没错，我暗暗想道。

"你呢？要是对方舟感兴趣的话，我倒是可以帮你问问。"眼镜男对我说道。

"他感什么兴趣，明明是我先求你的。"

"不用。"我摇了摇头，"我不感兴趣。"

"搞什么嘛，难道你不信我？"

"我真的不感兴趣。"说着，我飞快逃离了那里。压抑、悲伤和恐惧的情绪充斥着我的内心，人们只顾自己的死活，疯狂地想要抓住救命稻草，甚至争先恐后地朝方舟挤去——类似的画面在脑海中不停闪现，令我毛骨悚然。距离小行星撞击地球还有三年，虽然目前的局面似乎已经稳定下来，但随着"末日"一天天临近，整个世界肯定会再次跌回到一片混乱中。到那个时候，一直保持冷静的我也会同样想抓住救命稻草，听信一些看似荒唐的传言，而且也会哽咽着乞求对方救自己一命。这简直太可怕了。我越走越快，迷茫和无助让我想要放声大哭。忽然，一阵剧烈的恶心涌上来，我不得不弯下身子。慌忙中，我在心里快速描绘出苗场的背影。在想象中，身形矫健的他正抬手做出拳状，整个站姿如钢铁般沉稳有力。这副坚毅勇猛的模样终于让我稍稍好受了一些。

8

回到小区，走上公寓六楼，我的心情依旧沉重。打开家门，扑面而来就是一股潮湿的臭气。虽然住在公寓，但我们家的光照很差，一年到头都湿漉漉的。当然，这与小行星造成的气候异常毫无关系。

我脱鞋进入客厅。家门口此前一直横着一根木棍充当门闩，防止暴徒闯入，不过最近我们已经不这么做了。这大概是精神有所松懈的结果，也是世态逐渐平和的表现。"我回来了。"话音刚落，正在厨房烧饭的母亲便应了一声"你回来了"，只是语气里没有丝毫感情。"今天我听乌冬面铺的大叔说，有个地方很容易钓到鱼，不过估计要排队。下次我也去试试吧。"

"哦，是吗？"母亲的回答仅此而已。

"嗯，是啊。"我自言自语般回应道。

这顿饭算不上丰盛，不过母亲做的萝卜炖芋头真的非常好吃。这些食材炖煮得非常软烂，用筷子一插就能轻松到底，而且甜味与辣味达到了绝佳的平衡。虽然我才吃过乌冬面，但对着这么美味的食物，我感觉自己依然可以敞开肚子吃个痛快，吃多少也不会腻。我隔着餐桌坐在母亲对面，默默动着筷子，父亲则像往常一样蜷缩在房间里不肯出来。等我们吃完饭，母亲就习惯性地将饭菜端到父亲的房间。他偶尔也会跌跌撞撞地走到餐桌旁边，可最后还是会端着盘子回房间吃。

没有交谈、没有表情，这种只剩吞咽的进食方式令我痛苦万分。味同嚼蜡，我的脑海中浮现出这样一个词语。

其实今天我的心情并不算糟糕，最近的生活也没有太大变化。然而，我内心的焦躁却比以往任何时候都要强烈，甚至重新染上了抖腿的老毛病。母亲见我不停抖动着右脚，也只是瞥了一眼，随即便若无其事地移开目光。不知道是因为刚才在回家路上想起了三岛的事情，还是时隔多日又记起死亡的话题，或者是见到了板垣的缘故，还有可能是因为我从他毫无尊严的模样中看到了自己将来的影子，突然间一种焦躁的感觉从我的脚尖逐渐蔓延到全身，嘴里莫名泛起一股酸涩。

情绪仿佛屋顶漏下的雨水，滴滴答答蓄积在心里，终于在这一刻溢了出来。一块掉落的芋头成为压死骆驼的最后一根稻草。当我夹起那块芋头时，它径直从筷尖滑到我的胸口。刚要低头看，它却滚到我的脚边。就在拉开椅子，弯腰准备将芋头捡起来的时候，我突然忍不住爆发了，大喊了一声"烦死了"。我站直身子，将筷子重重地拍在餐桌上，震得碗盘叮当响。母亲睁大了眼睛，一脸震惊，却并没有做出太大的反应。

我转身走出客厅，沿着走廊大步流星地来到父亲的房门口。"赶紧给我出来！"我敲了敲房门，喊道。这是我第一次用这种粗鲁的态度对父亲说话。"躲什么躲，赶紧出来！"

房间里没有任何回应。我一遍又一遍地敲打着房门。"出来！别再躲了，赶紧出来！"

等我垂头丧气地走回客厅，陡然发现父亲正站在我的身后。我猛地回头，却见父亲双眼布满血丝，花白的头发长长了不少，整个人似乎比之前还要消瘦。他嘴巴周围的胡子看起来很脏，上面沾着的不知是污垢还是食物残渣。

"喂，你刚才怎么跟我说话的？"父亲瞪大了眼睛，高声问道。他说话时唾沫横飞，一股腥臭的口气扑面而来。"你以为你很了不起吗？"

"原来你还能出来啊。"

"注意你说话的态度。"

"你天天躲在屋里有什么用？你躲起来，陨石就会消失吗？别再逃避了。"

"你根本不懂。"父亲的台词还是老一套。母亲依然坐在餐桌旁望着我们，并没有要制止的意思，只是浑身散发着疲惫至极的感觉。

"还有三年。"我竖起三根手指，"不管怎么样，只有三年了。难道你就不想安安稳稳过几年日子吗？"

"世界都要毁灭了，怎么可能安安稳稳过日子？"

"我不管世界怎样，我说的是我们家。就算世界没办法安稳，至少这个家、至少我们三个人还是能安安稳稳过上几年日子的。难道我说的不对吗？作为一个父亲，你难道就不能想想办法吗？"

"你懂个屁，还敢在这里胡说八道。"

父亲握紧拳头，抬手向我挥来。我弯起手肘，摆出防御的姿势，用小臂外侧接了父亲一拳。他出拳力道很轻，打在胳膊上根本不疼，甚至连一点声音都没有。我低下头，继续用双臂进行防御。

我的脑海中浮现出父亲五年前的模样。那时候，他去上班时总是穿着西装，头发也梳得整整齐齐，手里还会拎一个高级公文包。那是父亲去国外出差时买的，他一直很喜欢。爸爸，曾经的你去哪儿了？眼前这个举着拳头对我一通乱挥的男人，真的是我的父亲吗？把从前的父亲还给我吧。我的心里满是懊恼。

"快住手。"母亲终于从位子上站了起来，不过这句话到底是对谁说的，我一时搞不清楚。

父亲喘着粗气，停下了手上的动作。我本以为这样就结束了，没想到父亲突然发出动物般的怪叫，抓起桌上的座钟朝我砸过来。

我条件反射般灵活转身避开攻击，接着将重心置于左腿，抬起右脚便冲父亲的小腿飞踢过去。我踢中了父亲的左腿，脚背传来一阵冲击。几乎同时，父亲发出一阵不堪的哀号，身体斜斜地倒在了一旁。

我不假思索地使出一记高踢，这是我训练时重复过无数次的动作。我重重呼了口气，扭转身子，抬起右腿直直朝父亲的面门踢去。

然而就在那一瞬间，我的脑海中突然闪过苗场的话："这样的决定，你到底会不会后悔？"

就在马上要踢到父亲的时候，我停了下来。

9

我正准备飞奔出家门，身后传来了母亲的呼喊。我只依稀听到了她的声音，也不知道母亲到底是在叫我还是骂我。按照我理想化的推测，母亲说的应该是"大晚上的，太危险了，赶紧回来"。不过我没有回头，而是朝着电梯奔去。

走夜路时的恐惧、憋闷已久的愤怒和焦躁，令我一刻不停地向前跑去。我觉得有些喘不上气，腿也感到一阵阵疲乏。我停下脚步，站在马路中央剧烈地呕吐起来，接着又继续向前跑去。不知不觉间，我竟跑回了拳馆。我大口喘着粗气，肩膀不停地上下起伏。我用袖子擦了擦嘴巴，站在拳馆的入口前。这栋建筑没有亮灯，仿佛已经陷入沉睡。

我伸手想开门进去，发现门已经上锁了。没办法，我只好绕到后面。这里原是后厨入口，一直紧锁着，不过我听说很多练拳的学生都会在晚上从这里偷偷溜进去。会长做事一向光明磊落，如果发现有人溜后门，必定会严厉地批评教育一顿。但事到如今，想必他也不会把我逐出师门，我就破天荒地朝后门走去，并将摆在门前的老旧冰箱和健身器材逐一堆在了一旁。看着这扇霉迹斑斑、歪歪斜斜的门，我甚至担心太过用力会直接把门把手拧下来，不过一切都还算顺利。我拎起鞋子走到正门旁，将鞋子放在架上。我照旧对着拳场鞠了一躬，道了声"请多指教"。接着，我打开灯。望着镜中突然出现的自己，我多少有些意外。

那是一张冰冷的脸。

眼睛布满血丝，脸上的青春痘有些红肿，头发凌乱不堪。连我自己都觉得镜中映出的表情十分阴暗。这是一张写满憎恶与阴郁的脸。虽然不知道到底在憎恶什么，但我很清楚，自己确实在恨着某种东西。

我先做了一组拉伸动作，接着开始跳绳。我发疯般跳着，想借此忘记父亲挥舞的拳头和我飞踢出去的右腿。然而，跳绳怎么也抹不去我心中的焦躁。尽管那些不愉快的记忆会随着每一次起跳碎裂瓦解，但在双脚落地的瞬间，它们就会重新出现在我的脑海。我屏住呼吸，开始连续击打沙袋。拳头击打时的爆裂声，沙袋嘎吱作响的声音，还有皮肤上滑落的汗水，渐渐令我感到了些许轻松。可只要一停下来，那些黑红色的记忆就立刻死灰复燃，涌上我的心头，仿佛伤口处流出的滴滴鲜血，擦拭过后总会慢慢地再度涌出，怎么擦也擦不干净。

练了差不多三十分钟，我终于在地上躺成一个"大"字，这是我第一次这样躺在地上。我望着天花板，落满灰尘的粗大管道纵横交错，装在上面的换气风扇也能看到。我的身体上下起伏，配合着呼吸的节奏。

苗场为什么总是那么冷静？

躺了一会儿，我的脑海中突然浮现出这样一个问题。既然世界很快就要毁灭了，为什么他仍旧能像五年前一样，泰然自若地训练呢？明明比赛已经不可能进行了，可他依然与会长一起反复琢磨应对策略，认真进行着备战。到底为什么？在我看来，这一切实在难以置信。我甚至很没礼貌地怀疑苗场会不会是个傻子。

我朝拳馆后方的更衣室走过去。那里弥漫着一股特殊的味道，交织着灰尘与汗水的气息。五年前，数不清的学生怀揣着对苗场的崇拜来到拳馆，这个更衣室里也曾熙熙攘攘地挤满了人。存衣柜压根儿不够一人一个，这里甚至比公共浴室的更衣处还要嘈杂。更衣室的几个架子和所有空位都摆满了篮子，里面塞着书包和衣服。虽然现在空荡荡的，不过还是能看到学生们留下的运动服、拳套和毛巾等用品。

我漫无目的地走到更衣室左侧的架子旁，这是那位与我关系不错的学长经常放东西的地方。这时我注意到，架上放着一个皱巴巴的纸袋子。这个纸袋又脏又破，像是没人要的垃圾，所以我原本也没打算去看里面装着什么。然而转念间，我莫名有些好奇，于是直接将袋子里的东西一股脑儿倒了出来，纷纷扬扬的纸片哗啦啦撒了一地。

我"啊"了一声，不免有些失望，却又觉得可以理解。这些纸片都是有关苗场的剪报，大概是学长从杂志和报纸上剪下来的。我连忙蹲下身，将这些纸片一一捡起来。

照片上的苗场目光锐利，炯炯有神。这些表情并不是演出来的，而是心中执着的信念透过眼神的自然流露。我将这些剪报一张张叠好，正打算将它们重新装回袋子时，其中一篇报道吸引了我的视线。那是苗场与某位电影演员的一次对话。那位演员穿着华丽、夸夸其谈，与沉默寡言、态度淡然的苗场形成了鲜明对比。虽然两人聊得不太投机，不过倒像是一场不断抖着包袱的对口相声，颇为有趣。我蹲在地上，一口气看完了整篇报道。

"如果明天就要死了，你会怎么办呢？"电影演员没头没脑地抛出这样一个问题。

"该怎么样还是怎么样。"苗场的回答很淡漠。

"什么叫该怎么样还是怎么样？"

"继续练下段踢和左勾拳，毕竟我也只会这些。"

"你是说继续训练吗？明天都要死了，你居然还想着训练？"演员笑了起来，似乎觉得苗场的回答很荒唐。

"如果知道明天就要死了，你就会换个活法吗？"虽然我只能依靠这些文字展开想象，不过我猜苗场在说这句话时一定是彬彬有礼的。"那你现在这种活法，是打算活到多少岁的活法呢？"

我飞快地闭上眼睛，过了一会儿才让自己的情绪平静下来。在我心里，一直如尖刺般翻涌的波浪终于缓缓归于宁静。在对话的最后，苗场表示"我只能选择自己会做的事情继续做下去"。我反复咀嚼着这句话，重重地点了点头。

除了这些剪报，学长的纸袋里还掉出了一张照片。那是一张很大的黑白照片，从光线的明暗和营造的氛围来看，是三岛拍摄的作品无疑。

照片上，苗场正独自在深夜的公园里默默奔跑。尽管照片的构图平淡无奇，但周遭的静寂与苗场身上升起的滚滚热气却勾勒出一幅绝佳的画面。太帅了。我在不禁感慨的同时，再次想起了他说的那句话，"选择自己会做的事情继续做下去"。就算默默无闻，就算笨手笨脚，也要坚持下去。苗场不停地奔跑着，仿佛世间再无其他纷扰。等我回过神来，竟发现自己不自觉流下了眼泪。我抱着照片，缓缓地躺在了地上，就此沉入梦乡。

10

我睁开眼睛，听到一阵声响。也许恰恰相反，是这阵声响将我从睡梦中唤了起来。我在钟声中坐起身，忽然意识到自己枕着的竟然是别人很早以前丢在这里的鞋子。真脏啊，我在震惊之余一把将鞋子扔了出去。恍然间，照片和剪报已没了踪影，我赶忙站起身来查看架子，发现纸袋也被放回到了原位。难道昨天我是在梦中翻看纸袋的吗？不过现在我根本没有再打开袋子确认一下的心思。

我走出更衣室，发现苗场正在拳击台旁边练习跳绳。我看了看时钟，原来已经下午两点多了。虽然睡过头让我觉得很羞愧，不过呼吸间却感到神清气爽，算不上绝对清醒，但痛苦和沉闷的感觉一扫而空。我可以冷静地回忆起父母的面庞，甚至在一瞬间觉得可以原谅他们行尸走肉般的活法。不过我很快打消了这个念头。

只能选择自己会做的事情继续做下去。

钟声响起，苗场放下手中的跳绳。会长原本坐在拳馆入口附近，此时也缓缓站起来，开始活动筋骨。

"您早。"我打了声招呼。会长只是点点头，"嗯"了一声，对我昨天擅自进入拳馆，还在里面睡了一觉的事只字未提。

会长将靶子套在手上，抬头望向镜子，似乎是在检查自己的动作。正在这时，钟声响起，我也开始了跳绳训练。

啪！我身后传来了击打皮革发出的剧烈声响。啪！啪！苗场对着会长手上的靶子频频出拳，那声响听得人心情舒畅。钟声又一次响起，这次该轮到对镜挥拳训练了。

"喂，你过来跟苗场比画比画吧。"正在这时，身后传来了会长的声音。

我难以置信地回过头。"您说什么？"

苗场双手叉腰，目光炯炯地看了看会长，接着又转头望向我。

"来一场练习赛，怎么样？"会长的语气难掩开心，却又略带挑衅。

"啊？"

"我很强的。"苗场直直盯着我，抛出这样一句话。他身上的肌肉强健结实，伴随着呼吸的节奏上下起伏，宁静又充满张力。尽管我与苗场的体格相仿，但是他看上去比我要强壮得多。

"我也不会输。"我咽了咽口水。这是我与苗场的第一次对话。

"不可能。"苗场的回应很简短。

"反正总有一天……"我小声嘟囔着。

天体的子夜

1

出现在我眼前的，是二宫的脸。自从大学毕业后我就再没见过他，所以我看到的自然是他二十年前的样子。他的皮肤白皙而富有光泽，看上去既像个孩子，又有些中年人的味道。我以前经常说他："你总是摆着一张臭脸，所以才会让别人敬而远之。"每每这个时候，他都会抬一抬眼镜道："你总是这样揭人的短，一点也不留情面，所以才会讨人嫌吧。""要不是看你一个人吃饭实在太可怜，我才不和你来往呢。"我这样回击，但二宫从不在意。

"最先来的是洪水吗？"我问道。当时我们正坐在大学食堂里。听说那里在大约十年前翻修过，不过我眼前浮现的依然是过去那番模样。

"不对，是冲击波。"二宫用手指推了推眼镜，"不是有很多核试验的影像嘛，里面可能叫'爆风'？这种冲击波首先会摧毁周围的一切。之后巨型物体会以高速相撞，释放出巨大的能量，形成难以想象的大地震，到时候肯定会一片地动山摇。"

虽然我们都是理工科的学生，但天文学领域对我来说仿佛是另一个世界。

"小行星的直径是多少来着？"

"十千米。时速不详，估计每秒二十千米左右吧。"

直径十千米，秒速二十千米，就算有了这些数字，我依旧没什么概念。这么大的石头掉下来纵然可怕，但它足以毁灭世界吗？在我看来，小行星砰地掉下来，周围变得一片狼藉，也就仅此而已吧。

"冲击波之后就是洪水。由于地球表面一半以上都是海洋，所以小行星很可能会掉进海里，引发海啸。"

"掉进海里的小行星会怎么样呢？"

"会摔得粉碎，然后这些碎片会被反弹到空气中，像霰弹枪的子弹一样直直打下来，或者大量飘浮在空中，甚至遮住太阳。"

"那不就是核子冬天了吗？"这点常识我还是有的。

"之后气温就会急剧下降，植物消失，动物也会受到影响。"

"恐龙就是这样灭绝的吧？"说起来，我确实在那个时候问过二宫有关恐龙的问题。"不过这种说法有什么证据吗？再说，小行星撞过地球的说法是骗人的吧。"

"可是一九七八年，人们在墨西哥的尤卡坦半岛发现了一个直径一百八十千米、深九百米的陨石坑。"

"那真是够大的。"这个直径，差不多是从仙台到福岛南端的距离。

"而且在陨石坑周围还检测出了很高的铱含量，地表也有洪水的痕迹。"

"铱是什么？"

"就是陨石里富含的一种物质。也就是说，六千五百万年前造成恐龙灭绝的那颗小行星，很可能就是坠落在尤卡坦半岛的那颗，不过目前只有些间接证据。"

"间接证据啊。"我对这些没什么实感，嘴里漫不经心地回应道。接着，我又礼节性地询问："照这么说，我们不会有事吧？小行星还会再次撞击地球吗？"

"大概一亿年会轮到一次吧。"

"这样啊，是因为小行星数量很少吗？"

"有几万颗呢。不过现在科学家已经基本弄清了大部分小行星的轨迹，往后几千年应该都不会有小行星飞向地球。"

那也挺没意思的，我有些不知足地想道。彼时我正好想起不久前看过的一篇新闻。"前段时间有报道说，三十年内小行星撞击地球的概率大约是三百分之一。"我继续着这个话题。

"那种报道嘛……"二宫满脸不耐烦地开口说道。紧接着，他的五官突然歪向一边，令我大吃一惊。随着轮廓慢慢瓦解，我眼前的二宫逐渐模糊起来，仿佛水坑里的积水正在不停晃动。我摇了摇头，果然这一切都不是真的，只是脑海中涌出的记忆罢了。正在这时，我感到自己猝然下落，五脏六腑一阵翻腾，身体摇晃了一下，脑袋里传来沉重的声响。良久，我终于意识到自己四脚朝天跌落在了地上。

又过了一会儿，我才反应过来自己身处家中客厅。刚才垫脚用的椅子翻倒在一旁，挂在天花板上的绳子也断了，此时正在我的头顶晃个不停。还有，我感觉脖子被勒得生疼。

2

我站起身，想把绳子重新系好。正在这时，我的脑海中闪过多年前自己常对公司员工说的一句话。"绝不能轻易浪费宝贵的机会，你们拼死也要给我把握住了。"

我不记得当时为什么会说出这样一番话，可能是在训斥负责销售的员工吧。那时我常常会怒气冲冲地告诉他们，作为一家小公司，有时候不得不采取一些强硬措施。

"你这个社长一直乱发脾气，员工可都要跑光了。"我耳边响起妻子千鹤明朗的声音，不过她已经在五年前离世了。我仿佛看到她坐在对面，单肘支在餐桌上，眉眼弯弯的模样。

不管我发不发脾气，一听说小行星要掉下来，员工还不是照样跑光了。我在心里默默回答道。就在这时，我眼前的千鹤消失了。

我这才注意到，脚边居然还掉落了一副眼镜，还是一副老花镜。我虽已年过四十，但还没到要戴老花镜的程度。这是我去世多年的父亲留下的遗物。我记得之前一直放在架子上，大概是刚才的一摔把眼镜从架子上震了下来。

这时，电话铃声忽然响起，把我吓得一颤。电话居然还能正常使用，这让我非常意外。以前我也曾拿起过听筒，但是耳边传来的一直都是占线的声音。对了，五年前妻子过世的时候，听筒里甚至连一点声音都没有。应该是后来恢复了通讯吧。

"请问是矢部家吗？"电话对面是一名男子。我已经很久没有听过别人的声音了。自从五年前知道世界将在八年后毁灭，我耳边充斥的都是人们在逃亡时发出的悲鸣与咒骂、哭喊与争吵，还有我自己的呜咽与抽泣。此刻，听筒那边悠然自得的语气令我颇感新鲜。我端坐在电话机前，一时不知道如何作答。正在我踟蹰不决时，对方又继续问道："你是矢部吗？"

"嗯。"

"啊，太好了。我在同学录上翻到了你的电话，还担心这个号码联系不上你呢。"

这种含糊不清的说话方式让人听不出对方的态度，着实令我有些疑惑。

"我跟你说啊，我好像有了新发现。"

他说话时那种过于亲昵的语气令我终于恍然大悟。"你是二宫？"

"是啊，是我是我。我跟你说，我好像发现了一颗新的小行星。"

"你还活着？"

"你这话问的，过分了啊。"

我其实丝毫没有开玩笑的意思。现在这个世道，能活着就已经弥足珍贵。我看了看自己的手，心里盘算着要不要在再次自杀前见上二宫一面。

3

　　二宫住在仙台西郊的一个小镇上，搭乘在来线①几站就可以到。不过这次我决定开车过去。就在不久前我还完全不敢相信自己能够安全地开车出门。如此想来，虽然不知道具体原因，但最近的治安确实变好了很多。

　　我要去的地方与其说是一片住宅区，其实也只有稀稀拉拉的几栋房子。

　　二宫就站在国道边等我。那里曾是一个加油站，已经在很久之前就关门了。我让他坐上副驾驶的位子，按照他指的路线朝他家驶去。二十年未见，我们的重逢却比想象中还要平淡。

　　"今天真是处处有惊喜啊。"我对坐在旁边的二宫说。

　　"怎么说？"

　　"一开始，我压根儿就没想到车子居然还能正常发动。这辆车一直扔在停车场，引擎盖都已经凹进去了，结果插上钥匙一转居然还能开。还有啊，这车的油箱里居然还有油，而且我竟然还记得怎么开车。要知道我都有五年没摸过车了，没想到真的不会忘。"

　　"毕竟开车是一种肌肉记忆。"二宫一副理所当然的语气。

　　"真让人怀念啊。"我笑道。

　　"怀念什么？"

---

① 指新干线以外的所有铁路线，速度相对较慢。

"你的说话方式。"二宫在显摆自己学识的时候总是一副平平淡淡的语气，以前就很容易引起周围人的不满。我的一个朋友经常一脸嫌弃地向我抱怨，觉得二宫看不起他。

"是吗？"二宫绷着一张脸答道，"所以你上一次开车，是在五年前刚刚知道世界就要毁灭的时候？"

"唔，应该是吧。"我点了点头，"想着找个安全的地方躲一躲，就带着千鹤一起开车走了。"

"哪儿有什么安全的地方啊。"他轻蔑地看了我一眼，"话说回来，千鹤现在还好吧？"

我不想回答这个问题，只说道："当时刚开出公寓还行，后来就堵得厉害，结果进退两难，花了两天时间才好不容易又开回了家。真不知道那么多人都开车要往哪儿跑。"

"还有其他让你吃惊的事吗？"

"还有一件，"我转着方向盘，瞥了二宫一眼，"就是你怎么一点都没变啊。都过去二十年了，你居然还和以前一模一样。"

"矢部，你倒是老了不少啊。"

我感觉自己的肚子突然被人戳了一下，不禁苦笑起来。"二十年了，你这种一点没变的才不正常吧。"

"你脑门上的皱纹都这么深了，黑眼圈也非常严重，是不是吃了很多苦头啊。而且，你的眼神就像个杀人犯。"

说得好像你见过杀人犯似的——这句本要说出口的话还是被我咽了回去。毕竟，就算真的见过也没什么稀奇的。"你说话还是和以前一样，很容易让对方感觉不爽。"

"我只会这么说话。"他表示了歉意，听起来却像是自动提款机里播放的那句"抱歉，请重新操作"一样，让人觉得胸口一阵憋闷。从这一点来看，他果然还是和以前一样。

这里左转，在尽头处右转，我按照他的指示继续往前开。也许是周围没有高楼的缘故，车内视野很好。我在转向时方向盘操作得还算不错，踩刹车的力道却总也掌握不好，好几次都用力过猛，令人不自觉地往前冲。

"这边的人也都走得差不多了吧？"我四处望了望，只见周围零星分布着一些独栋小楼，楼与楼之间都隔得很远。不仅如此，这里的生活气息已荡然无存，很多人家的玻璃窗都碎了，车库顶也塌了下来。

"应该少了很多。我对这些没什么兴趣，具体情况也不太清楚。"

"你该不会和以前一样，对星星更感兴趣吧。"

"差不多吧。"

"你还真是个沉迷天文的大宅男。"二宫闻言微微笑了起来。他的笑容让我一下子意识到，二十年前的自己似乎也对他说过同样的话。虽然具体的情形已经淡忘，不过我应该没有记错。

4

二宫的家里异常安静。虽然开了暖气，但还是给人冷冰冰的感觉，空间中弥漫着孤寂凄凉的气息。他领我来到和室。我刚将双脚放在暖炉桌下坐好，便注意到房间一角的柜子上摆放着一对老夫妇的照片。这一定就是二宫的父母。按照我的理解，这两位老人恐怕都已经不在了。这里所说的"不在了"，与我妻子千鹤不在了的意思是一样的。

"就是这个。"二宫从里面的房间拿来一张照片放在桌上。和照片一起拿来的还有一杯绿茶。阵阵微苦的茶香不时掠过我的鼻尖，令人心下一片清朗。"这是我前天拍到的。"

那是一张星空的照片，大概有 A4 纸大小。背景一片漆黑，上面点缀着许多白色亮点。

"你是想让我夸你拍得好？"

"当然不是。你看这里。"二宫板着脸，指了指照片中间的两个白点。两颗星星稍稍错开位置，横向排列着。

"这是什么？"

"不会吧，难道你忘了？上学的时候我不是教过你如何辨别小行星吗，就是那次我们去天文台之后。"

"你教过我？"我完全没有印象。

"果然你就没当回事。我可是费了好大劲给你讲的，就在学校食堂里。而且我还跟你说了怎么搭建望远镜，你也都忘了吧？亏你当时还摆出一副很佩服我的样子。"

也许真有这么一回事，只是我心里不愿意回想当时的场景。大学时二宫没什么朋友，我便总去找他聊天。除了因为确实很闲，也带了些助人为乐的心思，因此我对聊天内容并没有太多印象。

"二宫也许并不需要朋友。"千鹤当时曾经这样表示，"我来跟你做朋友这句话，听起来就很看不起对方，没有人会喜欢的。"

"但是每次看到二宫，我都觉得自己是占上风的那一方。总归我还是比他强的。"

"什么占不占上风的，你这话就很没品，让人讨厌。"在我的印象里，千鹤的语气颇为不满。

"真拿你没办法。"二宫低声嘟囔了一句，便开始对照片进行说明。我听来听去，似乎这张照片是首次取像后间隔一段时间经过二次拍摄才得到的。的确，照片上的星星都有重影，而且这些重影都是纵向出现的。也就是说，这上面的每一颗星星都被拍下了纵向偏移的二重影像。

"对，第二次拍摄的时候，我稍微调整了望远镜的纵向位置。"说着，二宫又开始滔滔不绝地介绍这种方法是多么适合用来发现移动的行星。虽然我不太懂他到底在说什么，不过每每聊到熟悉的领域，二宫总是像这样打开话匣子说个没完。从这一点来看，他也确实和以前一样，我不由得有些感慨。

"快看，看这儿，只有这颗星星出现了横向的偏移。"

顺着他手指的方向，我将脸凑了过去。果然是这样，我赞同地点了点头。其他星星在照片上都显现出纵向的重影，只有这个白点稍稍有些倾斜。

"也就是说，这颗星星正在移动，它肯定就是个小行星。"

"然后呢？"

"什么然后？矢部，你还真是笨啊。"

念书的时候，大家可都在背地里笑话你又蠢又胖，没想到现在居然轮到你这样说我。我心里暗想。"可是，"我朝照片凑过去，"虽说这是一颗正在移动的小行星，但你又怎么知道以前没被人发现过呢？"

"凭我的直觉。"二宫一副理所当然的语气。

"啊？"

"其实还是能看出来的，比如此前这里并没有出现过这等亮度的小行星之类的。"

"这样就算是新发现了吗？"

"当然不能。总之，我要把这个位置的具体坐标、这颗小行星的亮度和直径汇报给史密森尼中心，然后再最终确定这到底是不是一颗新行星。"

"史密森尼中心是干什么的？"说着，我隐约想起好像是有个天文中心叫这个名字，"现在还工作吗？"

"什么意思？"

"就是这个天文中心啊，还有那些天文学家们。说起来，现在小行星撞击地球，最该追究的就是他们这群人的责任吧。"之前我从没有过这样的想法，不过现在想想也确实如此。在小行星的阴霾笼罩全世界之时，人们最需要也最痛恨的，非天文领域莫属。"三年后，小行星就要撞上地球了。每个人应该都会疑惑，为什么这些搞天文的之前一直没有发现这颗小行星呢？话说回来，当初我也是听你说小行星不可能撞上地球，所以才一直很放心的啊。对了，说到这个……"差不多一个小时以前，我在家里准备上吊自杀的时候，脑海中曾闪现过一件事，"以前报纸上不是有过一则报道吗，说三十年内小行星撞击地球的概率是三百分之一。当时你还说肯定不会撞上。"

"嗯，我说过。"

"三年后要撞上地球的，该不会就是当时那颗小行星吧？"

"不是。这完全是两码事。"二宫俨然一副专家的样子，沉稳老练地继续说道，"当时我应该也跟你说过，所谓的三百分之一具体是在表达什么，到底什么才是这三百分之一。没有人知道这个概率到底指什么。这种具体的数字，其实根本没有任何意义。"

"三百分之一不就是表示，如果有三百颗小行星正在移动，就会有一颗撞上地球吗？"

"矢部，你不是在逗我吧？什么叫三百颗小行星就会有一颗撞上地球？"

"新闻里不就是这么说的吗？"

"要是新闻里说的都是真的，那倒也省事了。"二宫的语气和二十年前几乎一模一样，"当时我应该跟你解释过……"他的语气中带了些责怪的意思。然而，就在听到他说这句话的瞬间，我仿佛再一次回到了二十年前的学校食堂。那时我正坐在二宫对面，鲑鱼和味噌汤装在食堂廉价的餐盘里，摆在我们之间的桌上。是啊，那个时候，他确实向我解释过。

"那种小行星撞击地球的新闻啊……"他不禁提高了声调。一时间，我竟无法分辨自己眼前的到底是已年过四旬的二宫，还是学生时代的他。"其实就是为了煽动情绪罢了。"

"煽动情绪？煽动谁的情绪？"

"所有人的。科学家非常希望得到经费，对吧？不管是谁，都希望自己的研究有相关经费的支持。所以，你觉得什么样的研究能拿到钱呢？"

"有意义的研究啊。"

"矢部，你不是在逗我吧？"

"唔。"

"越有意义的研究，就越枯燥乏味。"

"这样吗？"

"容易拿到钱的可不是什么有意义的研究，而是那种能引起兴趣的，看起来有用的研究。"

"看起来有用，那不就是有意义吗？"

"矢部，你不是在逗我吧？"他又重复了一遍，"它们压根儿就不是一回事。首先，有用和看起来有用是完全不同的，这就像伟大的人和看似伟大的人截然不同一样。既然表面看来有用就行，那么科学家就会经常鼓吹一些危险的情况。你想，要是有人告诉你地球可能会毁灭，你是不是就会希望多开展一些相关的研究呢？所以每次到了批准经费的时候，小行星撞击地球的消息就会传得满天飞。三百分之一这种毫无意义的数字，就是他们搞出来唬人的，目的就是筹集经费。"

"这样啊。"

"你看那些部队和情报机关也总是喊着有危险有危险，其实都是一个道理。煽动起人们的恐惧心理，钱也就到手了。"

"但是三年后小行星还不是会撞上地球吗？"现在的我诘问二宫，"五年前刚开始暴动的时候，千鹤也有些慌了，当时我还安慰她说'没事的，二宫说过小行星不可能掉下来'。跟公司员工我也是这样说的，一口咬定小行星不会撞过来。你可让我出尽了洋相。结果呢，还不是要撞上了？"

"说起来，千鹤她还好吧？"

"喂，你先跟我讲讲啊，二宫天文博士。事到如今，你还是觉得小行星不会撞上地球吗？"

"对此我持保留意见。"二宫歪着头说道，"不过小行星确实离我们越来越近。"

"你以前不是说过吗，小行星的轨迹基本都已经确定了，没有轨迹指向地球。"我越说越觉得自己被二宫骗了，不自觉地连语调也变得尖锐起来。

"可能是轨迹发生了变化，也可能是计算行星轨迹时出了问题。"

"怎么可能？"

"是啊，我也不敢相信会有这种情况，可能人们对于计算机推导出的行星轨迹太过信任了。全部依靠数据的分析和计算，就会导致对观测的忽视。经过几次观测后，剩下的轨迹就交给电脑去算。等真的发现轨迹发生偏离，可能一切都迟了。这种情况确实可以理解。但要我说，八年前人们其实无法真正判断小行星是否会撞击地球。毕竟细微的变化就会导致小行星的轨迹发生变动，没有人能够准确预测多年以后的情况。"

"但是小行星撞击地球的消息确实是在五年前发布的。"

"我是这么想的，"二宫抬了抬镜框，"小行星撞击地球这件事，一开始肯定是从某篇想夺人眼球的报道里传出来的，也可能是一种夸张的说法。但不知道是有心还是无意，有人开始煽动大家的恐慌心理，全世界就跟着莫名其妙地当了真。"

"当真之后又会如何？"

"既然大家都当了真，小行星也就真会掉下来了呗。"

"你在胡说什么？"我对他的说法一笑置之，"人们的想法还能改变小行星的轨迹？二宫，我怀疑你在逗我。"

"我是这么想的。"

二宫不再发表意见，只是远远望着自家的院子出神。我跟随他的目光向外张望，却什么也没看到。也许，这处院子里曾经发生过什么吧，我心里暗想。

二宫还是那副气鼓鼓的表情。"你看到那边有两台望远镜了吧。"

"嗯。"院子的栅栏边摆着两台大型天文望远镜。二宫应该就是用这些望远镜发现那颗新小行星的吧。

"大的那台口径二十六厘米，小的是口径十五厘米的反射式望远镜。"也许是经常挂在嘴上的缘故，他用平淡的语气向我介绍道。"应该是在四年前吧，我爸妈当时正在用望远镜，突然就被人拿着球棒打死了。"

"为什么啊？"

二宫清冷的眼神似乎在告诉我，这种事需要什么理由呢？确实如此，我差点这样回答他。"整个地球都快被小行星毁灭了，居然还有人在优哉游哉地看星星，估计会让人很不爽吧。"他喃喃道，"总之，我爸妈的人生就这样瞬间结束了。"

"杀人的那个男的死了吗？"这是我首先想到的问题。你就应该以牙还牙，既然他杀了你的父母，你也应该直接了断了他。这个想法差点脱口而出，还好我及时反应过来，赶紧闭上了嘴。

"不知道。我还在发愣的时候，那个人就已经跑了。后来，我把爸妈埋在了这个院子里。"

正在这时，玄关的门铃响了起来。我与二宫面面相觑，不知道来者何人。"难道是末日访客？"二宫歪着头说道，"来了来了，等一下。"他朝玄关走去，走到一半突然停下脚步，似乎想到了什么。"不管小行星最终会不会掉下来，这个世界都已经完了。"他耸了耸肩说道，"只能怪大家都当了真。"

5

暖炉桌边只剩下我一个人。我望着那张星星的照片，记忆的阀门突然打开了。恍惚间，我居然坐在一个偌大的停车场里，四周一片黑暗，寒气逼人。看来，往昔的记忆又一次逆流回我的脑海。这里是山形县藏王山脚下一个酒铺的停车场。我在地上铺好塑料垫，千鹤就坐在我的身边。二宫正摆弄着手里的望远镜，旁边还有一个百无聊赖的年轻女孩。我已记不清这个女孩子的样貌和名字，大概是在网球协会认识的学妹吧。

我想起来了，当时我们是去观测彗星的。据说这颗彗星会经过离地球很近的地方，而且几万年才会出现一次。当时是谁先提议大家一起去的呢？

在我的印象里，千鹤在听了二宫的描述后就干劲十足地表示"赶紧出发"，或者是二宫很少见地主动邀请我一同前往。不，不对。应该是我当时闲来无事，正好遇到二宫独自一人在校园里闲逛，于是决定再"助人为乐"一次，主动与他攀谈起来。"喂，什么星星，也带我去看看啊。"但我其实对这些毫无兴趣。

"来观测的人还真不少啊。"千鹤左右张望道。我们到的时候才刚刚下午五点，就已经有好几组人架好了望远镜，支好了帐篷。随着黑夜来临，人也越聚越多。

"那是自然。毕竟是两万年一见的彗星，不感兴趣才怪呢。"二宫原本在看望远镜，此时抬起头来说道。

"要我说，大晚上跑到这种冻死人的地方才叫怪呢。"

"我也觉得。"想不起名字的学妹不满地附和道。我知道，她肯定很想回去。学妹当初爽快地答应一起过来，结果却发现我带来的这个朋友既不帅气，态度还十分冷淡。不仅如此，虽说还是秋天，入夜后却寒气刺骨，观测活动更是无聊透顶。她现在一定非常痛苦吧。

"对了二宫，你知道小爱神吗？"也许是为了活跃气氛，我故作开心地抛出一个没头没脑的问题。

"小爱神？什么啊？"学妹笑了起来。千鹤皱起眉头，似乎在责备我又说了什么蠢话。

"知道啊。"二宫收了收下巴，露出一副理所当然的神情，"就是直径二十二千米的一颗小行星嘛。九十年代的时候，有传言说这颗行星可能会在一百一十四万年后撞击地球。"

"啊？这么吓人啊。"学妹有些不开心地说道。

"应该不会真撞过来吧。"

原来那时我们也曾聊起过小行星撞击地球的话题。

"应该不会。毕竟宇宙非常辽阔。"二宫似乎对我们的无知感到气愤。

"对了，二宫，小行星的名字是怎么决定的啊？"千鹤问道。

"谁发现了小行星，谁就拥有命名权。"二宫颇为得意地答道，

"一开始是用希腊神话里的人物进行命名的，后来人名不够了，就让发现者自己决定了。"

"海尔－波普彗星也是这样命名的吗？"

"彗星和小行星不是一码事。彗星都是用发现者的名字来命名的，比如海尔－波普彗星，就是海尔和波普两个人发现的。"

"真搞不懂怎么会有人给小行星起名叫小爱神。"对于我的话，学妹连连表示赞同。千鹤却显得颇为冷静："因为小爱神是希腊神话里的人物啊。"说着，她无奈地摇了摇头。

"聊来聊去的，你们都不看星星吗？"二宫指着望远镜，"我看我看。"千鹤率先举起手。"小爱神就要毁灭人类啦。"我大声开着玩笑，却只有学妹跟着笑起来。

"是个来推销的人，感觉怪怪的。"二宫从玄关回来，弯腰在暖炉桌旁坐下来，似乎有些纳闷地噘起了嘴巴。

我的思绪立刻被拉回现实。"推销什么？"

"他问我要不要方舟的船票。"

"原来是方舟啊。"一听到这个词，我就明白了是怎么回事。"是不是跟你说要挑一些人过去避难？"我在公寓附近也遇到过一次这样的推销。"这个方舟最近挺火的，大家都在议论，我们那边还因为方舟的事情起过冲突，闹出了一起事件呢。"

"事件？"

"就因为船票闹了起来，结果有个小年轻被捅了一刀。"

"看来方舟是没办法救人的。"二宫噘起了下嘴唇，"我刚才跟那个人说我不感兴趣，对方就气哄哄地走了。说到底，可能每个人都想从现实中逃离出去吧。其实他们也不是为了什么利益，而是真的相信这个世界上存在方舟，还兴冲冲地跑去参与选拔，借此来忘记小行星将要撞击地球的现实。就算真找到地方避难，肯定也不会有人考虑之后该怎么办，毕竟大家现在只想躲避眼前的灾难。当初诺亚方舟也是为了抵御洪水，但是和这次的规模完全不同。现在可是堪比恐龙灭绝时期，他们又能在地底下躲上几年呢？"

"对了，"我又想起一件事，"以前不是有个计划嘛，说要在火星还是什么地方搭建一片适宜人类居住的空间。"

"嗯，确实有过。"

"不知道那个计划实施得怎么样了。"

"嗯。"二宫似乎对此不太感兴趣，"你看，这种感觉挺有意思，而且看起来有用的研究，确实容易受到关注。"

"你又来了。不过这个研究应该也不算坏吧。"我心直口快地说出了自己的想法，"要是地球环境被破坏，能去火星倒也不错。现在可能就有人为了躲避小行星的撞击，正准备搬到火星上呢。"

"喂，这些人连地球的环境都控制不了，又怎么能维持火星的环境呢？"二宫显得有些疲惫，他吐着舌头，仿佛刚刚吃了什么辛辣的东西，"为了活命居然做到这个份上，有什么劲啊。"

确实如此，我赞许地点了点头。确实如此，说得没错。我将茶杯里的水一饮而尽。"你今天叫我过来，到底有什么事？"

"我不是都说了吗？"二宫有些不满，他指了指照片，"我发现了一颗新的小行星，想跟你显摆一下。"

"真的就为了这个？"

"什么叫就为了这个。我跟你说，发现新的小行星可不得了，难道你不知道？"

"我知道，可喜可贺。可你怎么证明这颗小行星是新发现的呢？"

"严格来说，仅凭一次观测是不行的。"二宫挠了挠头，似乎有些不甘心，"史密森尼中心一直联系不上，所以想要获得官方的认证确实很难。"

那不就毫无意义了吗？我正想抢白一句，他却赶在我前面开口说道："不过这肯定是一个新发现。虽然没办法证明，但我确信这就是一颗新的小行星。"

"唔。"随便他怎么想吧。

"我可是特意把这个新发现告诉你的，你可要谢谢我啊。"

"我也是特意开车过来听你说这个新发现的，你也要谢谢我吧。"

哪有这种道理，二宫显得不太服气。过了一会儿，他似乎想起了什么，对我说："难得有空，不如去学校看看？"

6

我们开车朝大学的方向驶去。从二宫的住处沿国道往仙台市区开，会途经一条长隧道，出了隧道再开一段曲折的路，就是青叶山。我们之前的大学就位于青叶山。单次车程差不多要三十分钟。

"几年前，那个隧道可是够惨烈的。"二宫伸出大拇指，比了比刚刚经过的隧道。

"惨烈？"

"里面堵车了，进不去也出不来，乌泱泱挤满了人，走路都过不去。”

“是吵起来了还是打起来了？有人被抢劫了吗？”

“你知道这件事？”

“哪里都一样。不过话说回来，最近倒是太平了不少，你不觉得吗？刚才隧道里既没有车，也没人打劫。”废弃车辆都被推到了一旁，隧道也恢复了正常通行。

“确实，最近也很少听说杀人抢劫的事了。”二宫不经意间说出的这句话狠狠刺痛了我，不过我依然装出一副若无其事的样子。“不过肯定只是暂时的。大家就是折腾累了，过一阵子估计还会出乱子的。现在啊，就是暴风雨前的宁静。”

我缓缓转动方向盘。“这么宝贵的宁静时光，我们却跑到大学里回忆过去，你觉得明智吗？”

“那你倒是说说，还有别的什么更有意义的事吗？”

也许我应该赶紧回到公寓，绑好绳子再自杀一次——这句话差点脱口而出。

大学校园比我记忆中小了一圈。在青叶山半山腰那片郁郁葱葱的树林中，隐隐约约可以看到许多深灰色的建筑。仔细看去，那扇刻着“理学部”三个字的大门早已破败不堪，似乎是被谁用工具弄坏的。“真是太怀念了。”

我们先在校园里逛了一会儿，然后走到教室。教学楼入口处的大门歪歪斜斜的，而且门锁也坏了。我们用蛮力撬开大门后，一股掺杂着灰尘与霉味的臭气扑鼻而来。

“我一直都坐在这里。”二宫坐在第一排离讲台最近的位置上说道。见我点点头，二宫又说："矢部，你可几乎都没来上过课。""是啊。"我环顾一圈，发现教室里的情形比我想象的要好一些。课桌有被烧的痕迹，椅子也坏了不少，甚至还有人居住过留下的污迹，不过大体还保留着原样。我来到最后一排，找了把椅子坐下来。

忽然间，周遭的景象猛烈地晃动起来，我感到一阵眩晕。教室墙壁的颜色发生了明显的变化，课桌上的涂鸦和椅子上的划痕忽多忽少，我甚至感觉白昼与黑夜快速交替变换，接连颠倒了数十次。恍惚间，往事又浮现在眼前。千鹤在我旁边的位置坐下来，随手将她当时很喜欢的那个皮包放在一旁。学生时代的她没有化妆，身穿一件低领连衣裙。"矢部，今天可真难得啊。"她主动对我说道，"你居然会来上课。"

"因为我很闲啊。"

"你啊，交了学费却天天混日子，真是浪费。"

当时我们还没有确定关系，只是普通朋友。我在脑海中回忆着上课的情景，感受着上课的氛围。很久没来上课的我自然跟不上课堂的进度，反正快考试的时候找千鹤借一下笔记就行，所以我干脆连文具都没有拿出来，只管坐着听教授说话。

课上到一半，我突然意识到了什么，轻轻戳了戳旁边的千鹤。"喂，刚才讲的东西你都不记吗？"毕竟我觉得刚才那段内容还挺重要的。

"你啊，"千鹤流露出嫌弃的表情，"跟我说有什么用？你自己记啊。"

"不，你的笔记就是我的笔记。所以啊，你得把重要的内容记下来。"

"你别老指望别人。"

我是什么时候开始和千鹤交往的呢？应该是在大二那年夏天吧。至于在一起的契机嘛……我努力回想着。啊，我猛地站了起来。二宫，是二宫撮合我们在一起的。

"喂，"我在二宫旁边坐了下来——此时他正在教室第一排单肘支着桌子发呆，"以前你是不是跟我说过一件事？"

"什么事？"

"唔，当时应该是在学校食堂吧，你就坐在我对面。"

"就是那次吃秋刀鱼的时候？"

"说起来，你这家伙每次都吃秋刀鱼。"

矢部，那什么，我可直接说了啊，你是不是喜欢千鹤？

当时我正和二宫东拉西扯，聊的是些午夜档节目、附近饭店里听来的怪异方言，还有理学部教授的八卦等。正满脸漠然听我说话的二宫却冷不丁抛出了上面的问题。

"谁让你那个时候一直提到千鹤呢？"

"那你也不能说得那么直白啊。"我说着，望向眼前的黑板。黑板早已被粉笔涂得乱七八糟，上面还留着很多字迹，比如"欢迎小行星！""我还会回来的！"等等。这些豪言壮语大概是在情况还不算太糟时写下的吧。除此之外，黑板上还歪歪扭扭地写着"一点就通"，后面则是一大串不明所以的公式，还有人写下"科学能阻止小行星坠落吗"。整面黑板上最让我感慨的就是写在左上角那行小字——"我不想死"。我盯着那句话看了好一会儿。

"其实吧，"二宫与我并排坐在一起，仿佛是在望着眼前并不存在的老师，"千鹤当时可能也对你有点意思。"

"有点意思"的说法让我觉得很滑稽。"你怎么知道？"

"感觉你们俩都挺喜欢对方的，但谁都不肯迈出那一步，我在旁边看得都快急死了。"

"所以你就推了我一把？"

"我就人为改变了你们的轨迹。"二宫嘀嘀咕咕，丝毫没有开玩笑的意思，"不然观测起来实在太痛苦了。"

原来是这样。我感觉自己终于知晓了二宫的秘密。"原来你一直在观测我们？"

"你们的小心思，我可是洞若观星。"

"不是观星，是火，洞若观火。"

"哦。那你和千鹤结婚之后呢，怎么样啊？"二宫继续问道。

"怎么样？千鹤应该觉得找错了人吧。"我老老实实答道。

"你们吵架了？"

"经常吵。有一次我回家，发现她在桌上留了张字条，写着'我已经厌倦了，分手吧'。她应该已经忍耐很久了吧。"

"估计是。"

"但也不要这么突然提分手啊。"

"可能是太生气了吧。"

7

我们顺便去了趟食堂，发现里面简直一团糟。虽然十年前这里曾被翻新过，可现在的情形却比二十年前还要糟糕。入口处的大门被人拆了下来，桌子乱七八糟地翻倒在地上，而且居然有好几个人躺在厨房旁边，不知是不是因为抢夺食物送了性命。这几个人看上去应该死了很久，尸体早已干瘪，没有什么异味。

"现在学校食堂里都会死人，看来时代真的变了。"二宫像是在开玩笑，语气和表情却非常严肃。"是啊，"我认真地回应道，"不过真要说的话，面对尸体不为所动的我们变化更大吧。"

起初我一看到尸体就想呕吐，现在却早已见怪不怪了。我的大脑中有些地方已经麻木了。

"这五年过得太惨了。"

"往后应该会更惨。"我说得好像事不关己一样。毕竟，我应该活不到那个时候了。

我们在学校走马观花地逛了一圈，随后又坐上车，打算开回二宫家里。"可能恐龙也和我们差不多吧。"在回去的路上，二宫开始说起无厘头的话。

"什么叫和我们差不多？"

窗外掠过的山峦一如往昔，展现着悠然自得的恬淡，其中又流露出放弃一切的空无。要是能在红叶凋落前过来看看就好了，我不免有些感慨。一想到自己再也没有机会见到明年的红叶，心下就一片凄凉。

"就是说恐龙可能也像我们一样用语言交流，会使用工具，还能搭建房子什么的。也许它们也有自己的文明。"

"恐龙不就是蜥蜴吗？怎么说话啊？"

"单凭几块化石又看不出来。可能恐龙身上有毛，还长着一身肌肉呢。再说了，说话又不一定非要用嘴，用手比画也可以啊。"

"它们就是一群低等的蜥蜴嘛。"

"也就是说，人类要是灭绝了……"

"是快灭绝了。"

"过了几万年以后，别的生物会发展出自己的文明。"

"哦，你是说蛞蝓吧？"

"确实有这么个漫画。"二宫重重点了点头，"到时候这些蛞蝓看到人类的化石，恐怕也会觉得这只是一群低等的小型哺乳动物，天天光着身子跑来跑去。数万年后，人类文明的痕迹应该也会全部消失。"

"那时候会怎样呢？"

"那些蛞蝓也许就会称自己为人类，给我们起名叫恐龙。"

"我们又不是龙。"

"以前的恐龙搞不好也说过同样的话呢。我想说的是，人类没什么特别，小行星撞击地球也并不稀奇。这些事情每次都会发生，一直在循环往复。"

"你说的这些，丝毫没有安慰效果。读书时你还一口咬定小行星不可能撞过来呢。"我变换车道，朝隧道开去。

"千鹤还好吗？"驶入昏暗的隧道，我借着车灯的光线踩着油门，二宫又一次提出这个问题。

这已经是他第三次问到千鹤了，我实在不好意思继续装傻，只得如实回道："她已经死了。"

二宫闻言并没有表现出惊讶，只是小声说："哦，这样啊"。

"已经五年了。那时候暴动刚开始，我们想去买点吃的囤起来，于是离开公寓，去了附近的弹珠店，她就是在那里遇害的。"

"遇害"两个字并没有激起二宫太大的反应。"弹珠店？"

"嗯，那边的停车场里有个自动贩卖机。"话音刚落，我感觉自己瞬间回到了五年前的那个停车场。眼前的景象好像隔着薄纱般模糊不清，那段记忆却清晰地涌上心头。

我当时正在自动贩卖机前排队。在这个五十来人的队伍里，我已经排到了差不多中间的位置。每个人都手握钱包，一副杀气腾腾的样子。虽然后面有人怒吼说一次最多买十瓶，但是轮到的人却还是对着这些罐装果汁买个不停，一直到双手拿不了才肯罢休。当时大家早已不关心垃圾处理的问题，不管铝罐还是塑料瓶，全都美滋滋地照单全收。排队的时候千鹤没有跟来，而是坐在副驾驶座上打瞌睡。

"她在车里睡觉，怎么就死了呢？"二宫问道。

"因为她从车里出来了。"

排了一个小时，终于轮到我了。我将零钱塞进自动贩卖机，一罐又一罐地买着果汁，并将这些果汁塞进包里、装进口袋。后面有人怒吼"差不多得了，你都买了我们怎么办"，我丝毫没放在心上。反正前面的人也没有遵守什么秩序。

买了差不多二十多罐的时候，我感觉自己实在拿不了了，便转头望向车子的方向。"行了吧，别再买了。"我听到背后有人在咒骂，但并不打算就此收手。开车过来要三个小时，排一次队又要一个小时。就算再费劲，我也要买到不能拿为止。在我看来，宝贵的机会就是要拼死把握才对。

见车子就停在不远处，我便拎着一大堆果汁挥手叫千鹤过来。不知是不是刚睡醒的缘故，千鹤立刻打开车门走下了车。她当时大概还有些迷糊，走到我旁边的时候还在用手揉着眼睛。"怎么了？"

"你把这些拿回去，我再买点。"说着，我把手上的袋子递给她，口袋里的果汁也全都掏出来放在她手上。接着，我便转过身，盘算着再往自动贩卖机里塞些零钱。就在这时，旁边的千鹤突然晃了一下。小心！我正要开口，发现她身后站着一个男人。

周围的声音全都消失了。我听不到千鹤倒在地上的声音，也听不到果汁从她身上滚落的声音。她身后的那个男人又瘦又高，戴着眼镜，双手举着一块深灰色的砖头。我过了一会儿才反应过来，他就是用这块砖头砸向了千鹤的脑袋。

虽然一时有些恍惚，我还是赶紧在千鹤身旁蹲下来。她已然没了意识，鲜血汩汩地从后脑勺不断涌出，淌了一地。见我已经离开了队伍，下一个人便开始往自动贩卖机里塞钱。

"凶手呢？"二宫先是"嗯"的应了一声，然后这样问道。

"跑了。我当时手忙脚乱，没顾上去追他。情急之下我倒是用果汁罐子砸他来着，不过没砸中。"

"所以就是最近吗？"二宫神情泰然。

"什么啊？"

"你杀掉了那个凶手。"

一开始我没听懂他的意思，但随即脱口而出："你怎么知道？"他为什么会知道呢？

"我先前说了啊，你看上去特别疲惫，而且当我跟你说我爸妈没了时，你就一脸狰狞地问我凶手死了没有，就像被报仇的事迷了心窍似的。照我看，你应该已经报过仇了，而且……"

"而且什么？"

"你很难释怀，以前就是这样。"

"很难释怀？"

"你之前不是喊我一起去藏王山观测彗星吗？当时你那个学妹痛骂了我一顿，觉得我瞧不起她什么的。你后来就一直对这件事耿耿于怀。"

"是吗？"那段记忆早已经从我的脑海中淡去了。

"你怪自己不该让我不开心。也不知道是不是为了补偿我，你后来还拉我参加了联谊。"

"我记不清了，不过也可能是我自己想去吧。"

"那你真是给我找麻烦啊。"二宫虽然看起来有些恼火，却还是一脸认真地继续说道，"所以，这次你肯定也觉得都是因为自己，才让千鹤丢了性命，对不对？一定是这样。矢部你是不会原谅自己的。至少，你一定会替千鹤报仇。"

"说得好像你很了解似的。"嘴上这样说，我的心里却惊愕不已。是的，一切诚如二宫所言。他的话也终于让我意识到，我确实无法原谅自己。为什么我不早点回去？为什么要把千鹤叫下车？我懊悔极了，不停地责问着自己，所以才没有立刻追随千鹤而去。我长长呼了口气，心里的那些不安和恐惧随之颤抖着喷出了体外。我吸了口气，只觉空气似乎也在轻轻晃动。"就是前阵子，我路过弹珠店时正好看到了那个凶手，又高又瘦的。说实话，就是化成灰我也认得他。你敢相信吗？那个人居然厚颜无耻地活下来了。"

于是我就跟在那个男人后面，趁他下楼梯的时候，冲过去捡起地上的石头开始揍他。"这样一来，千鹤就会原谅我了吧。"

"她本来也没有怪你，你这样报仇，她反而会怪你了。"

"二宫，你看人真准。"报仇能让我心里好受一些，这就够了，我暗想道。

"真是一片乱世啊。"二宫漫不经心地说道，"所以，你也不想活了？"

我惊讶地望向左手边的二宫。只见他将右手放在自己的脖子上，顺势往旁边一拉。应该是在暗示我脖子上的勒痕吧。

我只能苦笑。"二宫，你看人实在太准了。"

"是啊，你在想什么，我可是洞若观星。"

"是火，洞若观火。"

8

车子停在了二宫家门口。我们决定先不进去，而是到院子里看看那两台望远镜。太阳西沉，四周都暗了下来。不巧的是，天空中的云层很厚。二宫把眼睛贴在望远镜上看了一会儿，抬起头对我说道："果然什么都看不到。"他的眉头紧紧锁着。

我抬起头，直勾勾望着天空出神。"真的会有小行星朝我们飞过来吗？难以想象啊。"我真的不敢相信，一颗巨大的行星将在三年后撞上我们所在的星球。

"谁知道呢，我也是半信半疑。再说，小行星的轨迹很可能会发生变化。"

"你还真是一点都不着急啊。"我转身面向他。二宫的个子比我矮，整个人无精打采的，但此时却俨然是个颇为可靠的男子汉。我情不自禁地笑了起来。

"你笑什么？"

"没什么，以前念书的时候我绝对想不到会变成这样。"

"变成哪样？"

"没什么。"我含糊答道，抱起胳膊反问二宫，"我想问你件事，对于你这样的天文爱好者来说……"我真的只是单纯觉得好奇。

"你就叫我沉迷天文的大宅男就行。"

"那可是蔑称。"我笑道。

二宫用手推了推眼镜，认真地说："如果宅男是指沉迷于某件事的人，那其实可以算作褒奖。"

"我可没觉得这是什么好词。"我如实说道，"其实我就是想问问你的想法。三年后小行星会掉下来，到时候所有人都会死。你这么喜欢星星，结果却要被星星害死，对此你有什么感想？"

"不太好说。"

"那等到小行星撞过来的时候，你会干什么呢？"

二宫的表情一下子放松下来，一向坚毅的眼神也变得柔和了许多。他冲我笑道："当然是在看望远镜啊。"

"啊？"

"从前能观测到那些距离地球几十万千米甚至几百万千米的彗星，我们就已经很开心了。现在这个距离大大缩短，甚至不是从旁边掠过，而是直直朝我们飞过来。"二宫越说越兴奋，我也不禁为他的气势所震撼，"你不觉得很棒吗？说真的，要是真能掉下来，那可实在太棒了，我甚至会激动得睡不着觉。"

"真的假的？"

"当然是真的。"他热切的语气让我目瞪口呆。

我不禁大笑起来。"真有你的。看来，你是打心底里喜欢星星啊。"

"这样不好吗？"

"真让人羡慕。"这是心里话。生命还有几年就将走到尽头，每个人都陷入了绝望的深渊，然而正是在这个时候，我眼前的二宫却依然意气风发，斗志昂扬。

"不过啊……"二宫突然提到了他所担心的事情。

"不过什么？"

"一定得是晚上才行。要是撞击的时间不是晚上，我可就观测不到了。"

"你在说什么啊。"二宫的话令我无言以对，不过转念一想，这可能对二宫来说确实非常重要。"也对，一定得是晚上，而且还得是晴天才行吧？"

"你说得没错，一定要是个晴朗的子夜才好。哎，一定要是啊。"二宫认真地说道。他的话听起来仿佛祈愿一般。"一定要是子夜啊，子夜，子夜。子！夜！"二宫不断重复着这两个字，简直像个孩子。

我耸了耸肩膀。"你说得对，二宫确实不需要朋友。"我真想笑着告诉早已不在人世的千鹤，"他就是个不需要朋友的怪人。"

"对了。"二宫对我说道。

"嗯？"

"小行星都要掉下来了，我却依然乐在其中。虽然不合时宜，也有些抱歉，不过我觉得自己能喜欢天文还是很幸运的。"

"嗯，我也觉得你很幸运。"

"我这算是占上风的一方吧？"二宫笑了起来。

"什么占不占上风的，你这话就很没品，让人讨厌。"我答道。

9

开车驶回山丘小镇的时候，我心里涌动着一种既坦然又忧郁的复杂心情。如同我与千鹤之间的回忆一般，我对这个镇子的回忆也同样掺杂着愉快与不幸，交织着灿烂夺目的美好瞬间和漆黑一片的悲惨境遇。

在停车场停好车，我便朝公寓大门走去。天色早已暗下来，我仰起头望着黑暗的夜空，不自觉地张开嘴巴。也许是因为风大，这里的云疏落了不少。晴朗的夜空中星星纷纷现身，不停闪耀着。我一动不动地望着夜空出神，甚至想试着找出二宫新发现的那颗小行星。

"你回去之后还打算自杀吗？"临别之际，二宫站在车外，示意我打开车窗。

"也许吧。"我说得模棱两可，可是心里早已打定了主意，"趁我还没有改变主意。你也知道，机会不容错过。"

"这样啊。"二宫噘起了嘴巴。

"你都不拦着我吗？"我笑道。

"可是我说什么，你应该也不会听吧。"二宫说道。

"没错。"

"现在这种时候，能活命就已经很幸运了，居然还有人想自我了断，那也只能悉听尊便了。"二宫依然是那副冷冰冰的样子，不过我却莫名觉得开心。

"到底是占了上风，说话果然不一样。"说完我便挥挥手，离开了二宫的家。

"晚上好。"听到有人向我打招呼，我赶忙向前望去。想到对方刚才可能看到了自己张大嘴呆呆仰头的模样，我不禁颇为难堪，却也只好硬着头皮跟对方打了声招呼。

那是一个年轻女孩，看起来刚从公寓里出来，身上还穿着一件款式可爱的羊毛大衣。虽然想不起名字，不过我记得她好像跟我住在同一个楼层。她的父母都不在了，而她还只是个二十岁左右的孩子。很久没有见过她了，原来她还活着。我心不在焉地想道。

"这么晚还要出门啊。"平时我根本不会和别人搭话，但这次却主动与她攀谈起来。

"我是去约会的。"她腼腆却又颇有些得意地点了点头。

"那可真是……太棒了。"没想到在如此境况中，这些年轻人居然还能忙着恋爱，我不禁有些感慨。

"我们是偶然邂逅的。"说完，她便一路小跑着离开了。望着她的背影，我想起了与千鹤一同走过的那段时光。

回到房间，我本打算赶紧重新绑好绳子，却在不经意间看到了那副掉在地上的老花镜。准确来说，是突然想到了老花镜的一种用法。还在读书的时候，二宫曾经教过我简易望远镜的制作方法。

我翻箱倒柜地找了起来。二十多分钟后，我终于找到了放大镜和厚纸板。

　　好久没做手工了。我一边苦笑，一边动手做了起来。要是以前的员工见到我现在这副样子，肯定会非常惊讶吧。他们肯定会想，我们这位唠叨社长居然会像小学生一样自己动手做手工，真不知道在搞什么名堂。事实上，只要将厚纸板卷成圆筒，然后在圆筒两端分别装上老花镜和放大镜的镜片，最后再用胶带粘牢就做好了。虽然成品不太美观，不过总算是固定住了。"圆筒的长短需要自行调整，只要对上焦，月球上的陨石坑也能看得一清二楚。过去人们用的，其实都是这种望远镜。"二宫曾经这样说过。

　　"就用这种东西？"我看着自己刚刚粗略做出来的望远镜，在空旷的房间里自言自语。我缓缓走到窗边，拉开窗帘，眼前是一片被浅黑色包裹的夜空。也许是大风吹散了云层，夜空中不仅看得到星星，右边还挂着一轮明月。

　　要不先看看月亮吧。我这样想着。看完月亮，再绑好绳子自杀。这样一来，我就可以和这个没有千鹤的世界说再见了。

戏
剧
的
楫
子

1

十几岁的时候，我曾在不经意间看过一档电视节目。节目中一位印度演员的话令我大受触动，甚至决定了我后来的人生方向。

那位演员皮肤黝黑，脸上布满深深的皱纹，为宣传一部当红悬疑电影来到日本。他素有"变色龙"的美称，在这部电影中，他一人分饰四个角色。"一个接一个地扮演不同的角色，你会不会觉得很辛苦？"面对采访中这个愚蠢的问题，他有些不解地说道："人的生命只有一次，唯有演员能够体会百味人生。我想尽可能多地尝试不同的角色，这应该不难理解吧？"

放到现在，我肯定会冷冰冰地想：不如直接说这是工作需要，只能如此。但在十年以前，还在读高中的我却觉得他的回答实在太帅了，内心大受触动。

紧接着，这位来自印度的专业演员又表示"戏剧就像人生之船的楔子一样"，不过我完全不明白这句话的意思，甚至怀疑是翻译人员搞错了。

现在想来，随随便便就能大受感动，也许正是那个年纪的特权。就这样，我下定决心要成为一名演员。为了实现这个梦想，我就必须加入剧团。要加入剧团，就必须先去东京。想去东京，我得先考上大学，不过具体哪所大学倒没那么重要。我就这样随随便便决定好了未来的道路。出乎意料的是，父母居然也没有反对。

上了大学以后，我并没有在课业上花费太多时间，而是加入了东京一家小剧团，为了演员梦不停地刻苦训练。我原本计划着从这个默默无闻的小剧团里脱颖而出，成为一个名演员，却怎么也没能大展拳脚。到最后日子过得颠三倒四，还总是借酒浇愁，聊以度日。

七年前，我终于认识到自己没有演戏的天分，于是决定回到老家仙台。就在我回仙台的第二年夏天，小行星撞击地球的消息引发了一场巨大的骚动。

七年前回到公寓的时候，我父母既没有感到意外，也没有觉得气愤，态度十分淡然。

"我这么没出息，希望你们不要怪我。"

听了我说的话，父母面露喜色地对视一眼，对我说："你要记着，以后也不要去责怪别人。"

"当初我去东京的时候，你们居然一点都不紧张。"

"反正当个演员又不会丢了性命。"母亲轻飘飘地答道。

2

早乙女婆婆家的独栋小楼是我今天的第一站。我与婆婆并排坐在外廊，我们中间放着一个托盘，上面摆着几块日式煎饼。

"那个小猫一直都放在那儿吗？"我指着走廊的一端问道。那是一只外观陈旧的陶制小猫，正蜷缩着身子趴在地上，阳光映在它身上，闪闪发光。

"那是我前天收拾壁橱的时候找到的，就把它放在那儿了。"婆婆笑起来，满脸的皱纹更深了。"以前很多小猫都会过来，"她有些伤感地说道，"看它们在那边蜷着身子睡午觉可有意思呢，可惜最近一只也不来了。"

这条外廊朝南，眼前就是婆婆家宽敞的院子。院子里草木茂盛，看得出精心修剪过。虽然婆婆已年近八旬，身材矮小，但腰杆却挺得笔直，腿脚也非常利索，只要有空就会到院子里侍弄花草。

"估计是被吃掉了吧。"

"有可能。"我附和道。

自从六年前得知小行星即将撞击地球后，确保食物来源就成了难题。最近大米的供应终于日渐稳定，但若是想吃其他食物，依然需要自己想办法。哪怕过期很久的点心，能吃到也是幸运，所以假如有人看到小猫小狗就抓回去吃掉，倒也没什么意外的。想到这里，我脑海里立刻浮现出拴在酒铺仓库旁边的那只土狗。它之所以能活到现在，大概是因为看起来不好吃吧。这个想法没什么依据，不过我觉得自己并没有猜错。

"那些小猫不来，这里也冷冷清清的，我就想着放个雕像意思一下。"婆婆眯着眼睛，语调轻松地说，"有个替代品也好啊。"

替代品啊，我伸着懒腰，心里想道。这话更像是在说我。

早乙女婆婆的这栋二层小楼有四室两厅，面积有五十坪[①]。原本婆婆是和五十多岁的儿子、儿媳，还有二十来岁的孙女一家住在这里，不过他们在三年前就离开了人世。当时他们一家三口瞒着婆婆，跑到青叶山的一座桥上跳河自杀了。这种厌世轻生的想法不难理解，但我怎么也不明白，他们为什么将婆婆独自留在人世。"可能嫌我碍事吧。"婆婆笑呵呵地说道。

我家和婆婆家在同一个镇上。此前我一直和父母住在一套三室两厅的公寓里，不过我的父母也在三年前离开了人世。也不知道是无心之失还是早有打算，他们服下不知名的药物，口吐白沫倒在了客厅。母亲当年大大咧咧地笑着表示"当个演员又不会丢了性命"，却也没有底气说出"小行星撞个地球又不会丢了性命"之类的话吧。

其实，我时不时就会来早乙女婆婆家里扮演孙女的角色。虽然没有正式说过要假装婆婆的孙女，我们两人也没有约定什么，但我还是自顾自演起了"孙女"的角色。替代品罢了。我这样想着，又一次回忆起那位印度演员。

那位演员早在七年前就悄然息影。他推掉了全部工作，赔了一大笔违约金，随后在美国的一处乡下隐居起来。

这位有着"变色龙"之称的演员表示，他的母亲已是癌症晚期，

---

① 面积单位，1 坪约为 3.31 平方米。

现在和他一起住在乡下，他打算在那里陪母亲度过最后的岁月。他的亲生母亲早在二十多年前就去世了，所以他口中的母亲其实并不是他的生母。"我也不知道怎么回事，她一直都深信我是她儿子。既然这样，那就索性不说破好了。没想到我演的儿子居然能骗过妈妈，这也算是一个演员的无上荣耀了。"他最后的这段感言既可以说是伪善，也可以说是伪恶。

在东亚的这个小镇上，我正在做着同样的事情。虽然在成为演员的道路上屡屡碰壁，但只要想到这一点，我心里就油然而生一阵骄傲。

我们站起身回到客厅。早乙女婆婆小声抱怨着最近后背又开始疼了，于是我提议帮她按摩一下。"是这边疼吗？"我身高一米七，比起男人也不算逊色，却没什么力气。我给婆婆捏了捏后腰，可惜怎么也捏不到位。没一会儿我的手腕酸了起来，只好改用手肘再给婆婆按一按，不过似乎还是没什么效果。

不一会儿，婆婆起身说："谢谢你，我觉得好多了。"可她重新坐回垫子上时，抬手揉了揉自己的肩膀。

3

从早乙女婆婆家出来后，我回到公寓，往妹妹家走去。当然，我的户口本上并没有这样一个亲妹妹，她不过是我扮演"姐姐"时的假妹妹罢了。我这个"妹妹"叫亚美，比我小两岁。她非常要强，性格直爽，和我关系很好，只是说话办事不太靠谱。如果真有妹妹的话，应该就是她这样的吧。

我按响门铃，只见亚美就揉着眼睛走了出来。"我刚起来，你进来吧。"她说话有气无力的，就像血压太低似的。说完，她就缩回屋里。我也没有见外，直接跟着她走了进去。

她家就在我家正下方，户型差不多。由于家具摆放和地毯颜色有很大差异，所以整体氛围有明显的区别。穿过走廊，右手第一间就是她的卧室。亚美此时脱掉睡衣，只穿了内衣就开始换衣服。一时间，我也不知道该说她毫无戒心还是粗枝大叶，心下不免诧异，就像对亲妹妹感到诧异一样。

我走到客厅，坐在沙发上。偌大的四人沙发空空荡荡，给人一种凄凉孤寂的感觉。亚美之前与妈妈、哥哥和姐姐一起生活在这里，小行星造成骚乱后，他们四个人就一直躲在家里。数月过去，他们得知关东地区建成了地下避难所，于是一起坐上一辆大面包车，动身前往东京。然而事与愿违，车子才开了不到三十分钟就遭到袭击，那辆面包车被歹徒放火烧了。"可能是我跑得比较快吧。"亚美笑道。她又回到了这栋公寓，一个人生活在这里。当然，关东地区建成地下避难所的消息不过是谣言。后来类似的谣言更是铺天盖地，多得要命。这里的"要命"并非夸张，毕竟真的有很多人因为这些谣言丢了性命。

"对了，好久没见到矢部了。姐，你碰到过他吗？"亚美套上一件长袖，走到客厅对我说道。只见她身穿一条褪色蓝牛仔裤和一件长袖 T 恤，这一身非常适合她干练的短发。

"是啊，最近确实没见过他。"矢部是我们这栋公寓的邻居。大概是我们作息时间比较相似的缘故，我和亚美在外面碰到过他好几次。矢部总是神情阴郁，不过总会在打过招呼后站着与我们闲聊几句。

"可能已经离开这个公寓了吧。"

"他说过正在找人什么的。"

矢部的话题就此结束。换好衣服，亚美又对我说："姐，咱们去玩抛接球吧？"

"你赢得了我吗？"我站起身。

"抛接球又没有输赢一说。"她苦笑道。

公寓一楼入口处设有各家住户的邮箱，上面放着两只棒球手套。亚美把手套拿了下来。"这是我和我哥之前用的。"说着，她拍了拍上面的尘土，把其中一只递给我。我和亚美是在三个月前熟识起来的，当时我家漏水滴到了楼下，我跑下去道歉，就这样认识了她。"你可真是守规矩，现在这种时候还敢跑到别人家去，万一把你杀了怎么办？"她曾经这样忠告过我。

我们来到公园，开始玩抛接球。我从小体育就不太好，球类项目更是拿不出手。话虽如此，既然我现在扮演的姐姐是一名运动健将，就也装模作样地比画起来。我扔的球远远算不上强劲有力，但努努力也能扔到亚美那边。球打在手套上发出清脆的声响，听得人心情舒畅。

亚美的球又狠又快，直直朝我的胸口飞来。我赶紧闭上眼睛，将手套往前一伸，居然恰巧接了个正着。"厉害厉害。"亚美说道。

我开心极了，愈发自信起来，扔球的力道也越来越猛。还真是容易得意忘形啊，我在心里暗暗想道。"你之前是在公司上班吗？"

我笨拙地转动身体把球扔了出去。

亚美一把接住球，轻轻点了点头。"也不是什么公司，嗯，反正是在上班。"

眼看球又朝我的胸口飞过来，我赶紧慌慌张张地举起手套。随着啪的一声脆响，球瞬间飞入手套，很快滚落到地上。我俯身捡起了球。"上班具体做什么啊？"

"唔，我不记得了。"

上过的班怎么可能会忘，她大概是不愿回忆那段往事吧。

"亚美，你有男朋友吗？"我们默默扔了几个回合，我又开口问道。反正抛接球时随口问出的这些问题，都会在公园中随风飘散，然后消失得无影无踪。

"之前有过。"亚美接住球，"不过已经死了。"说着，她又把球扔了过来。虽然我很想转过脸避开攻势，却还是硬着头皮准备接球。这一次，我顺利接住了球。

"姐，你有男朋友吗？"

"我之前也有过，不过小行星事件前就分手了。"

"为什么分手啊？"不知道是真感兴趣还是假装好奇，亚美没有继续扔球，朝我走过来。我们很自然地摘掉手套，离开了公园，颇有默契地一同走回公寓。

"是他提的分手。你猜怎么着，原来他只是因为我当时恰好在身边，才和我在一起的。"

他也是剧团的成员，和我同岁。这个人长得还算不错，不过作为演员却没什么演技，还喜欢突显所谓的个性，所以他的表演总让人感觉既生硬又做作。

"好过分啊。"亚美说道。

"怎么说呢，他和我在一起，似乎从来没有心动过。"

"虽然不管和谁在一起都不可能一直心动下去，"亚美义愤填膺地说道，"但像他那种人，从一开始就没法让人心动。"

亚美霸气的说法令我不禁笑了起来。有这样的妹妹当援军，令人很受鼓舞。

"我也很不甘心，恨不得来个陨石直接砸在他头上。我真这么想过。"

"是在小行星新闻之前吗？"

"嗯，那之后我就没这么想了。"

"那这次撞击肯定是你的诅咒灵验了。都怪你。"

"可我也只诅咒了他一个人啊。"

我们俩笑起来，沿着缓坡继续往前走。这笑并非发自肺腑，亚美大概也是如此。未来一片黑暗，如果再不强挤出几个笑容，我们恐怕马上就会脸色煞白地倒在地上。马路两边停着一些被丢下的汽车，还有好几辆保持着撞上电线杆时的样子。

"最近好像平静了许多。"亚美说道。

"小行星的消息是不是假的啊。"

"可能大家只是折腾累了。"以前不管男女，只要走在路上，就会遭到一些自暴自弃的家伙或手持凶器的匪徒的袭击。我曾经侥幸逃过一劫，但这样的场景我见过太多太多。现在情况截然不同，马路上一片宁静。可能很多人都开始意识到，攻击别人不会给现实带来丝毫改变。

"姐，"快走到公寓入口的时候，亚美问道，"那个男的，你后来原谅他了吗？"

"原谅他？"我反问道，随即回答，"没什么原谅不原谅的，本来我也没有怪他。"

"这样啊。"

"亚美，有没有人是你不愿意原谅的呢？"

"我啊，嗯，我无法原谅我自己。"她一本正经地说道。

4

我先回了趟家。抬头看了一眼挂在客厅的时钟，原来已经下午三点多了。我打开厨房的柜子，把装在塑料袋里的芋头干拿出来。我抓了一些芋头干装在另一个袋子里，然后塞进提包。接着，我走出家门。走着走着，我意识到脚上这双运动鞋的鞋底已经磨得很薄了，不知能穿到什么时候。附近好几家店铺都已重新营业，不过好像还没有鞋店。

我走了约五分钟，来到一家超市附近，从这里右转就能看到并排连在一起的十几间小平房。这些平房外观相近，屋顶都是用铁皮搭建而成。尽管每家都有一个小院，但看起来很寒酸，很多家的窗户和栅栏都坏掉了。

我朝其中一间挂着门牌的平房走了过去。"请进！"我刚按下门铃，就听见屋里一个童稚的声音模仿着大人语气大声喊道。"不是让你们锁好门吗？"我打开大门走进去，怒气冲冲地推开拉门。

只见屋里躺着两个小孩，其中的男孩高声说道："真想进来，锁也锁不住。"这两个小孩是一对兄妹,哥哥勇也十一岁,妹妹优希只有九岁。他们长得很像,不知道的人会以为是双胞胎。现在,这两个孩子正躺在一间八叠大的和室里翻看漫画。

其实我在一周前才认识了他们。那天傍晚,我路过附近时正巧看到他们在街上溜达。"小孩子不要自己出来,很危险的。"听了我的话,勇也挥舞着草丛里拔来的狗尾巴草,有些恼火地喊道:"家里就剩我们了,只能自己出来。""就是,家里就剩我们了,只能自己出来。"站在旁边的优希重复着几乎一模一样的台词。"你们手里那个狗尾巴草,以前在这个季节是没有的。现在你能摘到,其实是气候异常导致。"我的话勾起了他们强烈的好奇心。"真的啊?"

"你们的妈妈呢?"

"妈妈没有回来过。"

就这样,我半强制地造访了他们的家。说好听一些,是放心不下这两个小孩独自生活,另一方面,我可能只是想扮演他们缺失的"母亲"角色罢了。

他们的家里整齐得有些无趣。几乎没有任何家具,只是孤零零地摆着一台电视和一个录像机。据说六年前他们正打算搬家,就在家具都已经清空后,小行星的消息引发了那场惊世骇俗的骚动。

"妈妈吓坏了,也不敢继续搬家了,干什么都没了心思。""好不容易才买的房子,可惜也住不了了。""不过妈妈买的是个二手房。""还背了三十五年的房贷。""我们都定好谁住哪个房间了。""房间的颜色也选好了。"

六年来,我看过太多毫无道理可言的苦痛和遗憾。不知是早已习惯悲剧,还是真的承受到了极限,我感觉自己已经麻木。然而,当这两个孩子一脸淡然地讲述着他们期待已久的搬家计划被迫化为泡影，自己再也没见过妈妈的时候，我还是流下了许久不曾有的泪水。

"你哭什么啊？"勇也冷冷地看着我问道。

"反正大家都要完蛋了。"优希嘟起嘴说道。

"这我当然知道。"

"阿姨，你也会死的。"勇也的声音变得很尖，仿佛这句话是说给自己听的。

"你居然叫我阿姨？快饶了我吧。"我还是发起了脾气，要求他们必须叫我"妈妈"。

事实上，他们总是叫我"假妈妈"，也许是从假奥特曼那里获得的灵感吧。最近，我每天都会过来看看他们，但还是不放心。于是我提议让他们搬到我家住，但是他们搬出两个理由，回绝了我。

"妈妈也许还会回来的。"

"毛球也可能还会回来。"

按照他们的说法，一年前的某一天，妈妈想出门找些吃的，结果就再没回来。毛球，从名字推测应该是只小猫，也在半年前失踪了。

他们母亲的照片就摆放在电视机上。照片里，她站在勇也和优希中间，穿着一件黑色连衣裙，围着一条粉色的围巾，看起来很年轻。

她是不是卷入了暴力事件，毛球会不会已经被人抓去吃掉了？当然，我还没有傲慢到要把心里的想法全都告诉他们。"你们留张字条呗，这样就算家里没人，妈妈回来了也能知道你们的去向。"对于我的提议，他们却表示："你是不是傻啊，毛球又不识字。"

唯一值得庆幸的是，这两个孩子不必为食物发愁。他们的妈妈之前在家里囤了很多罐头和蔬菜汁。

"妈妈那是被人骗了。"勇也告诉我说。

据说他们的母亲轻信了一则"工作轻松收入高"的广告，干起了批发罐头的营生。"家里还背着房贷呢，她却丢了工作，心里肯定很着急。"

申请成为销售员后，公司就给她布置了一系列任务。第一步，就是要大量购入自己要卖的东西。总而言之就是不停地买啊买，哪怕当作被骗了也没关系。没过多久，数不清的罐头成箱成箱地寄了过来，多到家里堆不下。"然后你再把东西高价卖出去，中间的差价就是你的收入。这么赚钱的事去哪儿找啊，多划算呀。"他们的母亲在咨询后得到了这样的答复。

那些罐头自然卖不掉。"我被骗了。"他们的母亲一筹莫展地叹着气。正发愁如何支付这笔进货费用时，传出了小行星将要撞击地球的消息。

"所以买罐头的钱也不用付了。"勇也说道。"妈妈说，干脆赖账算了。"优希的语气颇为开心。勇也继续说道："结果房贷也不知道怎么样了，家里就只剩下这些罐头。"当时他们的年纪还小，不太可能了解得这么详细，估计多半都是他们想象出来的。不管事实究竟如何，他们描述的情况就是这样。

他们母亲最聪明的地方，就是把所有罐头都藏在了地板下面。也许，她猜到人们有朝一日会开始争抢食物。勇也和优希能平安活到现在，就是因为这间屋子看上去空荡荡的，压根儿没什么值得抢的东西。如果当初把罐头全都堆在房间里，肯定很久之前就会被洗劫一空。

"你们的妈妈可真聪明。"我说道。

"假妈妈也很聪明啊,"勇也的这番话应该不是在拍马屁,"'吹牛'玩得特别好。"

"那是因为我很会骗人。"

遇到这两个孩子以后,我们总会凑在一起打扑克。特别是名为"吹牛"的游戏,在这个家里备受欢迎。只要不知道玩什么,大家就会打上几把"吹牛"。

我已经很久没打扑克了,"吹牛"更是久违的游戏。对我来说,这就像听说故乡的小卖部依然开着一样,心里既感到怀念,又觉得新鲜。这么多年过去,"吹牛"的玩法依然没有任何变化,令我不禁莞尔。具体来说,规则就是把扑克牌发给三个玩家,第一个人嘴里报"一",把一张牌倒扣着推到前面。其他人并不知道这张牌到底是不是"一",如果觉得不是"一",就要喊出"吹牛"二字。若是猜对了,刚才出牌的人就要把此回合所有牌都收到手里。如果喊出"吹牛"的这个人猜错了,那么他就要承担责任,把所有牌收回自己手里。最先出完手牌的人获胜。虽然这个游戏玩法简单,认真玩起来却很有意思。想让人学会怀疑,这个游戏再适合不过了。

玩了近两个小时"吹牛"后,我站在厨房——这里其实也算是走廊——加热起罐头,着手准备晚饭。就这样,我们三人啃着我从家里拿来的芋头干,很快就吃完了乏善可陈的一餐。尽管如此,看着勇也和优希一副心满意足的模样,我心里倒也颇为欣慰。

接着,我往浴缸里注满热水。前几天镇上重新通了燃气,不仅可以做饭,甚至能洗热水澡了。我不知道为什么能恢复燃气供应,也许是最近治安变好了吧。即便如此，我依然无法想象，到底是谁竟能抱有如此强烈的使命感，在这个关头还将燃气送往千家万户。最近我甚至开始怀疑，小行星坠落的消息会不会是假的，我们用的燃气又到底是不是真的？我想，也许有人此时正躲在镇子外面，一边给我们提供燃气和电力，一边暗中观察，一脸得意地想：这帮人居然真觉得世界就要毁灭了。于是，我试了试浴缸里的水温，指着热水喊出"吹牛"两个字。

两个孩子洗完澡，一边用毛巾用力擦着头发，一边在电视机前坐下来看起了录像。电视里放的是录播的儿童版英雄剧集，他们其实已经看过好多遍。自从母亲离开以后，他们一有空就会找出这部剧来看。"但是我们一直没看过结局。""最后一集妈妈没录下来。""不知道大结局会是什么样。"

我听后便跑到附近的租碟店，想着店里也许能找到最后一集。那家租碟店很小，是和我同住一栋公寓的邻居开的，我记得他好像姓渡部。没想到现在这种情况，那家店居然还开着。

可能是看我面熟，我刚进去，渡部就一脸熟稔地笑了起来。我表明来意后，他就带我来到儿童影片区域。

"找到了。"在长长的一排录像带里，我终于找到了勇也他们在看的那部剧，心里不由得一阵狂喜。一想到孩子们开心的样子，我心里也洋溢起幸福的感觉。我想，当了妈妈的人大概就是如此吧。

"这个是最后一集吗？"说着，我抽出最右边的盒子。

"啊！"渡部惊叫出声，"最后一集借出去了。"

"啊，怎么会这样？"我哀叹道。渡部查了查记录才发现，那卷带子已经借出去好多年了，一直没有归还。"这得欠多少滞纳金啊？"

不管逾期多久，有些租碟店都规定滞纳金的上限不能超过录像带本身的价格。不过在渡部这里，滞纳金却单纯按天数计算，要是认真算一算的话，金额肯定很可观。"那我倒要期待一下了。"他笑着说道。

"明天我想去妈妈那里。"勇也盯着电视，缓缓说道，"我是说，假妈妈那里。"

"嗯，好啊。"我极其自然地回道。要是表现得太过热情，我担心两个孩子会有压力，万一吓得不敢去就不好了。

我从厨房抽屉里取出一本旧杂志，剪下其中几近空白的一页，简单画了一下去我家的路线。我记得第一次见面时就告诉过他们我住在哪里，不过估计这两个孩子早已经忘了。

"那就明天下午三点过来吧。"我站在门口对他们说道。就在这时，我突然冒出一个想法：干脆我搬过来住不就行了？

5

晚上，我去了一郎的家。我们都住在这栋公寓的三楼，但直到半年前都几乎没见过对方，一次机缘巧合才让我们熟识起来。

当时有人闯进公寓劫持了人质，为了安全，警察将其他住户全部疏散到楼外，我也跟着大家从楼梯跑了出去，围着公寓看热闹。

当时站在我旁边的就是一郎。"小行星都快掉下来了，这时候还劫持什么人质啊。"我见他与我年龄相仿，就若无其事地和他攀谈起来。其实一郎年长我五岁，只是长相年轻罢了。就这样，我们开始有了来往，一来二去间就睡在了一起。

"当时那个劫犯，好像到现在还没抓到呢。"我躺在床上，忽然想起了那桩旧事。

"当时？哦，你说绑票那次啊。"他好像不太习惯这个枕头，来回调整了一下姿势，"话说回来，我还真没想到现在居然还有警察维持治安。"

"前阵子我从小巷里路过的时候，就看见警察抓了一个拿刀的人，而且把那个人按在地上揍了好几下。"

"与其说是正义感，我倒觉得这些人之所以还当警察，其实是为了公然泄愤。"

"不会吧，那也太过分了。"

"不然现在这个世道，谁还干这个啊。"

我看看枕边的时钟，已经半夜一点了。其实我晚上九点就来了，和一郎冲完澡后，两个人就赤身裸体地来到床上，变换着姿势纠缠到一起，转眼就到了这个点。现在，我们身上的汗水总算干了，于是各自穿好睡衣，像情侣一样闲聊起来。

"一郎，你白天都干什么啊？"

他偶尔会和邻居们踢踢足球，不过大多时候还是趴在桌上写写日记什么的。

"我写的是本自传，自传。"

"自传？"我不禁抬高了声调，"写你自己吗？不是给法布尔那些名人写？"

"我写法布尔的自传干什么，当然是写我自己。"

"你又没干过什么大事，有什么好写的啊？"

"什么大事不大事的，别这么伤人嘛。不过，你说的倒也没错。"光线很暗，屋里的空气仿佛因一郎的苦笑荡起了丝丝涟漪。

"对了，你之前是做什么的来着？"我之前也问过，但他总是含糊其词。

一郎鼻子里发出一声嗤响，听上去既像是轻笑，也像有些羞于启齿。"伦理子啊，我要是真告诉你了，你肯定会使唤我干这干那。"

"什么意思？你又不是演成人片的。"我揶揄道。

"当然不是，不过有点像。"他笑了起来。

如果不是在这样的情况下，如果我们依然过着平凡而普通的日子，我还会不会想和他在一起？我的脑海中突然浮现出这样一个问题，而且怎么也找不到确切答案。

一郎之前是有女朋友的。他几乎从未提起过，但我知道他们的合影就夹在桌上那本日记里。当然，我也不会因此感到恼火。一切都是演戏，我也只是想体验一下有男朋友的人生。我想，一郎应该也是如此。

"就算我们都走了，只要留下这本自传，说不定未来的人看到后会大受感动。"

"你写自传就是为了这个？"

"没错。"

"唔，你应该知道吧，等小行星真掉下来的时候，你这些日记什么的可都保不住啊。"

"啊？真的假的？"

看着一郎慌乱震惊的神情，我忍不住狂笑起来。"真的。"

6

我早上起来快速冲了个澡，穿好衣服后离开了一郎的家。临出门前，我对还躺在床上的一郎说了声"再见"，却见他只是动了动身子。"啊，不好意思，我有点低血压了。"接着，他居然嘟囔着叫出一个女人的名字，不是我的。大概是照片中那个女孩吧。我想着，心里竟没有一丝波澜，连我自己都感到意外。我们之间大概也就是这么回事吧。就像是一对正在饰演情侣的演员，一不小心把对方错喊成现实中的恋人。这只是一次失误，算不得罪过。

不过，我却不想就这样算了。"吹牛！"在走出他家时，我不仅喊出了扑克游戏里那两个字，还故意道了一声"再见，宗明"。宗明是我前男友的名字。

我没有回自己家，而是下楼离开了公寓。我抬手看了看表，已经是早上七点钟了。白色的云朵在蓝天中浮动变幻，令人神清气爽，我的脚步也不由得轻快了许多。

我朝着山丘小镇的北面走去。

路上，一辆小卡车与我擦身而过。只见这辆白色卡车迎面而来，车斗里的大白菜和圆白菜堆得像小山一样。驾驶座上开车的正是超市店长，尖而上翘的下巴是他的标志。副驾驶位上放着他的猎枪。卡车飞快地驶过颠簸路段，转眼便只留下一个潇洒的背影。不仅如此，车里还播放着嘈杂的摇滚乐，可能副驾驶那里还装有收录机之类的音响设备吧，震耳欲聋的声音从敞开的车窗传出来。我怔怔望着卡车远去，车胎扬起的尘土在眼前飞舞。虽然不知道店长是从哪里进到的蔬菜，不过能在这个时候维持超市运转，保证食物来源，他真算得上是英雄了。

继续往前走了一会儿，就是一家酒铺。这家小巧雅致的酒铺如今早已废弃，窗玻璃碎了一地，屋里的箱子东倒西歪，地板上还有很多暗红色印记，很像血液凝固后的样子。尽管酒铺里一片狼藉，但里面也没什么值得争抢的东西，倒还算安全。就在这家酒铺的仓库旁边，还拴着一条土狗。

这条狗当然不是我的。不知是谁在什么时候把它拴在了这里，我之前发现它的时候就是如此。这条狗的耳朵立着，毛呈黑褐色，看起来很不显眼，大概也没什么品种可言。看到我走过来，它拼命摇起了尾巴，并不叫。不知道是一直很安静，还是曾因为乱叫吃了苦头。它就这样抬头看着我，四条腿站得笔直，小鼻子呼哧呼哧喘着气，很可爱。

"多幸运啊，你一看就不太好吃的样子。"我从口袋里掏出昨天吃剩的芋头干放在它面前。它低下头，转眼就把芋头干整个吞进嘴里，大口嚼起来。还有吗? 它的眼神似乎在问。今天就这么多了。我像表演魔术似的对它摆了摆手。

我取下它项圈上的铁链，换上从仓库翻出来的绳子，准备带它四处走走。

我不知道它的名字，也不知道它是否有过名字，所以干脆就把它唤作"狗"。它似乎搞不清楚"狗"这个通用名称其实是在叫它，只是一副呆呆的模样。散步至高兴时，它总会把鼻子凑到地上。我本以为它正走得开心，没想到它却会时不时停下脚步，回头看一看牵着绳子的我。咦？你是我的主人？它的眼神中流露出些许诧异，不停吸着鼻子。不好意思啊，我不是你的主人。我赔礼道歉。

而且奇怪的是，这条狗走的路线每次都不一样。我原以为它会在自己的地盘来回巡视，结果它却总去往不同的方向。不过我也不想阻止它，就干脆由它去了。也许它在扩大自己的地盘，或是想寻找同伴。就在我们往东北方向走的时候，迎面碰到一名中年男子。这人个头不高，大腹便便，看起来有些眼生。他脸上的胡子相当邋遢，黑眼圈也很明显，气色不是很好，给人脏兮兮的感觉。我顿感不妙，担心这个人会对我动手，赶忙拽紧绳子想把狗拉回来，却又觉得这样有些唐突，再说这个人右手拉着狗绳，绳子那头是一只小小的斗牛犬。"喜欢狗的人都不会太坏。"我想起这句带有强烈偏见的俗语，就主动和对方道了声"你好"。我的狗和斗牛犬互相细嗅着对方的味道，给人一种警惕又不失亲密的感觉。

"啊，你好。"男子点了点头。这个人虽然看起来没什么活力，精神应该还算正常。"我们能活到现在，真是太好了。"明明是第一次见面，他却像对待同伴一般与我交谈起来。

"是啊，真不容易。前阵子还有很多小猫小狗被抓走了，真够过分的。"我望向他手里牵着的那条斗牛犬。

"应该被抓去吃了。"他喃喃地说，表情有些可怕，但看上去并没有生气，可能原本就是这样的长相吧。旁边的斗牛犬跟着露出一脸愁容，仿佛在抱怨"就是啊，他们居然要吃狗，真吓人"。"不过，我反正……"

"反正什么？"

"要是我先死了，倒希望这个家伙能把我吃掉。"

"唔……"这个始料未及的答案令我大吃一惊，"你的想法真大胆。"

"但我还不敢这么快就死掉，当它的口粮呢。"

"真要这样的话，你家斗牛犬会哭的。"

"也许吧。"男子本来已经准备走了，又回头瞥了一眼我牵的土狗，"你这狗得皮肤病了吧？"

"啊？"

"它的脖子和肚子都起疹子了，红红的。应该很痒吧？"

听他一说，我才意识到这条狗确实经常会用后腿抓挠自己的脖子和肚子。我立刻蹲下身，拨开项圈周围的毛检查。果然，狗的脖子上有许多颗粒状的红疹子。"那该怎么办啊？"我抬起头问道，却发现男子与斗牛犬都已不见踪影。他们离开得十分仓促，仿佛突然消失在一片被风扬起的尘土中。我起身四下张望，连个影子都没有看到。

不知什么时候，我手里的绳子居然与项圈脱离开来。

也许是搭扣不结实吧。等我反应过来已经晚了，那条狗早就飞奔着冲了出去。可能是想充分享受脱离枷锁的自由，也可能它早就想摆脱我的控制，只见它沿着小路直直地向前跑去，离我越来越远。

怎么办？我站在原地，面临两个选择：把它追回来，或者直接回家。

道路尽头的那片杉树林阴森森的，我犹豫了半天，还是冲了进去。茂密的树叶遮住了清晨的阳光，四周一片昏暗。一条被人踩出来的小路依稀可见。高高的杉树微微一晃，地上交错的树影随即微微颤动起来。头顶不时传来树叶的沙沙声，周遭的一切似乎都在对我发出警告。我双脚发软，却还是拼命向前跑去。"狗！狗！"我慌慌张张地四下张望，大声喊道。

　　在这片树林里，四处散落着皮包、背包、垃圾袋和纸箱。我刻意忽略掉这些东西，心里却难免感慨。尽管世道已经太平了许多，可这个即将迎来毁灭的世界依旧杂乱无章。我们的治安仍然糟糕，垃圾不断增多。破洞已经无法补救。

　　我在一个水塘边找到了狗。这个水塘地势低，里面的水浑浊不堪，甚至变成了深棕色。当时我恰巧往下一看，这才捕捉到它的身影。

　　我赶紧跑过去，发现它正把鼻子贴在地上，嗅嗅这儿闻闻那儿。水池边散落着很多早已腐烂得面目全非的食物和木头，它应该是被这些气味吸引过来的吧。然而对我来说，那却是一股令人作呕的腐臭味道。我蹲在狗的旁边，打算重新把绳子绑好。这时，我忽然注意到左手边的地上扔着一块布。

　　我猜不出那是什么，没细想就伸手把这块布捡了起来。这块布挂满泥浆，拿起来的时候甚至发出那种湿答答的黏腻声响。

　　那是一条粉色围巾。很多地方都开线了，勉强还能看出原本的样貌。

　　"围巾……"我喃喃道。狗开始不安地扭来扭去，想把头钻到我的胳膊下面。我脑海中忽然浮现出勇也和优希家里摆着的那张合影。那张照片上，他们的母亲就戴着一条相似的围巾。也许是我多心了，也可能是同一条。

我牵着狗重新回到柏油路上，感觉自己的步伐异常沉重。这不只是因为路上泥泞不堪。我觉得自己可能有些贫血，走走停停休息了好几次。阳光照进树林，仿佛要把这些茂密的大树缝合在一起。尽管如此，我依然觉得自己走在一片没有尽头的黑暗中。

看着狗抬起腿抓挠脖子的样子，我只觉得愈发忧郁。

就算找到了他们母亲的围巾，我也无法判断是不是应该把这件事告诉那两个孩子。对于狗的皮肤病，我同样束手无策。我什么都做不了。没错，我的确扮演了一位母亲、一个宠物的主人，但终究也只是像过家家一样，起不到什么关键作用。我为自己的无能感到绝望，甚至想当场下跪赎罪。原谅我吧。我很想找个人依靠，可连乞求原谅的对象都无处可寻。

7

我又一次无所事事地坐在了早乙女婆婆家的外廊上。望着婆婆在院子里侍弄花草的背影，我问她："要是有一件很残酷的事情，我是应该告诉当事人，还是藏在心里？哪种做法比较好啊？"

我忽然抛出这样一个没头没脑的问题，婆婆却丝毫没有不高兴的意思。只见她手里拿着修枝剪，缓缓转过身。"是出了什么事吗？"她微笑着问道。

"我打个比方，"我不敢告诉她实情，"比如家里的猫不见了，找了一圈才发现在附近的马路上被车轧死了。若是这种情况，到底应不应该让自己的孩子知道呢？"然而死的并不是猫，而是他们的母亲。

"你有孩子吗？"婆婆笑了起来，"其实我也不知道，应该说不说都可以吧。"

"都可以吗？"这也太不负责任了。

"怎么做都是正确的。"婆婆走到我身边，嘴里不自觉"哎哟"了一声，缓缓弯腰坐了下来，"不管怎么做，只要是竭力为孩子考虑过做出的决定，我觉得都是对的。外人可能有各种各样的说法，但真正花心思做决定的那个人才是最伟大的。"

"这样啊。"

早乙女婆婆眯起眼睛，笑着说道："我啊，其实根本不懂养花。虽然不知道具体应该做些什么，但只要花了心思，就算种得不好，花都枯萎了，我也问心无愧。"在她看来，这大概是一种自我满足吧。"所以，我儿子带着孙女一起走了，应该也是深思熟虑后的决定吧。我这个做奶奶的，一直在试着接受这个现实。"

"这样啊。"我附和道。婆婆身上洋溢着一种让人踏实的宁静气息，甚至令我有些昏昏欲睡。我想，婆婆的儿子一家之所以会留下她独自一人，也许是担心在青叶山那座桥上准备一跃而下时，婆婆的这份温和与安详会让他们迟迟狠不下心吧。

"婆婆，那您现在原谅您的儿子了吗？"我问道。这时我才发现，婆婆早已不见了踪影。"婆婆？"我小声唤着，却没有任何回应。屋里静悄悄的，我不禁一阵恐慌。

舞台上，人们一个又一个地消失了。

最近我经常会做这样的梦。每次醒来后，我都会恐惧不已。也许那并不是梦，而是我的幻想。在幻想中，我在舞台上尽情表演，旁边的演员却接连消失，只留下我一个人。舞台灯光一盏盏熄灭。我看到有人滚落入观众席，有人沿着舞台一侧轻快地跑下去，只有我还在上面奔走不息，迟迟找不到谢幕的机会。也许其他演员早就去往别处，正欢天喜地举办着演出后的庆功宴呢，我在心里胡乱猜测着。"原谅我吧！"随着我的一声呼喊，整个舞台彻底被黑暗吞没，连我自己也消失在其中。

突然一声巨响，地面跟着一震，整个房子有些摇晃，拉门嘎吱嘎吱响了起来。

"怎么了？"我慌慌张张回到客厅。"婆婆？"没有人回答。她在二楼。我从没见婆婆上过二楼，心里不免有些诧异。我三步并作两步跑了上去，发现婆婆倒在正对着楼梯的那个房间。"您怎么了？"

婆婆在地毯上蜷缩着身子，旁边还有个小板凳翻倒在地。我抬头一看，发现顶橱的柜门开着，应该是想拿什么东西的时候不小心摔倒了吧。我赶忙上前，婆婆正皱着眉头喊疼，看来意识还算清醒。婆婆看到是我来了，连忙抱歉道："不好意思啊。"

"您没事吧？"我扶着她坐起来。

"真是上岁数了。"婆婆苦笑着直起身，却立刻按着后背呻吟起来，"可能扭到筋了。"她的表情很痛苦。

"慢点，慢点。"说着，我帮婆婆调整了一下姿势，让她靠在墙上。"您这是干什么呀？跟我说一声，我来帮您就好了。"我抬头望着顶橱说道。

"伦理子，你总是来看我，我心里过意不去。我怕你这么陪着我会觉得无聊，就想找找家里有没有录像带或者扑克什么的。"早乙女婆婆有些不好意思地笑了一下。

"怎么可能会无聊。"我轻轻拍了拍婆婆的肩膀。虽然脸上挂着笑容，我心里却强烈地感觉到，还是不行。纵使我扮演的孙女和婆婆相处得再好，也不过是勉强捆绑在一起罢了。"真要是一家人，怎么会担心什么无聊不无聊的呀。"

听了我的话，婆婆笑着说："也不是哦。我啊，以前就总爱替儿子和孙女操心，就是个操心的命。"

就在这时，门铃响了起来。"会是谁呢？"我望着婆婆问道。

"不知道啊。"

"是不是之前来的那个，推销方舟什么的。"之前有两个年轻男子曾经敲过婆婆家的门，说是召集登船的乘客，给人的感觉颇为古怪。他们身上都穿着破旧的黑西装，滔滔不绝地对着婆婆介绍个没完。在我看来，他们就像是专挑老年人下手的推销员，于是赶忙插嘴道："你们是为了赚钱？"

"世界都要毁灭了，你觉得还会有人想着赚钱吗？"

"那你们是为了什么？"

"为了一个全新的世界。"

"传教啊。"

"我就当你是在夸我们了。"

这两个男人应对自如的样子看起来颇有诚意，不过到最后我也没搞明白他们到底是为什么而来。"也许小行星撞击地球就是一个骗局，有人搞出这桩事情，就是想激起人们的恐惧，这样就可以堂而皇之地骗走我们的钱了。"他们走后，我天马行空地发挥起想象。"那这个骗局可真够费事的。"婆婆感叹道。

我觉得这次敲门的肯定还是上次那两个男人。"来了来了。"我让婆婆待在原地不动，自己则飞快跑到一楼打开了大门。这次我非要把你们轰走不可，我暗暗盘算道。

结果站在门外的是亚美。我大吃一惊，一时搞不清状况，只是呆呆地站在亚美面前。我很想道一句"欢迎"，但是话到嘴边，说出口的却是："你怎么知道这里的？"

"我来了。"亚美腼腆地说道。她看起来有些愧疚又有些得意，真就像是我的亲妹妹一样。

8

"谁让你总是那么忙呢。那我肯定会很好奇呀，想看看你不和我在一起的时候都在忙些什么。"亚美连珠炮似的说起来，"你现在在干什么呢？这是谁的家啊？"她伸长脖子，想看看屋里的情况。"其实前阵子我刚巧看见你进了这扇门，还想着你不是已经没有家人和亲戚了吗，所以就好奇这里到底是谁家。我其实还挺期待的，想会不会是你男朋友的家，于是就干脆直接过来啦。"

"我说你啊，"我只能苦笑道，"居然就这样光明正大地按门铃，胆子够大的啊。"

"我要是从院子那边偷偷往里看，万一看到你和男朋友正光着身子办事，该多尴尬啊。"

"要是我真的在和男朋友光着身子办事，你把门铃按得铛铛响，我会觉得很烦的。"我耸了耸肩，告诉她这里是一位名叫早乙女的老婆婆家。"我们挺投缘的，所以我经常到她家来玩。"

亚美立刻高兴地表示自己也想认识这位老婆婆。"我肯定也会跟她很投缘的。"

"可是婆婆刚刚才在二楼摔了一跤，还挺严重的。"

"那可不行。"亚美的行动非常迅速，脱掉鞋子就往楼上跑，嘴里还一直在担心地念叨着什么。于是，我也赶紧跟了上来。

"哎呀，又来了个年轻人。"看到亚美，婆婆泰然说道。我告诉婆婆，亚美和我住在同一栋公寓，是过来找我玩的。

"难得还特意过来。"婆婆点了点头。她挣扎着想站起来，结果又忍不住皱着眉头喊疼。"最近我这个后背啊，一直疼得厉害。"

"我帮婆婆按了两下，但好像也没什么用。"我说道。

亚美猛地一拍手。"对啊，咱们那栋公寓里不是住着个按摩师吗？"

"是吗？"

"嗯，应该没错。姐，干脆我们把他叫过来吧。"亚美歪着头说道。

"人家肯来吗？"

"关键是，我不知道这个人到底是不是还活着。"亚美笑道，"我先去找他。"说着，她便飞奔而去。

亚美的这股麻利劲儿，让我连说句话的机会都没有。"她是你的妹妹吗？我看她一直都叫你姐姐。"婆婆的语气显得十分客气。

"就像您是我的奶奶一样，她是我的妹妹。"

"这样呀。"婆婆高兴地答道。

半个小时后，门铃再一次响了起来。我让婆婆靠在我肩上，总算勉强把她带到了一楼。"这个姿势还舒服点。"说着，婆婆将头枕在垫子上，蜷着身子横躺下去。

"是亚美回来了。"我朝门口走过去，"怎么样，咱们那里有按摩师吗？"

我打开门，却见亚美旁边站着好几个人，不禁惊讶得张大了嘴。"怎么这么多人啊？"过了好一会儿，我才回过神来。

"咦，这不是伦理子吗？"一郎站在亚美身边，开口问道。

"真的，是假妈妈。"勇也趴在优希耳边说道。

她就是带我一起散步的人。狗摇着尾巴，仿佛在这样说着。

9

"这到底是怎么回事？"我只觉得大脑一片混乱。

"你们居然认识？"亚美也颇为惊讶，指着一郎道，"他就是咱们楼的按摩师啊。"

"算是认识吧……"我正吞吞吐吐不知道该怎么作答，听见一郎毫不犹豫地说道："她是我现在的女朋友。"这个惊人的答案令我内心一阵狂喜，就像有颗小球猛地弹了起来。毕竟，我确实没想到他会如此痛快地告诉别人我是他的女友。这个意外的惊喜让我稍稍有些不知所措，不过我还是向一郎问道："你会按摩？"

"以前没出乱子的时候，"他有些不好意思，"我就是干这个的。"

"妈妈，毛球回来了。"勇也在一旁插嘴道。

"毛球？"

"你看呀。"勇也轻轻扬了扬手里的狗绳。

"它就是毛球？"我又一次惊讶起来。

"对呀，它就是毛球。刚才我们在外面溜达，一眼就看见它在那儿转悠，对吧？""嗯，是呀。"优希跟着连连点头。

"我刚一回到公寓，就看到了这两个小孩。"亚美一五一十地解释起来。原来，她一开始打算直接去按摩师一郎家敲门，结果发现勇也他们站在我家门口。我赶忙看了看狗脖子上的项圈，果然上面的搭扣已经掉了。可能正因为如此，这条狗才能从那家酒铺的仓库边跑出来，阴差阳错地与两个小主人相聚了。

"狗回来了，我们就想告诉妈妈一声。"勇也说道。于是，亚美便提出带他们过来找我。后来又找来了一郎，大家就这样浩浩荡荡地一起来到了婆婆家。

"怎么回事……"我只觉得自己心乱如麻，仿佛深陷沼泽，无力挣脱。我的大脑一片木然，不管是滑轮还是齿轮，好像所有零件都沾满了泥浆，根本无法正常运转。

"好热闹啊。快让他们进来吧。"我身后传来早乙女婆婆爽朗的声音。

您说得对——还没等我把这句话说出口，大家就纷纷开始脱鞋子了。

10

一郎的按摩手法相当专业，很有效果。只见他缓缓活动着婆婆的身体，一边检查她的状态，一边按压背部的穴位。婆婆趴在地上，不时满意地哼出声来。

我坐在椅子上，望着一郎给婆婆按摩的样子，心里不由得感慨，专业的到底不一样。与此同时，我又觉得很奇妙。虽说只是偶然，但与我有来往的人竟一齐出现在这里。"下次你也给我按按吧。"听了我的话，一郎答道："这就是为什么我不想告诉你。"婆婆也跟着笑起来。

亚美坐在外廊上，望着拴在那里的毛球出神。我本以为她只是单纯地喜欢小狗，但事实并非如此。只见亚美朝我走过来，对我说道："姐，那条狗的皮肤上长了疹子。"

"是啊。"我的内心充满愧疚感。

"把疹子周围的毛剃掉，再用治疗皮肤病的沐浴露洗洗，也许疹子就消掉了。要不要试试看？"

"啊？"

"我可是要成为兽医的人。"

"什么意思？"

"没什么意思，我就是兽医。"亚美指着自己，一字一顿地说道，"我家里应该还有些药。"

我从刚才开始就被一连串出乎意料的事情搞得晕头转向，不过嘴里还是说着"那就麻烦你了，一定要治好它啊"。亚美笑着点了点头，随后神情便黯淡下来。她告诉我，在世界陷入混乱的时候，她眼睁睁看着许多小猫小狗死去，却无能为力。"这样啊。"我只能如是答道。

"我没办法原谅自己。"亚美露出自我厌弃的神情，我也跟着感到一阵心痛。

我知道这时候任何安慰都很苍白。"虽然这种说法不太负责任，"我思来想去，还是决定告诉她，"不过亚美，我不怪你。"

"什么意思？"

"就是我原谅你了呀。"

"那些死掉的小猫小狗可要生气了，谁让你自作主张原谅别人的。"

"亚美啊，你要记着，以后也不要去责怪别人。"不知不觉间，我居然说出了这句话。"话说回来，怎么会有人给狗取名叫毛球啊。"我夸张地叹了口气。

正在这时，楼梯上传来一阵急促的脚步声，勇也和优希一脸兴奋地跑了下来。"妈妈，你看，这是从顶上那个柜子里掉下来的。"他们将手里的小盒子拿给我看。

"怎么能随便拿别人的东西呢？"我嘴上说着，还是朝那个盒子瞥了一眼。就这一眼，令我不由得惊叫起来。那是一卷装在租碟店盒子里的录像带，标题正是那个儿童版英雄剧的最后一集。"怎么又这么巧……"

"太棒了。"勇也和优希丝毫没觉得奇怪，只是高兴得手舞足蹈。他们连蹦带跳地跑到婆婆旁边，嘴里央求道："奶奶，我们能不能看会儿录像带呀？"

"好，好。"婆婆一边做按摩一边答道。她微微抬起头，笑着说："啊呀，那卷录像带是我忘记还了，还是得还回去。"

据婆婆说，那是几年前外甥家的孩子来玩的时候借的，结果就一直放在这里。

"算了，还是装傻比较好。现在再拿去还，店家肯定要生气的。"一郎一边给婆婆揉后背，一边说道，"就当没看见吧。"

早乙女婆婆笑了起来。

既然如此……我擅自做了个决定。既然如此，干脆大家就一起住在这里吧。虽然谈不上群星闪耀，但是剩下的演员如果能够在舞台消失前齐聚于此，合力饰演温馨的一家人，应该也算是一件奢侈的事情吧。

我不禁又想起近来困扰我已久的噩梦。梦里，大家一个个从舞台上接连消失。与那种孤独相比，眼前的这份热闹简直让人幸福极了。

我一边思考怎么跟大家开口，一边不经意瞥了一眼勇也打开的电视。就在他刚把录像带放进去，准备播放时，我注意到了电视上的画面，情不自禁地大声喊道："等一下！"勇也和优希诧异地转过头来，我却不管不顾地凑到电视机前，看起了正在播出的节目。

末日消息引起的骚动自然也会波及电视台。从六年前开始，电视节目就中断了。近来有少数几个节目开始慢慢恢复正常。大多数时间电视里依然是嘈杂的噪音和满屏雪花，不过有时就像心血来潮似的，间或播放一些新闻类的内容。不知是信号差的缘故，还是小行星运行轨迹对卫星产生了影响，电视上甚至还罕见地出现了外国电视台的内容。

此刻就是如此。

屏幕上两个外国人并排坐在一起。右边那个留着胡须的男人手拿麦克风，看来是负责采访的记者。而令我呆立在电视前的，则是左边那个男人。

他长了一张圆脸，肤色黝黑，眼窝深陷。虽然脸上的皱纹添了不少，但我还是一眼认出他就是当年那位印度演员。

"妈妈，怎么了？"勇也问道。

与读高中的时候不同，我现在已经能够听懂简单的英文对话，不用再看字幕了。我拼命竖起耳朵，仔细分辨着略显嘈杂的对白。令我震惊不已的是，这段节目并不是重播，而是他们正在现场采访那位有着"变色龙"之称的演员。

"听闻您离开演艺圈后，一直住在乡下……"

原来，这个做采访的男子是那位印度演员的狂热粉丝，一直想在世界末日来临前亲眼见见自己的偶像，于是带着摄像机来到演员隐居的那处乡下小镇。情况大体就是如此。听起来有些假公济私，我却并不想责备他。

"我很享受现在这种自给自足的生活。不过说实话，你这么突然跑到我家，我觉得很不妥。"印度演员有些恼火地答道。他低沉的说话方式与我崇拜他的时候并没有什么不同，这令我不由得一阵欢喜。

男子采访的第一个问题是："距离小行星毁灭地球只剩差不多两年半的时间了，不知您现在心情如何？"

演员当时的反应令人难以置信，甚至有些傻气。他真是远离世事了啊，不过竟能与世隔绝到如此地步，也是很了不起。在感动之余，我决定原谅当初那个因为他几句话就选定人生道路的自己，也原谅那颗擅自决定撞上地球的无礼小行星。

只见这位演员极其认真地回答道："啊？不会吧？什么小行星？真的吗？"

"您不知道吗？"男子大吃一惊，电视机前的我也差点晕过去。

深海的柱子

1

"这部片子挺好看的。"樱庭说道。

我站在收银台后面伸手接过录像带，扫了一下上面的条形码。"那就好。"我答道。

大概五天前，樱庭问我有没有什么好看的电影，我就推荐了这部。每个人的喜好不同，就算在我看来属于经典巨作的影片，还是会有不少客人看过后跟我抱怨"没什么意思"。

"真的特别好看，我老婆也很喜欢。"

"你家快生了吗？"

"已经过了预产期，随时可能会来。"

他这个"来"字让我觉得很逗，好像肚子里的宝宝随时准备攻打过来似的。确实，他老婆怀孕已经有一阵子了。"我一直觉得我们不会有孩子了。"差不多半年以前，樱庭曾经有些腼腆地对我说，

"老实说，这比小行星的事还要出人意料。"

"你太太都要生了，我还给你们推荐和外星人浴血奋战的电影，实在不好意思。"虽然说得晚了，我还是有些惭愧。

"没事没事，确实是部好片子。我老婆看了三遍，连我睡觉的时候她都在看呢。"

"是吗？"我倒也没觉得这部片子值得连看三遍。

樱庭在店里溜达了几圈。只见他不时翻看着录像带上的包装，查阅上面的内容简介，笑着说他老婆最近黑白棋玩得越来越好了。看来他也有大把的空闲时间。还有两年左右小行星就要撞击地球了，在这种情况下，"有大把的空闲时间"似乎有些好笑，但确实没什么事情可做。

"下次踢球你来吗？"我问樱庭。

"就怕球踢到一半，我老婆突然肚子疼，所以还是先不踢了吧。"

樱庭长着一张娃娃脸，耳朵很大。他性格温和，对年龄较小的我也总是彬彬有礼。不过一到绿茵场上，他就会瞬间化身为强势得分的前锋队员，带球动作勇猛干脆，丝毫不把对方的防守放在眼里。

"我之前就想问，"樱庭又朝着收银台走过来，"你从什么时候开始在这家店工作的？"

"我二十岁的时候从上一任店长那里接手这家店。算起来已经有七年了吧。"

"二十岁就当店长，厉害啊。"

"没有没有，我十九岁来到仙台，一开始就在这家店里打工。当时那位店长年事已高，大概也挺看重我的吧，他跟我说，喜欢的话这家店就交给你了。"我笑着说道。这段往事听起来像在开玩笑，但的确是真事。"真有意思，又不是随随便便送个玩具。"

"真羡慕你啊，居然能立刻下定决心接手这家店。"樱庭感慨道。毕竟，他总是抱怨自己遇事优柔寡断，拿不定主意。

"我也是脑子一热。"我低下头，"不管是接手这家租碟店，还是自己的终身大事，我都是很快就做出了决定。"

"真羡慕你。对了，你女儿是什么时候出生的来着？"

"就在小行星的消息刚出来后不久。"

"想问一个私人问题，到底要不要这个孩子，当时你犹豫过吗？"

"没怎么考虑过。"

"真羡慕你。"

"不过说实话，录像带这种东西早就停产了，现在也几乎没什么人看了。至于世界毁灭这种事，我更是想都没想过。这么一想，我的两个决定好像都落空了啊。"

2

"有了，有了。啊，爸爸，你回来啦。"我打开家门，就看到女儿未来朝我跑来。

未来快六岁了。对比之下，苍蝇拍在她手里显得格外大。未来一路沿走廊跑来，结果却在鞋柜前转了个弯，扭身跑进了洗手间。

"阿修，你回来了啊。"妻子华子跟在未来后面，此时也注意到了刚进门的我。"未来，等一下，等一下。"只见她右手拿着一罐杀虫剂，边喊边跟进洗手间。

我脱掉鞋子走进家，探头看了看卫生间里的情况。

"未来，还是用杀虫剂吧，杀虫剂。"华子一个劲儿想说服未来。

原来又是那种虫子，我心想。背部扁平光滑，而且爬得很快。估计它又在洗手间现身了，她们准备把它解决掉。

直接拍死可能会让虫子的尸体粘在地板或墙上，所以华子希望尽量避免物理攻击，更倾向于化学性的杀虫喷雾。对未来而言，苍蝇拍和玩具差别不大，只要能拿在手里来回挥舞就很有趣，所以她更喜欢物理攻击。

"未来，太残忍了，还是用这个吧。"华子说道。

杀虫剂不是更残忍吗？我在心里嘀咕着，穿过走廊来到客厅。我一眼就看到了躺在沙发上的父亲。他身穿深蓝色T恤和白色短裤，邋里邋遢地躺在那里。父亲瞥了我一眼，粗鲁地发出"呦"的一声，算是打过招呼。父亲双颊凹陷，目光犀利，虽然年过七旬，但精神和体力都相当充沛，我有时甚至会忘记他是长辈。

"爷爷，搞定啦。"未来走回来，手里还在不停挥动着苍蝇拍。

"是吗，打死了？"父亲直起身。

华子也走了过来。"那只虫子的生命力真是顽强啊，死了也像不会死似的。"

"死了也不会死。死了也不会死。"未来大概并不懂这话的意思，却还是晃着苍蝇拍小声重复道。

"估计啊，就算陨石掉下来，这种虫子也不会死。要我说，干脆就把这些家伙凑在一起朝那儿一撞，没准能把陨石给顶回去呢。"说着，父亲笑起来。

"真要让我看见这么多虫子，我宁可让陨石撞下来呢。"华子苦笑道。

"未来想看，想看一大堆蟑螂一起飞。"未来的话让人毛骨悚然。

"你乖乖的，就能看到了。"父亲居然还这样哄她。我和华子面面相觑，皱紧了眉头。

晚饭是鲑鱼罐头和生菜沙拉，还有一人一碗米饭。我们四人围坐在餐桌旁，细细品尝着这些食物。

从厨房到客厅的地上堆着很多纸箱，里面塞满了各种罐头和速食品。这些都是六年前我和华子跑到超市里拼命搜集来的货物，以及去年我和父亲跑到仙台港附近的仓库里弄到的东西。虽然这话从偷东西的人嘴里说出来有些奇怪，不过从去年开始治安确实变好了很多，甚至好得有些诡异。

"爸，您那个瞭望塔快建好了吗？"华子问父亲。"瞭望塔。瞭望塔。"未来开心地重复着华子的话。

"差不多了。"父亲咧嘴笑道。他嘴边的一圈胡须早已花白，鼻孔也笑得张大了。

父亲两年前才从山形县搬过来。母亲在我高中时就过世了，父亲肯定早就习惯了独居生活。随着末日临近，整个世界都陷入一片混乱，但我却不太为父亲担心。他原本就是那种越挫越勇的性格，困难越多，他反而越有活力。后来他的邻居自暴自弃烧了自家的房子，真所谓"火光冲天"，父亲的家也跟着被烧成废墟。没办法，我只好把他叫来了仙台。

一开始我表示"不想和他那种爱找麻烦的人住在一起"，但是华子却屡次劝我把父亲叫来，还说"他一定会很开心"，于是我也只好勉强同意了。

在小行星引发的那场骚动刚刚开始不久，华子的父母在排队进百货商店时遭遇了踩踏事件，就这样毫无预兆地离开了人世。可能正因为如此，她劝我说"既然你父亲还活着，孝敬他就是我们的义务"才显得很有说服力。

"华子，你只见过我爸一次，所以可能不太清楚……"妻子只在我们的婚礼上与父亲见过一面，当时只邀请了亲属参加。"我爸可不是那种招人喜欢的老头，他不会因为我孝顺就感到高兴的。"

华子以为我是在说笑，自然没把这话放在心上。然而就在父亲搬过来还不到一个月的时候，她就认同了我的说法。"你说得没错，爸爸确实有点古怪，不怎么招人喜欢。"

搬来山丘小镇后没多久，父亲就开始在公寓楼顶搭建瞭望塔。那时他擅自拿了我店里的一卷录像带，看完之后还对我说："陨石撞过来的时候，可能会发洪水哦。"

"唔，确实有这么一部电影。"我答道，"所以呢？"

"仙台市区和靠海的地方就不用说了，我们这个建在小山丘上的小镇，还有这栋公寓，肯定都逃不过海啸的冲击。到时候这里也会被大海吞没，变成一片汪洋。"

"是有这种可能。"那部电影我在很久之前看过。影片中，小行星撞击地球后引发的洪水破坏力惊人，虽然隔着屏幕，却也叫人看得毛骨悚然。

"不到最后一刻，我可不想被洪水淹死。所以啊，我打算在房顶上建一座瞭望塔。"父亲揉了揉鼻子，一副胜券在握的样子，"到时候就坐在比他们高一点的地方，看着这帮人被海浪卷走。"

"这个想法特别有意义。"我话里有话地讥讽道。

"是吧。看来你也这么想。"父亲点了点头。

从那以后，父亲只要一有时间就会到公寓楼顶建塔。他从不知什么地方搞来许多木材，自己搬上楼，然后用锯子和绳索一点点进行组装。

"要是愿意的话，我也给你们留几个空位。"父亲嚼着生菜对我说道。

"还是不劳您费心了。"我立刻答道。

"我想也是。"

"爸爸，妈妈今天出门去了。"未来像是突然想到什么似的，一边把叉子朝着餐桌扔过去，一边对我说道。

"出门去了？"我不明所以，抬头望向华子。

"不是说好保密的吗？"华子显得有些尴尬，摸了摸未来的头说道。

"对，保密。"未来提高了音量，"不能说她出门去了。"

"我就是碰巧和一楼的藤森太太一起出去了一趟。"

"去哪儿了？"一楼的藤森太太是一位性格温和的妇人，他们一家四口也一直留在公寓没有离开。

"又不是什么特别的地方。"妻子似乎并不打算多解释。也许我当时就应该锲而不舍地追问下去：去了哪里，做了什么。但又觉得这样刨根问底不太好，就此作罢。可能我想表现自己能在这种世道下依然保持通情达理、从容不迫的处事风格吧。于是，我应了一声，装出一副不感兴趣的样子。

3

连下了两天雨，我担心地面会有些湿滑，不过河边球场的排水能力不错，比赛可以照常进行。这次我们踢了两场，每场先得三分的队伍获胜。

"没想到啊，大家居然都来了。"我坐在球场一端的长椅上，听旁边的土屋说道。

"活动活动身体，放空一下大脑，多好的事。"我答道，"再说，大家应该也没什么别的事情可做。"

"都踢了半年多，人一个都没少，真不错啊。"土屋望着在球场边休息的其他队员说道。

我们是从去年秋天开始定期举行草地球赛的，万万没想到，最初加入的几个队员能够一直坚持到现在。我们一共有十二个人，正好可以进行六对六的比赛。不过今天樱庭没来，所以每队减为五人，另有一名裁判，由大家轮流担当。总之，我们这些球员都挺了过来。

"土屋，听说你高中的时候是足球队主力？"我曾经听樱庭说起过这事。

"樱庭这个大嘴巴。"土屋笑了起来，"你没想到吧？"

"那倒不会，你在我们中间也很有声望。"这是实话，踢比赛的时候，担任守门员的土屋总给人踏实可靠的感觉。球技自不必说，而且他从来不会聒噪地胡乱指挥，堪称整个球队的精神支柱。"只要有他在，我心里就很踏实，甚至觉得世界上没有我们踢不赢的比赛。"樱庭曾这么说过。"你就是大家的精神支柱,"说着,我来了句半吊子英文"精神 pole"。

土屋笑了起来。"哪有什么声望,其实我不太习惯别人都听我的。"他擦了擦额头上的汗,"你想啊,只有队友得分取胜,守门员才算是赢了。从这一点来看,其实我一直在依靠别人。作为在禁区里跑来跑去的守门员,我只能在心里祈祷,让自己的队友赶紧得分。所以啊,我觉得有句话说得好。"

"什么话啊?"

"尽人事,听天命。"

"队友得分算是天命吗?"

"唔,也可以说是'尽人事,等陨石'吧。"土屋听起来不像在说笑,更像是直面困境的宣言。

"能这么想也挺好的。"我望向土屋。他的侧脸轮廓分明,五官深邃,清冷的眼神中透着一股刚毅。

"我没那么怕死。"土屋低声嘟囔道。他说这话时丝毫没有逞强嘴硬的意思,在他凝视着球场的目光里,我分明看到了一名主力干将彰显出的威严与稳重,哪怕这位主力所在的队伍已落了下风。"很多事,其实比死亡更可怕。"

"嗯。"我嘴上附和着,但其实并没有真正领会他的意思。我只知道,他的话清朗直爽,不带有任何厌烦或虚荣之意。

"对了,听说你爸好像挺怪的。"土屋像是突然想起什么似的对我说道,"之前富士夫跟我提过几句。"富士夫是樱庭的名字。

"樱庭这个大嘴巴。我爸确实挺让人头疼的,居然跑到楼顶盖起了瞭望塔。"

"瞭望塔？"

"他想建个塔楼，这样就能在最高的地方看着洪水涌过来。"我对土屋解释道，"总之，我爸确实是个怪人。"

土屋饶有趣味地听我解释了一通，随即开口道："虽然有个怪人老爸，不过你倒是挺正常的。"

"我曾经发过誓，绝不能变成我爸那样的人。"事实上，我之所以在高中毕业后就漫无目的地来到仙台，从此开始独立生活，就是不想继续和父亲住在一起，怕自己再也无法逃出他的影子。

大家接二连三回到球场，开始传球和射门练习。

每次比赛结束后我们都会稍事休息，谁先休息够了，谁就先开始训练。等大家都回到球场，我们就会再踢一场。至于两队的队员分配，有时我们会通过猜拳的方式打乱重组，有时也会想着"刚才那场踢得不好，要一雪前耻"，于是便按照之前的阵容再开一局。一切都随心而定，规则也颇为随意，不过这种踢法令人非常开心。

"等到小行星掉下来，等我们都要死了的时候，真不知道是种什么感觉。"我突然没头没脑问了一句。

"应该也就是一瞬间的事吧。"土屋的神情像是望着球场上方浮现的海市蜃楼，"估计会觉得害怕，但是一下子就没有意识了，可能连自己已经死了都不知道。"

"我不喜欢这样。"我发自内心地说道。

"不喜欢？"

"什么都不知道的感觉太吓人了。就像你刚才说的，我可能连自己已经死了都不知道，这也太恐怖了，我不喜欢这样。"

"这样啊。"土屋给人的感觉踏实安稳，就像他守门的时候一样。

也许正是这个原因，竟让我在不自觉间吐露了一件往事："对了，我以前有段时间一直想自杀来着。"

土屋看着我，没有说话。

"倒也没有什么特别的理由。"虽然没人提问，可我还是自顾自说了起来，"那时候我还在念初中，班上有个同学总被人欺负，其实这也挺常见的。"

"嗯。"土屋皱着眉头，表情似乎有些痛苦，"到处都是这样，不管大人还是孩子，都是弱肉强食，欺软怕硬。"

"我一开始假装没看见，担心多管闲事会受到牵连。"我揉了揉太阳穴，继续说道，"但是有一次，我心血来潮，应该是负罪感太强了吧，我站出来保护了那个被欺负的同学。我当时真是疯了。"

"然后你就受到了牵连？"土屋眯起眼睛。

"那是自然。所以其实对象是谁根本就不重要。"

"所以你就不想活了？"

"是啊，他们那时候真的太过分了。"我不想说得太细，也不愿再回忆当年的情形。"我就想，既然这么痛苦，不如死了算了。"我吐了吐舌头道。

"可你还是活了下来。"

"土屋，要是有人问你为什么必须活下去，你会怎么回答？"

"谁会问我啊？"

"比如，你的孩子。"

听了我的话，土屋先是露出困惑的神情，接着竟莫名有些开心，眼角的皱纹都挤在了一起。"我儿子肯定不会问我这种问题的。"

我不太明白这话的意思，犹豫着不知如何回应。

"不过他要是真这么问了，那确实挺麻烦的。感觉这个问题比为什么不能杀人更不好回答。毕竟他可以说，自己的命运就应该掌握在自己手上。"

"确实不好回答。"我深表赞同，"不过，这个让人没办法回答的问题，我在十几岁的时候就问过我的父母了。"

当时母亲还健在，听了我的自白之后，她呜呜地哭了起来，一边说着"你很了不起，是他们那群人不好"之类的话，一边又无理地宣称"你不能死，等我去把他们都杀了"。

"你妈倒是很会安慰人啊，"土屋咧嘴笑起来，毫不遮掩地说道，"挺让人感动的。"

"嗯，我也有点感动。不过我也清楚地知道，她做不出那种事。"

"你爸怎么说？"

"他才是个怪人呢，居然上来就给了我一拳。老实说，以前他从来没有跟我动过手，结果那次居然真的把我揍了一顿。"

当时，父亲居高临下看着倒在地上的我，气鼓鼓地说："什么不能自杀的理由，关我屁事。你这个蠢货。反正你绝对不许死。人活着就像爬山，既然已经战战兢兢爬上来了，就别老想着苦啊累的，我告诉你，没有回头路可走。你只能继续往上爬。"父亲口沫横飞。

"可是再继续爬又有什么意义呢？"

"你以为你是谁啊。我现在可不是在告诉你爬上去会怎么样，我是在命令你，能爬多高就爬多高，直到爬不动为止。等你真的爬到顶峰，就会发现那里的景色是多么好看。"

"把人生比喻成爬山，也太老土了吧。"

然而父亲却没有丝毫退缩。"你给我听好了，我不管什么理由，你要是真敢自杀，我就把你宰了。"他已经气得前言不搭后语了。

　　"确实是个怪人。"土屋点了点头，似乎非常开心，"所以你就选择了活下去？"

　　"我可不是被父母的话劝住的，只是单纯没有勇气自杀罢了。"

　　"其实吧，"土屋说着站了起来，拍了拍身上的沙子，"当然这么说可能不太合适，对我来说，世界毁灭是一件值得感激的事。"

　　"为……为什么啊？"

　　然而他没有回答我的问题，只是表示："我们家的原则是，哪怕活得再狼狈，也要坚持到最后。"

　　这一次，我自然也不明白他的意思。

　　"渡部，其实你爸的说法很准确。不是有个小说叫《有光的时候继续行走》[1]吗？套用这个标题，我们就是'能活的时候继续活着'。"

　　"什么意思啊？"

　　"拼了命也要活下去，这不是什么权利，而是一种义务。"

　　"义务……"我细细咀嚼着土屋的话。

　　"是的。为了能活下去，我们不惜杀死别人。反正只要自己得救就行了。其实，我们都活得非常丑陋。"

　　"丑陋？"

　　"就算把别人都踢开，我们也想不顾一切地活下去。"

　　我皱起眉头。"我刚才还觉得很有道理，但这么说又太现实了，

---

① 俄国作家列夫·托尔斯泰的短篇小说。

让人不太舒服。"

"是啊，这本来就是令人不适的话题。"

正说着，比赛又开始了。这次我和土屋被分在了同一个队伍。开球十分钟，我就在中场线附近成功接下一球。在带球绕过两名对方球员后，我顺利拿下一分，锁定了胜局。尽管这只是一场小小的草地球赛，但在看到自己踢出的球飞入球门的时候，我同样感到无比幸福。就在那一瞬间，时间仿佛慢了下来，我甚至可以看清足球划过的优美弧线。

赢了，赢了。正当我们准备退场时，土屋朝我跑了过来。"你要是那时候死了，可就没有刚才那个好球了。"他开心地拍着我的肩膀道，"挺好。"

"有道理。"我跟着笑了起来。

4

"好厉害啊，这个。"我已经很久没上楼顶看父亲的瞭望塔了。只见塔楼四周散落着锯下来的木块和钉子，地上还放着三把大小不一的锯子。父亲这次建的可是个大家伙，占地差不多两米见方，上面竖着四根木材作为支架，支架之间还装有斜柱用来支撑加固。

我抬头一看，父亲站在距地面约十米高的位置，正一圈圈往柱子上缠绳子。

父亲从前就非常擅长木工活，空闲时喜欢动手做些小家具，甚至会在工作日特意请假在家锯锯木头、敲敲钉子什么的。我从小就觉得不可思议，父亲这个人虽然做事粗枝大叶，说话也常常不知所云，但做起木工活却是认认真真、一丝不苟。

我抬头看了约五分钟，父亲说着"哦，你来了啊"，从上面爬了下来。这座塔楼自然不可能安装楼梯，所以父亲其实是踩着那些斜柱下来的，动作非常轻快。

"最后还会装个梯子，你就放心吧。"父亲伸出大拇指比了比身后的塔楼，得意地笑起来。

"什么放心不放心的。"我含糊答道，"你就按照自己的想法弄吧。"

"也对。"

我们在父亲码起来的木材堆上并肩坐下来。

"稀客啊，难得你会到这里来。"

"没想到你坚持了下来，挺了不起的。"

"没办法，谁让我没别的事情做呢。"与其说是自谦，父亲的话听起来更像是抱怨。我们就这样坐在木材堆上，隔着楼顶的一圈铁网看着外面的风景。

"等瞭望塔盖好以后，视野肯定很不错。"父亲得意扬扬地说道。

"可是洪水真的会漫到这么高吗？"

"到时候这里会变成一片汪洋，一切都会沉入海底。"父亲这样断言，脸上露出不满的神情。我望着飘浮在铁网上方如轻纱一般的白云出神，父亲又开口道："你的店不用管吗？"

"过一会儿才开门。我刚踢完球回来。"我不会告诉他，其实是刚才河边球场上的那番对话让我想起了从前，于是想找父亲聊聊往事，"话说回来，你倒是一点都不怕啊。"

"怕什么？"

"怕死啊。从六年前知道小行星要撞上地球的时候开始，你好像一直都没怕过。"

"还行吧。"

"我当初说想自杀的时候，你可是发了好大一通脾气，现在倒是什么都不说了。"

"反正也逃不掉，所以也就没脾气了。"

"你总是有理。"我耸了耸肩，"难道你从来都没怕过吗？"

"怕过。"

没想到父亲回答得这么干脆，我不禁转过头看着他的眼睛道："真的假的，什么时候啊？"

"就是那次……"父亲罕见地迟疑了一下，只见他伸手挠了挠后脑勺，皱着眉头一脸苦涩地说道，"你妈不是参加过一个奇怪的集会嘛，就是那次。"

"啊？那时候你害怕了？"

"废话。"

当年的情形我记得很清楚。那时候我正在读高一，之前闹自杀的事情已告一段落，距离母亲意外离世尚有一段时日。这么说来，我们家好像很少有太平日子。

在我的老家山形市内，曾有一个奇怪的宗教风靡一时。这个组织完全没有传统宗教所具备的庄严与谦逊，每次集会时，都是由这个组织的领袖高喊一些激进的口号，一众信徒则在下面虔诚恭听，购买用品，以此来巩固教内团结。

这种集会不算违法，并没有被强制取缔，不过很多居民都觉得不太对劲，渐渐起了戒心。"不老实干活，才会信这种乱七八糟的东西。"父亲也对此嗤之以鼻。

然而，在得知母亲也参加这个集会时，父亲勃然大怒。

"我那不是生气，就是很震惊。"此刻我身旁的父亲终于说出了心里话，"那次我可真是吓坏了。"

"那你当时还直接闯了进去。"

"就是因为我怕啊。"

那个团体每月都会在市政府管辖的大礼堂召开两次集会，从下午一点持续到傍晚六点。气氛异常热烈，旁人根本无法理解。

那一天，我和父亲悄悄跟在母亲身后。"你也跟我一起去。"我是被父亲硬拉来的，当我亲眼看见母亲下了出租车，径直走入一座类似体育馆的建筑时，心里不由得感到畏缩。

"到底什么人才会来这种地方啊？"父亲很少见地主动问我。

"应该是那种日子过得不如意、心里不踏实的人吧。"

"你是说你妈就是这样的人？"

"或许觉得婚姻不幸福吧。"

"我什么时候让她不幸福了？"

"不是什么时候，而是一直如此。"我正呆呆说着话，父亲却已经大步流星朝那座建筑走了过去，我赶忙跟在后面。

集会已经开始了。我从门口向里张望，只见场馆里一排排摆满了折叠椅，粗算应该有千人之多。场馆里鸦雀无声，空气中弥漫着一种异样的压迫感，莫名让我害怕。在这些人中，大部分是老年人和中年妇女，他们不仅任人摆布，而且深陷其中，看起来意识有些模糊了。

我还不确定母亲到底是不是在这里，父亲却已走了进去。我根本来不及叫住他，只见他连鞋子都没脱，径直走进场馆。

　　"他们都被你吓了一跳，纷纷开始议论，你却没有半点犹豫。"

　　"这有什么好犹豫的。就算他们冲过来找我算账，我也不怕。那时候讲台上确实有个人朝我发火了。但对我来说，要是你妈变成我不认识的模样，那才叫可怕呢。他们那帮人啊，其实是不愿意继续往上爬，光想着绕路偷懒，真是一帮胆小鬼。人生这座大山，明明只能往上，他们却偏偏想要往下。这种人，你说有什么可怕的？"

　　"把人生比喻成爬山，也太老土了吧。"

　　当时，父亲一把推开眼前的一大堆椅子，我不知道他怎么找到了母亲的座位，只见他径直走到母亲身边，拉着她的手把她拽了起来。尽管周遭的信徒纷纷斥责父亲的行为，甚至还对他提出警告，父亲却丝毫不在意。"别把我老婆卷进来！"父亲怒吼着，拉着母亲朝我走来。

　　母亲说不清到底是震惊、羞愧还是混乱，只见她呆呆跟着父亲，似乎连发生了什么事都还没搞清。就这样，母亲被父亲拉出了礼堂，甚至连鞋都没穿。

　　"这种神神道道的地方，有什么好的？"父亲提眉怒目道。

　　"这种神神道道的老公，有什么好的？"我在一旁立刻回击。

　　母亲一听，终于笑了起来。

　　"我妈后来是怎么说的？"我不知道父亲把母亲带回家后，他们说了什么。我只知道，从那以后母亲再也没有参加过那种集会。

　　"她就是挺意外的。我吓唬她说'你去一次，我就把你带回来一次'，你妈也觉得挺麻烦的，这事就算彻底过去了。"

"也不知道这么做对不对。"

一年后，母亲死于一场交通事故。如果当初继续参加集会，她会不会更幸福呢？这我已无从知晓。

就在我准备从楼顶下去时，忽然又想到一件事。"我妈走的时候，你是什么感觉？"我并不是存心为难父亲，只是单纯想知道答案。"我妈去参加集会的时候你不是害怕了嘛，那我妈死的时候呢？"

父亲既没有发火，也没有犹豫。"唔……"他一边捡着地上的木材，一边说道，"我一直都没告诉你，其实在我心里你妈才是最重要的。"

我没有回话，只是静静站着。

这时，父亲指着我道："可比你这个儿子重要多了。"父亲笑了起来："不高兴了？"

"那倒不至于。"我答道。

5

"您在干什么呢？"我听到声音抬头一看，这才发现面前站着一位客人。之前我一直站在收银台边，忙着将屏幕上的名单誊写到本子上，所以迟迟没注意到有人来了。

"啊，您好。"我在打招呼之前看了一眼店里的时钟，才刚到下午三点，还不用说晚上好。来店的这位女士与我同住一栋公寓，年纪比我大一岁。

"上次那卷录像带还没还呢。"我说道。上次她想借一部儿童版英雄剧的最后一集，结果那卷录像带被人借走了，一直没有归还。

"那个我不借了。"她笑起来，接着递过来一卷带子，"我要借这个。"她手里是一部悬疑电影，早在十多年前曾颇受好评。"我突然想看看这部片子。"

"这部不错，拍得很好。"我在电脑上登记后，收下了她的租金。

"那是逾期未还的名单吗？"她看向我手边的本子，笑道。

"嗯。"

她上次来的时候，我们曾经聊起过滞纳金的话题。不知道是不是受到那次聊天的提醒，我翻出了那份逾期未还的名单。"没还的人还不少呢。"

"要是把他们的滞纳金收齐，你是不是就发财了？"

"我其实对这些名字都有印象。"六年前这家店还在正常营业的时候，每天早上开店前的第一项工作，就是拿出这份名单。对着长长一串名字，我总会叹口气，然后按照从上到下的顺序依次给这些人打电话，要么直接通话，要么电话留言，提醒他们早点归还。这并不是一份让人开心的工作。"可能是性格使然吧，拖着不还的总是这几个人。"我用手摸着名单上的名字说道。

"我也觉得。"她笑道。

"就算我已经打过好多次电话，还是会有人气冲冲地怪我不早说，还有人讨价还价，说什么反正还要再来借带子的，这次就算了。真的什么人都有。"

最令人头疼的，就是有些客人明明过来交滞纳金，结果交完钱又说"来都来了，干脆借个带子再走"，于是自顾自跑到放着近期新作的地方拿了带子就走，还保证只借一个晚上。我心想你怎么可能第二天就还，当然这话不会说出来，只觉得他们太高看自己了。果不其然，第二天他们压根儿就没有出现。没办法，我只能再次把他们写到逾期名单里，然后再打电话催他们归还，结果他们被催又不高兴。每天就这样来来回回，现在想想还挺怀念的。

　　"茑原，是不是我认识的那个人啊？"她站在对面望着那份名单，用手指着说道。

　　茑原这个姓氏差不多在从上往下数第十行。这个人逾期差不多有十年了，算起来甚至比我到这家店的时间还早。他名下还有《东京物语》和《帝都物语》两部片子没还，二者名字相似，内容却八竿子打不着。

　　"您认识这个人吗？"

　　"应该是我的高中同学，这个名字还挺少见的。"她像是记起了往事。"他爸爸特别难相处，好像是个警察。"她努力回忆着，"茑原也因为——那是叫家庭暴力吧？就在学校发起疯来，惹得大家议论纷纷，后来他就退学了。"说着，她又朝那份名单瞥了一眼，"对，应该就是这个名字，茑原耕一。原来他借了两盘录像带后就没有下文了啊。"

　　"是啊。""没有下文"这种说法很抽象，不过我还是给出了肯定的回复。

　　"我爸妈倒是不怎么管我，我那时候说想当演员，他们也没有干涉。"

　　"毕竟各家的情况不太一样。"我说着，再次看了一眼手上的名单，"他现在还住在这个地方吗？"

"应该不在了吧。你打算过去找他要滞纳金吗？"

"这可是我的致富之路啊。"

她离开以后，我打开一份详细的住宅地图，上面甚至连这个小区近郊的小镇都标注得清清楚楚。我确认好茑原耕一家的位置，打算亲自走一趟。毕竟，我真的很闲。

我关上店门，走了出来。就在准备穿过公园时，我看到了华子的身影。只见她正走在人行道上，旁边还跟着一位眼熟的中年女子，应该是藤森太太。华子身形娇小，经常被误以为比实际年龄小许多，有时甚至会被人当成小孩子。与上了岁数的藤森太太走在一起，看起来像是一对母女。

我跟了上去。去茑原家应该走右边那条大路，可我却跟着华子拐入一条小路。我忽然想起未来曾说过"妈妈出门去了"，现在华子没带着孩子，应该是交给父亲照看了吧。

为了减缓下坡时的速度，她们的身子微微后仰着。这条路没有岔路，我远远走在华子后面也不会跟丢。下坡后，视野稍稍开阔了些。马路对面是一片空地，上面伫立着一栋建筑。我忽然意识到那就是市民中心。刚到仙台的时候我就住在附近的一所公寓里。尽管我从没来过这里，却记得大概位置，而且知道里面有一个小礼堂。

华子她们径直朝市民中心走去。我在电线杆旁停下脚步，被一个从后面走来的男子撞到。我赶紧侧身道歉。这个垂着刘海的中年男人只是瞪了我一眼，便行色匆匆地继续朝前走去。

我在原地站了一会儿。放眼望去，人们正从四面八方向这里赶来，仿佛摇滚乐队的演唱会快要开始前，人群朝会场聚集一般。虽然只是零零星星的，但我着实没想到还有这么多人留在镇上，感到十分震惊。

这些人纷纷走上台阶，消失在市民中心的那栋建筑里。我的脑海里充满问号，不知道这到底是个什么集会，再加上华子也参与其中，更让我坐立难安。正在这时，一个驼背的女人恰巧从旁边经过，我赶紧开口叫住了她。

"不好意思，请问今天有什么活动？"我装作想不起来的样子询问道。

"方舟啊。"她的嘴角堆起皱纹，不知道是在笑还是在生气，或是不耐烦。

我一时也不敢赔笑脸，只得硬着头皮老老实实问道："什么方舟？"

"就是被选中的人才能去的那个避难所啊。"

这么一说我倒是想起来了，之前确实有一个男人到我店里说过类似的话。当时就感觉和曾经流行的上门推销或传教的把戏很像，甚至还与母亲当年被骗进去的那个可疑团体有几分相似，所以我立刻把对方赶了出去。

"真的有避难所吗？"

"要是没有，大家不就完蛋了吗？"驼背女人的话似乎像在逼问我：难道你想死吗？

我叹了口气，再次朝市民中心望去。我不禁反复问自己：华子到底为什么会来这里？

6

　　"不会吧，你就是为这件事来的？"茑原耕一打开房门，在听明白我的来意后如此说道。他一副冷冰冰的样子，脸上的表情几乎没有变化。他居然还住在这里，我不免有些感慨。

　　"这个带子，我都借了十年了。"他比我年长一岁，此时正指着我拿给他看的名单说道，"现在你才想着要回来，会不会太晚了？"

　　"我就是打算把这种坚持不懈的精神当成我们这家租碟店的卖点呢。所以，带子现在还在你家吗？"

　　"我要是搬走了，你怎么办？"

　　"那就只能自认倒霉了。"

　　茑原耕一的家是一栋老旧的木房子，屋顶由瓦片铺成。门口的玄关处胡乱扔着几双鞋子，伞桶里还插着三把塑料雨伞。

　　"你的家人呢？"

　　"现在就剩我自己了。"茑原耕一答道。

　　"我听说你爸爸是个警察啊。"

　　"嗯，他是个刑警，成天就想着工作。不过现在他也死了，家里一个人都没有了。"茑原皱了皱眉头，"你要进来吗？"

　　"啊？"

　　"带子应该还在家里，但是我得找找。"

　　"能找到吗？"

　　"你都上门来要带子了，还问这种话干吗？"茑原耕一有些不满，说着便朝屋里走去。

我手忙脚乱脱了鞋，跟着他走进屋子。每走一步都伴随着地板的吱呀声。穿过短短的走廊后是一间卧室和一间和室。见茑原进了和室，我赶忙跟上去。

和室里堆得乱七八糟，好几个纸箱子就那么大敞着丢在一旁，榻榻米上还扔着很多书、文件和几本相册。

"你要搬家吗？"

"搬到不会被陨石砸到的地方？"茑原一语道破，"怎么可能？"他的眼睛布满血丝，眼皮也微微有些浮肿，"以前快到考试的时候，你会不会突然心血来潮收拾一下屋子，结果就变成了大扫除？"

"应该有过。"我笑起来。

"同样的道理，一旦开始收拾，就停不下来了。最开始我只想收拾自己的房间，"他指了指二楼的方向，"我一直窝在里面，差不多有四年吧。"

由于屋里实在太乱，没有地方下脚，我只好站在原地环顾四周，发现房间的拉门坏了，看起来像被人踢过几脚，天花板上也有一个大洞。

"这是我干的。"他指着天花板道，"就是大家说的'家庭暴力'造成的，也怪我太任性了。不过那可不是我干的，是别人。"茑原指了指拉门。说着，他翻看起纸箱里的东西。

"别人？"

"应该是三年前吧，当时有一伙人闯进了我家。我爸不是警察嘛，估计在外面得罪了不少人。"茑原依旧绷着一张脸，表情没什么起伏，"当时街上的治安很差，别的警察都跑了，只剩我爸还在拼命维持秩序。他曾经开过枪，也试过用柔道把那些歹徒制伏，反正是绞尽脑汁想尽到自己的职责。"

"所以就招人怨恨了吗？"真是太过分了，我脑海中回忆起这几年的状况，确实到处都在发生类似的事情。

"结果自己的儿子就躲在房间里，他都救不出来。"

"说起来，你为什么要躲在房间里呢？"

"还不是因为我爸总是冷冰冰的，还经常乱发脾气。我很怕他，一直都在看他的脸色生活，到头来还总是挨揍，很不爽的。"

他接着告诉我，后来因为父亲动手打人，母亲在十年前就回了九州老家，从此音信全无。茑原表情冷淡，总是一脸不耐烦的样子，不过在我看来，他对我的到访应该感到很开心。

"你爸爸还是挺严格的。"我试着揣摩茑原的想法，含糊地附和道。

"不过，"他说道，"前阵子我收拾房间的时候……"

"怎么了？"

"发现了一个很有意思的东西。"

说着，他开始来回翻找横在脚边的塑料袋。在一通挑挑拣拣之后，他终于找到了想找的那卷录像带。

"这是《东京物语》吗？"我道出自己来访的目的。

"不是。"他干脆地否定了我的问题，"这个带子是我爸以前自己拍的。"

"噢，挺好的。"要是我店里的录像带也在这个袋子里就更好了。我暗暗想道。

茑原注意着不踩到地上的东西，走到角落的电视机旁，接通了电源。他将带子塞进录像机，向我解释道："这是我妈拿着摄像机在拍我爸，那时候我还没出生呢。"

"原来是家庭录像带啊。"

"对。我妈拍的时候我爸坐在一个小房间里，一边翻着字典一边在纸上认真写着什么。他估计不想让我妈拍他，脸上还有点不好意思。我第一次见到我爸这样的表情，就像偷偷摸摸藏了答案的高中生似的。而且，画面里的我爸还很年轻。"

莺原像是在简要介绍即将播出的影片内容。在看到父亲年轻时模样的那一刻，他会是怎样的心情呢？我试图体会莺原的感受，同时想到了自己的父亲。

莺原按下了播放键。"其实我爸那是在给我起名字呢。"

"啊？"

"他那时候正在查笔画，然后把字都写在纸上。我妈估计是想拿他取乐，就用摄像机拍了下来。"

我不禁垂下肩膀。"原来是这样啊。"

"一想到我爸曾经费这么大力气给我选名字，我就觉得很不可思议。"莺原走到我身边，朝着电视屏幕坐下来。

"不可思议？"

"嗯，既不是高兴，也不是惊讶，就是觉得不可思议。"他重复着这句话。真是一段感人的故事，我不禁颇为感慨，盘算着回去之后一定要讲给华子听。

终于，电视屏幕上出现了画面。我定睛一看，画面上赫然出现了一对赤身裸体的男女，此时正不断喘息着纠缠在一起，整个画面充斥着一种难以言表的羞涩与愉悦。满屏都是白花花一片，仿佛还在来回蠕动。我和茑原呆呆望着屏幕，看了大概有十秒钟。

"不对吧？"我终于开口说道，"这不是成人电影吗？"

"不知道那卷带子放哪儿去了。"茑原不慌不忙，语气轻松地说道，接着又翻起刚才那个塑料袋，"真的，我看了特别感动。"

"我知道。"望着屏幕上还在不停喘息的裸身男女，我不禁苦笑起来。

"这个你拿好。"玄关门口，茑原将一个装着录像带的袋子递给我，袋子上还印着我家的店名。

"没想到真的找到了。"我检查了一下里面的录像带，发现背面依然贴着那张写有片名的贴纸。不经意间，我抬头朝他身后望去。明明这个家里只剩下他一个人，可我总感觉和室里似乎还有别人。也许是刚才茑原说他父亲查笔画的事情在我心里留下的印象太过深刻，让我觉得他的父亲还生活在这个家里。

"我爸死的时候，我一开始也在客厅里。"

"你没有躲在房间里吗？"

"那时候我已经不把自己关在屋里了。当时有好几个男人从玄关冲了进来，我撇下我爸，慌慌张张地逃到二楼。我爸一个人和他们打了起来。"

我站在玄关的水泥地上，眼前清晰地浮现出这样一幅场景。几个歹徒从我所在的位置闯进来，朝着茑原父亲扑了过去。只见他们气势汹汹地挥舞着手里的武器，身上不停冒着热气，一个个眼睛通红，鼻孔大张，嘴边甚至还有口水淌下来。不仅如此，他们袭击茑原父亲的原因，我也同样可以想象。

因为他们害怕。他们害怕世界末日的来临，但又不愿承认自己因为怯懦与恐惧而瑟瑟发抖，只好不停寻找比自己更为胆小的弱者。他们想通过攻击别人来证明自己的强大，从而让自己心安。事实上，这帮人的心理就和初中那群欺负我的同学是一样的。

　　"我躲在二楼的屋里，听见我爸在楼下大喊，叫我千万不要出来，他自己应付得了。"茑原虽然面朝着我，但是目光却仿佛游离到了别处，"别说跑出去了，我吓得腿都软了。"他低头看向自己的双腿，紧接着匆忙揉了揉鼻子，又抹了一把自己的眼睛和脸颊，"最后我听见他说，加油，你一定要活下去。"

　　"你一定要活下去？"

　　"你一定要，"他稍显用力地重复着刚才的话，"活下去。"

　　我一时语塞，只好呆立在他对面，搜肠刮肚地寻找合适的回应。

　　"后来我听没什么动静了，就慢慢走回到楼下，结果一眼就看见我爸仰躺在地上，胸口插着一把菜刀。他到死手里都攥着一个滑雪板，估计实在找不到家伙，才拿这东西应战吧。"茑原说道，"什么活不活下去的，反正世界都要毁灭了。"

　　"其实你父亲的心情可以理解。"

　　我试探着告诉茑原，逾期的滞纳金我大致计算过了，抹掉零头凑个整，他只要给我一百万日元就可以。茑原瞪大了眼睛："你来真的？"

　　"我就是告诉你一声而已。"

　　"下次我还会去你店里的，"我临走前他最后对我说道，"你可得给我找个能让人看哭的片子。"

　　"你不是已经哭了吗？"我指了指他的眼睛。

7

回去的路上，我又一次走到市民中心。并不是有意识要去，只是不知不觉就走到了那里。

时间已过傍晚，太阳渐渐西沉。山丘小镇位于市内地势较高的地方，此刻却也慢慢被夕阳染上了一层红光。

我没有沿着公园旁边的路直接回家，而是选了一条方向相反的小道拐了进去。等我反应过来，自己居然又回到了几小时前走过的那条路上，市民中心再一次出现在眼前。

我穿过马路，走上台阶，朝市民中心的入口走去。入口处立着一块展板，上面冷冰冰地写着团体名称和"活动报告会"几个大字。见无人看守，我决定直接走进去。门口有一个放鞋的柜子，地上扔着十几双供人替换的拖鞋，不过我却直接穿着鞋踩上亮灰色地板朝里走去。

这里收拾得很整齐，我暗暗想道。镇上曾经乱过好一阵子，这种公共设施不可能没有遭到破坏，大概是里面开会的这群人特意收拾过了。这里的地板和墙壁都有着同样的冰冷色调，让我不禁联想起很久以前一部电影里的太空舱。不仅如此，这里的走廊又窄又长，一眼望不到尽头，令人毛骨悚然。这一点也与电影里很相似。

"我相信，今天聚在这里的各位一定能够沉着冷静地应对问题。"有人正在用麦克风说着什么。

这时，我看到走廊尽头的墙上有一扇窗户，可以透过窗看到里面的情形。窗户左边还有一扇大门，应该就是礼堂入口。

我向内张望，里面像一个小型体育场馆，摆着很多折叠椅，椅子上的人们都朝右前方望去。我顺着人们的目光看过去，那里并排摆放着几张长条桌。坐在长条桌后面的人一个个西装革履，估计就是这次活动的主办方。以前我曾参加过一次镇上居民的施工情况说明会，似乎和眼前的场景相差无几。

这时，我注意到右边那张长条桌前站着一个手拿麦克风的男人。此人眉清目秀，高挺的鼻梁上架着眼镜，看上去跟我差不多大。

只见他正滔滔不绝地发表着演说。"我们不能逃避目前面临的残酷现实，大家必须学会冷静思考当下最为重要的问题……就算小行星撞击地球，整个世界毁于一旦的概率其实也不是很高。只要挺过最初的两个星期，获救的可能性就会出现飞跃性提高。

"我很遗憾地告诉大家，世界人口确实增长得太快了。我们拼命推进文化发展，努力提高科技水平，共同抵制战争和疾病等灾难。最终，我们也失去了优胜劣汰、自然选择的机会。因此，对于那些能够通过自然选择而不被淘汰的人来说，小行星撞击地球可谓是一次绝佳的机会。在撞击之后，被选中的人们将重新打造新的生存环境，从而过上更加美好的生活。"

他不停强调着这些内容，语气更是激动而有力。

我总觉得眼前的一幕似曾相识，他所说的话也有些耳熟。我忽然意识到，高中时我妈参加的那个集会上也有过类似的演说。

"在座的各位肯定希望自己能够入选。可我不想欺骗大家，实话实说，并不是所有人都能被选中。在全国范围内，只有满足条件的人才能最终进入避难所，肩负起创造新世界的重任。"

这种集会居然已经开到了全国各地？我远远地望着坐在椅子上的人们，只见他们全都一脸虔诚地盯着那个手握麦克风的男子，每个人都坐得笔直，视线也不敢挪开一瞬，仿佛正在接受面试一般。不知他们是确信自己一定能够入选，还是觉得稍有疏忽就会立刻惨遭淘汰，总之没有一个人表现出任何不满。

　　我静静地站了一会儿。当然，我并非对这个集会有兴趣，只是呆呆望着眼前的场景出神罢了。我没有想到华子居然会出现在这里，心里很不是滋味。为什么会这样？我甚至感觉自己被疑虑和孤独笼罩起来。

　　就在这时，我的脑海中浮现出莴原父亲的身影。面对手持武器闯进家门的歹徒，他抄起滑雪板奋力反抗，咆哮着告诉儿子："我这边应付得了。你一定要活下去。"

　　我还想起土屋坐在河边的长椅上对我说的话："我们家的原则是，哪怕活得再狼狈，也要坚持到最后。"

　　不知不觉间，我已经走到左手边的那扇门前，伸手握住了上面的把手。这扇门上镶嵌着磨砂玻璃。我转动手腕，握着把手往里一推，门悄无声息地开了。一个铺着木地板的宽敞礼堂出现在面前。

　　我心里的踌躇与畏惧烟消云散。我穿着鞋，一步一步朝前走去。

　　参会的众人迟迟没有意识到我的闯入。

　　坐在主办方一侧的男子首先注意到我。他坐在离我最近的位置，转头望向我。也许是注意到了他的动作，坐在他旁边的人也朝我看来，接着再旁边的人也发现了我，就这样接二连三地，坐在长条桌后面的人一个个都盯着我，最后连拿麦克风的小伙子也停下了演说，朝我看过来。紧接着，坐在折叠椅上的众人也齐刷刷望向了我。

所有人都盯着我。他们的视线仿佛一根根利箭刺进我的身体，让我一时间动弹不得。我用力晃了晃身子，将这些看不见的利箭悉数甩到地上。接着，我深吸一口气，久违地大声喊道："华子！"我唤着妻子的名字，"华子，跟我回家。"

8

　　"我还以为出什么事了呢。"华子走在我旁边，笑着说道。此时日薄西山，光线渐暗，星光也闪烁起来。以前只要一到晚上，闹事者就会蠢蠢欲动，吓得大家大气也不敢出。最近世道太平了不少，夜晚也恢复了原有的寂静，人们终于得以安然入眠。

　　"我才以为出了什么事呢。"

　　刚才我在市民中心的小礼堂里高声呼喊华子的名字，她一听到就立刻从一堆折叠椅中站了起来。"啊，你怎么来了？"她瞪大眼睛，朝我挥了挥手。她的泰然自若令我不免有些诧异。随后，华子便跟我走了出来。

　　"没事吧？"我反问她。

　　"什么没事？"

　　"那个集会啊，你就这么走了……"

　　"没事没事。藤森太太从很久以前就对那帮人挺感兴趣，于是我陪她过来看看，结果看了半天也没搞明白，还觉得挺无聊的。所以啊，没事的。"

　　"那帮人到底是干什么的啊？"

"谁知道呢。"她不知什么时候捡来一根树枝，此时像举着指挥棒一般挥舞起来，"确实神神道道的，不过大家听得还挺认真。"

"太好了。"

"嗯？"

"一想到你跑去信那种东西，我心里害怕极了。"

我们穿过公园，走上一个缓坡。沿着弯弯曲曲的马路继续往前，就是我们住的那栋公寓了。尽管这栋十层建筑看起来有些老旧，不过倒还算整洁。

"阿修，其实我已经想过了。"经过公寓前的花坛时，华子开口说道，"能不能活下去，不可能靠他们嘴里说的什么'选拔'还是'入选'。我觉得，活下去应该是一件更拼命的事才对。"

"更拼命？"

"拼命反抗，奋力挣扎，所谓活下去应该是这样才对。"

"嗯。"我的脑海中又一次浮现茑原父亲的故事和土屋坚毅的侧脸。"你说得没错。"我表示赞同。

现在刚过七点，但未来肯定早就等得不耐烦了。我加快脚步，抬头望向家的方向。我们家就在五楼最边上。我隐约看到阳台上有人影晃动，仔细一看，原来是父亲和未来正并排站在那里。华子似乎也看到了他们。只见她停下脚步，举起右手小声地说道："我们回来了。"

我正准备也举手打个招呼，却意外发现其他人家的阳台上好像也都有人。站在六楼的正是樱庭夫妇。樱庭太太应该是快生了，此时正挺着大肚子。樱庭一边给她捏肩膀，一边抬头看天。我朝三楼望过去，只见一对年轻男女正靠在阳台的栏杆上望着天空。我最近经常能碰到那个女孩，她的父母早就不在了。女孩旁边的男子看起来文质彬彬的，之前从未见过。

"香取家的女儿回来了啊。"华子在一旁说道。她也在眺望各家阳台上的情形。"就是四层那家。"华子补充道。我顺势看去，只见一对老夫妇站在那里，旁边还有一个和我年龄相仿的女人。"这是他们的女儿？"

"嗯，说是没怎么回来过——"华子还没说完，就看见屋里又走出一个抱着孩子的男人，大概是女儿女婿带着孩子一起回来的吧。

"大家怎么都跑到阳台上来了？"我顺着他们的目光，转头望向身后的天空。广袤的夜空中几颗星星若隐若现，谈不上耀眼。今晚的月亮也算不得漂亮。

"好像没什么特别的。"华子说道，"大家应该就是想抬头看看天空而已。"

"他们该不会是看到小行星正朝着这里飞过来吧？"

"阿修，你可别吓唬人啊。"

"妈妈！"五楼传来了未来的声音。阳台上的邻居们跟着注意到了楼下的我们，纷纷站在栏杆前向我们打招呼。

9

"世界还在继续。"每到夜尽天明时，我都会产生这样的念头。当然，这并不会让我安心，但至少现在我还活着。今天也是如此，阳光透过窗户照在我的身上。

早饭只有吐司。吃完饭，父亲立刻就去了楼顶。

"真是怎么也不会厌倦啊。"华子笑道。

"他就是闲不住。"说着，我突然冒出一个想法，"咱们也去楼顶上看看吧。"

"走啊。"华子一听，立刻摘了围裙。

"楼顶，楼顶。"未来跟着开心地叫起来。

"怎么样，够高吧？"见我战战兢兢地登上瞭望塔，父亲从上面冲我喊道。他已经爬到最高处，此时正坐在脚手架上探出头俯瞰我。之前父亲表示顶上只能坐下一个人，于是我就抓住塔楼的支架，干脆欣赏起了风景。

"嗯，比我想象的还高。"我说道。

"右边就是大海了。"父亲说道。

我转头一看，只见街区尽头是一片汪洋大海，颜色与天空和陆地都不同。

"隔了这么远，洪水会过来吗？"那片大海看起来遥不可及。

"从这个塔上看着街道被洪水吞没，感觉应该很不错。"

"不错什么啊。"我确认着脚踩的位置，缓缓向下爬去。在终于踩到屋顶的那一刻，不禁松了口气。

"爸爸，我也要上去。"未来凑了过来。我将她抱起来放在肩上。"再高，再高。"未来似乎还不满足。

"怎么样？"华子问我。

"没想到还挺结实的。"我答道。

我又一次抬头望着眼前的瞭望塔。虽然没有高压电铁塔那么威风，不过也算气派。从外观来看，它既像监视四周情况的瞭望台，又像能够拉响警报的钟楼。一旦洪水泛滥，也许就会变成一根沉入深海的柱子。

"我的塔楼不错吧？你觉得呢？"父亲也爬了下来，唾沫横飞地得意道。

"还行吧。没想到你真建成了这么个塔楼。"

"如果你想要的话，我也可以给你们搭几个座位。"

"也行。"平时我总是对父亲的这项提议一笑置之，如今却给出了一个连我自己都觉得惊讶的回答。

"啊，你真要啊？"

"嗯，我们三个都要，我、华子，还有未来。对了，你别忘记装上梯子。"

也许因为又有了活儿干，父亲很高兴，嘴边的胡子也跟着翘起来。"我又可以大显身手了。"

"阿修，那我们最后就都坐在这儿吗？"华子指着塔楼，愉快地说道。

"应该是吧。"

其实我仍抱有一丝希望，觉得小行星可能并不会真的坠落下来。有时我甚至天真地幻想，也许这一切都是假的，又或是小行星的轨迹在计算时出现了纰漏，纵使曾经的混乱无可挽回，但至少地球不会真正毁灭，我们也能继续生存下去。

不过我也同样下定决心。当末日来临的那一天，我们一定会在走投无路时一起爬上公寓楼顶的这座塔楼。

到那个时候，我们恐怕不会像现在这般冷静。也许会心烦意乱，会因为恐惧而腿脚发软，甚至连塔楼的梯子都爬不上去。

然而，不管是我、华子还是我的父亲，都一定会拼尽全力爬上这座瞭望塔。就算被洪水来袭的巨大威力和惊人速度吓到脸色发白，就算内心早已绝望得喘不上气，我们也会紧紧抱住女儿，一步一步奋力向上爬。这一点，毋庸置疑。

如果周围的水位开始上涨，如果这栋公寓终将沉入海底，我们也一定会在塔楼上站得笔直，高举双臂，拼尽全力将未来举得更高一些，再高一些，哪怕只比水面高出一厘米，甚至一毫米也好。也许我们还会把那些爬上来求助的人一脚踢开。总之，我们一定会不顾一切地伸出双手，只为了让未来——我们的未来，能够再多活哪怕一分一秒。我们一定会这样做。

只是，我们拼尽全力的模样恐怕会很不体面，甚至很丑陋。想到这里，我轻轻拍了拍未来搭在我肩上的腿。"我可是会拼命挣扎的，到时候你可别怪我啊。"

听了我的话，华子仿佛也看到我想象中的场景。"我们一定都会拼命挣扎的。"

"修一，"父亲站在我身旁，"你还记得吗？从前你闹自杀的时候我曾经告诉过你，等你真的爬到顶峰，就会发现那里的景色有多美。"

"你当时的样子可相当了不起。"

"我能让你看到的，也就只有这塔上的景色了。"

"没事。"

我走到楼顶的铁网旁向外张望。透过铁网上的小格，外面的街道显得异常宁静。华子走过来和我并排站在一起。

远远地，两个男人正迈着轻快的步伐沿公园旁边的马路奔跑。他们都穿着短袖和运动短裤，俨然一副拳击手的模样。只见两人停下脚步活动身体，紧接着又开始快速晃动手腕和双脚。尽管相距较远，我还是能感受到他们身上不断喷涌出的耀眼热气。就连他们身上挥洒出的汗水，我似乎也看得一清二楚。太美了，太强了。虽然不知道他们是在进行训练还是锻炼身体，不过这两个人默默活动身体的模样却仿佛永远定格在那里，散发着坚毅而又踏实的气息。

　　我痴痴地望着他们出神。过了一会儿，二人便消失在建筑后方。我不由得叹了口气，心中一阵落寞。

　　"死了也不会死。死了也不会死。"坐在我肩上的未来突然开口说道。我又一次歪着头打量起眼前这座塔楼。虽说是父亲自己搭建的，上面却仔仔细细缠满了绳子，看起来非常坚固，令我感动不已。我伸出手搂住华子的肩膀，将她揽在怀里。

致谢

衷心感谢东北大学研究生院理学研究科的土佐诚教授（现任仙台市天文台台长）和仙台市天文台的小石川正弘先生，在百忙之中抽出时间给我讲了很多有趣的知识，让我受益匪浅。小石川先生甚至带我参观了他家院子里的望远镜，真的非常感谢。

在采访过程中，我收获了很多宝贵的建议，比如"我们已经掌握大部分小行星的运行轨迹，其中可能撞上地球的小行星数量几乎为零""想在八年前成功预测小行星是否会撞击地球，其实不太现实""彗星撞击地球的可能性恐怕比小行星更高"，等等。尽管如此，本书中依然有许多杜撰的成分。在我看来，就算有很多编造的内容，也不会影响虚构故事的可读性。这些杜撰的部分与土佐教授和小石川先生没有任何关系，在此我也希望各位读者不要误认为本书中有关小行星撞击地球的内容都是正确的。

本书的部分内容也受到仙台诗人武田幸三先生的热情关照，在此一并表示感谢。

　　另外，《钢铁的呢子》这个故事的灵感来源于我参观治政馆（一家泰拳馆）的一次经历。虽然当时是为了另一部作品前去采风，但场馆内气势恢宏的训练场景、长江国政馆长和武田幸三的精彩对话，以及武田先生本人风趣又不失严肃的人格魅力，都给我留下了极其深刻的印象，让我不由得产生了以他们为蓝本写一篇小说的念头。在我看来，就算世界即将终结，他们恐怕也不会停下训练的脚步。如果《钢铁的呢子》中苗场这一角色能够博得读者的喜爱，也要归功于武田幸三先生强大的个人魅力。在此，对治政馆的各位人士，以及介绍我前往拳馆的摄影家藤里一郎先生，再次表示衷心的谢意。

图书在版编目（ＣＩＰ）数据

末日愚人 ／（日）伊坂幸太郎著 ；边大玉译. —— 海
口 ：南海出版公司，2023.5
ISBN 978-7-5735-0461-6

Ⅰ．①末… Ⅱ．①伊… ②边… Ⅲ．①长篇小说－日
本－现代 Ⅳ．①I313.45

中国国家版本馆CIP数据核字(2023)第028015号

著作权合同登记号　图字：30-2023-007

末日愚人

〔日〕伊坂幸太郎 著
边大玉 译

出　　版　南海出版公司　（0898)66568511
　　　　　　海口市海秀中路51号星华大厦五楼　　邮编 570206
发　　行　新经典发行有限公司
　　　　　　电话(010)68423599　　邮箱 editor@readinglife.com
经　　销　新华书店

责任编辑　张　锐
特邀编辑　王雨萱　褚方叶
装帧设计　李照祥
内文制作　王春雪

印　　刷　河北鹏润印刷有限公司
开　　本　880毫米×1230毫米　1/32
印　　张　9.5
字　　数　212千
版　　次　2023年5月第1版
印　　次　2023年5月第1次印刷
书　　号　ISBN 978-7-5735-0461-6
定　　价　59.00元